文艺的心跳声

李惊涛 著

东南大学出版社
·南京·

图书在版编目（CIP）数据

文艺的心跳声 / 李惊涛著 . -- 南京：东南大学出版社，2024.9
（六朝松文库）
ISBN 978-7-5766-1241-7

Ⅰ.①文… Ⅱ.①李… Ⅲ.①随笔－作品集－中国－当代 Ⅳ.① I267.1

中国国家版本馆 CIP 数据核字 (2024) 第 080888 号

责任编辑：弓　佩　　责任校对：李成思　　特约编辑：秦国娟
封面设计：鸿儒文轩·末末美书　　　　　责任印制：周荣虎

文艺的心跳声
WENYI DE XINTIAOSHENG

著　　者：	李惊涛	
出版发行：	东南大学出版社	
出 版 人：	白云飞	
社　　址：	南京市四牌楼 2 号　邮编：210096　电话：025-83793330	
网　　址：	http://www.seupress.com	
经　　销：	全国各地新华书店	
印　　刷：	三河市华东印刷有限公司	
开　　本：	880 mm×1230 mm　1/32	
印　　张：	9	
字　　数：	194 千	
版 印 次：	2024 年 9 月第 1 版第 1 次印刷	
书　　号：	ISBN 978-7-5766-1241-7	
定　　价：	68.00 元	

本社图书若有印装质量问题，请直接与营销部联系，电话：025-83791830。

自　序

二十世纪八十年代后期，某年夏天，近午时分，我拎着一只西瓜，到南京锁金村拜访赵本夫先生。我脸上流着汗水，脚上沾满尘土，上楼时步履沉重，进门后十分忐忑。赵先生见了我，坚毅的神情中溢出着关爱，他把茶沏上，递过一柄芭蕉扇，关切地向我询问"队伍"的情况。

我嗫嚅着说，很艰辛，主要是经费困难……

先生说，我听见山那边时常传来零星的枪声，说明队伍还在。

我听了鼻子一酸，说，是的，我们还在坚守……

那时的情景，很像敌后武工队长向野战军纵队首长汇报战况。的确，作为著名作家的赵本夫当时任江苏省作协常务副主席、大型文学杂志《钟山》主编，正是"文学苏军"的领军者；而我，是连云港市作协副主席、《连云港文学》编辑部主任。他所说的"零星的枪声"，指的是知名文学杂志上偶尔发表的那里的作者们的作品；"队伍还在"，指的是那些还在坚持文学创作并尚有余勇的作者们。这些都是让他感到欣慰的事情。

一会儿，赵本夫先生的夫人将西瓜切好端来，又递过一条拧干的毛巾，让我们擦手吃瓜。他对夫人嘱咐道，你先去楼下饭店点菜，我和惊涛好好喝两杯；要个空调房间，他爱出汗。

听了这话，我下意识地站起来，感动到不安，脸上出的汗更多了。要知道，二十世纪八十年代空调并不普及，盖因售价昂贵，一般家庭根本装不起。正因如此，当时日本的旧空调得以一批批漂洋过海，挂到了我们城市许多餐厅和娱乐场所的墙壁上。那些装了空调的餐饮店和歌舞厅的玻璃橱窗上都会喷绘或贴着"内设空调雅间"的字样，以此招徕顾客。这些画面也成了一个时代的记忆。

那次我在赵本夫先生安排的"空调雅间"继续汇报的结果，是他同意到连云港市做一次提振士气的文学讲座，答应协调《雨花》杂志推一期"连云港市作家小辑"；同时表示如有上佳作品，《钟山》可以发表。我喝着先生珍藏的好酒，热血近乎沸腾，深深感动于他代表省作协给予地方作家的援手与厚爱。因为当时社会已经向"以经济建设为中心"转型，机关干部开始流行"下海"；也有作者考虑从政弃文，专攻仕途；更多的作者此时困于生计，对文学心生茫然……而我认为，连云港市许多青年作家和诗人颇具才气与潜力，假以时日，一定会在文坛崭露头角；倘若纷纷心有旁骛，"山那边"不再有"零星的枪声"了，只能说明文学队伍已经渐渐"行走在消逝中"。如果出现那样的情形，虽说时间仍在延续，但我将无地自容。

赵本夫先生不久便兑现了承诺。他邀请艾煊、陆文夫、海笑等文学界前辈，还有范小天、范小青、苏童、叶兆言、黄蓓佳等一批文坛新锐，风尘仆仆地赶往了连云港市。这里说的"风尘仆仆"，乃是该词本义。那时连云港市文联只有一辆桑塔纳，为迎接"文学苏军"驻宁劲旅移师连云港，我们又租借了一辆七座面包车。艾煊、陆文夫、海笑诸公自然被邀进那辆普桑；作为省作协领导，赵本夫先生却执意和文坛新锐们一道乘坐那辆七座面包车。孰料那时南京至连云港路况欠佳，不仅没有高速公路，连部分国省道路段（如安徽天长或洪泽湖畔）都以沙土路为主。偏偏那辆面包车极不争气，中途底盘螺丝震掉，导致扣板松动，裂开一道罅隙。这下好了，不，坏了。沿途沙土路上，车轮滚滚中，面包车内不时沙尘飞扬，难以遏抑。开始作家们还谈笑风生，"段子"不断；可渐渐便像迷失于沙尘暴中的骆驼，虽然努力口吐莲花，鼻子和嘴里吸入的却全是沙子。待到抵达目的地时，作家们无一不是灰头土脸，只有脸颊上方的两只眼睛还炯炯有神，闪烁着动人的文学之光……

  那以后的各种文学讲座、创作笔会、座谈会和改稿会，渐渐充溢了我此刻的回忆。专家们有南京来的，也有北京来的；各类会议有省里组织的，也有我们组织的；地点有在山上的，也有在海边的。自二十世纪八十年代中期至九十年代末，一朵朵文学之花次第开放在了中国东部那座沿海城市，也缀满了我艰辛而又充实的文学生涯。话题似乎永远不会枯竭：刘索拉的《你别无选择》，徐星的《无主题变奏》，刘西鸿的《你不可改变我》，张炜的《家族》与《古船》，贾平凹的"商州系列"，"先锋作家"余华、苏童、格非，江汉平原的方方、池莉与来自中原的刘震云引领的"新写实",张欣的"新城市文学",朱苏进的《欲飞》与略萨的"结构现实主义"……此外,当时还有各式各样的文学现象与思潮不断涌现:中国的新诗潮、先锋文学、新写实主义、新城市文学、新历史小说,以及拉美的"爆炸文学"、美国的"简单派"、法国的"新小说",莫迪亚诺的感伤、马尔克斯的魔幻、纳博科夫的戏仿……冬夜不知长,我得不断为家里炉子加进蜂窝煤,把炉火捅旺,因为会有作家朋友时常造访寒舍,煮茶论道;夏日总觉短,我得将编辑部的"沙龙"延展到大排档或路边摊上,和作者们在烧烤、麻辣烫中畅谈文学……

在那种激情燃烧的状态中,"行走在消逝中"的只是时间,而不是我看重的作者朋友。令人欣慰的是,在《人民文学》《钟山》《十月》《花城》《清明》《作家》《解放军文艺》《青年文学》《北京文学》《山花》和《雨花》等文学杂志上,连云港市的朋友们陆续登堂入室,他们的作品有的被刊物选为了"头题",甚至有些刊物还推出了他们的"小辑"。尤为突出的是,陈武发表在全国各大文学杂志上的小说,不断被《小说选刊》《中篇小说选刊》《小说月报》和《中华文学选刊》等名刊选载,并多次入选中国小说年度排行榜和年度优秀小说选本。由于小说优质且多产,怀着对文学坚忍不拔追求的他也从容迈入了中国当代实力派作家行列。

但也就是在这时,由于岗位变动,我不得不暂别文坛,被调入了一家沿海城市的电视媒体,从事了新闻传播工作。在电视台工作的十年中,我觉得自己就像一个文学脱伍者,甚至变节者,只能在愧恧的心情中谛听从前战友们越来越密集的枪声,为他们的枪声大作而欢欣鼓舞;自己在新闻工作忙碌之余,作品渐稀,只能时常以手拊膺,扼腕叹息。有时我甚至觉得,自己已经渐渐无颜面对赵本夫先生当年的厚爱与期望了。

但令我感动的是,文学阵营中的兄弟们没有忘记我。我被调入电视台后,《青年文学》黄宾堂兄依然在编发我的短篇小说;在我忙于新工作四五年后,《十月》顾建平兄则将我的中短篇小说直接送上《十月》"小说新干线",并亲自撰写评论;《钟山》贾梦玮兄曾多次千里驱车到电视台看望我,力劝我不要放弃文学,约我创作长篇小说,在我告别十年电视媒体重新返回高校后,他以令人感动的魄力在《钟山》上连续编发了我的五部中短篇小说;陈武兄更是对我厚爱有加,不断助推我的小说、散文与评论结集出版。正是由于黄宾堂、顾建平、贾梦玮和陈武诸兄对我的不抛弃与不放弃,才使我的创作火苗没有熄灭,持续着我对文学的思考与研究。因此读者诸君在这部《文艺的心跳声》中,看到的是我以创作者与研究者的双重身份所作思考的文字表达;稍加辨析,便会听出形象与抽象思维两个声道叠加的声音。

自1983年我在北师大中文系留校后发表系列文艺随笔《诗歌形式放谈》,时光已然流逝了四十余年。四十余年来,我在中国文艺前行的足迹中业已留下了几处雪泥鸿爪,分别结集出版为《作为文学表象的爱与生》和《文艺看法》两部论著。这部由陈武兄约稿的随笔集《文艺的心跳声》算是第三部。对于发展中的当代文艺来说,年逾花甲的我既是见证者,也是亲历者。因此书中所收的二十四篇文章，既可视作当代中外文艺的心跳声，也是我自己对文艺现象思考时感同身受的心跳声，但愿读者喜欢。

权作自序。

作者于中国计量大学人文与外语学院
2024 年 1 月 15 日

目 录

现象观潮

从现实到幻想的钟摆　　002

文学的复活力量　　026

小说语言的叙事流变与时空演进　　050

传统地缘叙事的围限与突围　　077

小说管锥

陈武小说的新境地与新高度　　102

当今文化生态的疼痛隐喻　　107

浮世人心有法则　　112

溅起历史激流的石头　　120

艰辛生存的折叠叙述　　125

两极叙述的张力　　　　　　　　　　129

　　警界文学中的龙马　　　　　　　　　134

　　穿越两个时代的一段"民族秘史"　　138

　　传统叙事的地缘表达　　　　　　　　144

　　"奔跑"的轻飏与沉重　　　　　　　　155

诗艺发微

　　解耦现代人的精神困局　　　　　　　164

　　一篇"宣言"的诗学建构　　　　　　172

　　始于诱惑，终于和解　　　　　　　　184

　　诗人的"说话"方式　　　　　　　　194

　　终极关怀的三个界面　　　　　　　　198

　　"个体生命宇宙"的书写　　　　　　207

　　他就是时间应该有的样子　　　　　　212

影视探幽

　　男人心里有个"夜叉"　　　　　　　218

　　谁不曾如有神助　　　　　　　　　　233

　　宫崎骏的奇幻世界　　　　　　　　　248

现象观潮

从现实到幻想的钟摆 ①

今天这个文学讲座,题目是"从现实到幻想的钟摆",讲的是创作理论的实践边界问题。从现实到幻想,钟摆会荡过一个叫作浪漫的地带。这当然是个比方,并且看上去是个理论问题;实际上,它的实践性很强。今天,我们就专门来说说这个话题。

一、理论有个实践边界

什么叫作实践边界,它会有什么效应?请允许我解释一下它的概念。边界效应,指的是一个理论体系、一种理论模式,为了理论自洽或自圆其说,可能会在形成这种模式或体系的过程中,屏蔽掉一些让这个理论难以自洽的元素;正是由于这些元素被理论体系自身屏蔽掉了,理论才得以变得圆融。但是同时,这

---

① 这是作者 2020 年 10 月 21 日在中国计量大学做"格致讲座"时的录音整理稿。

些元素实际上是客观存在的,并不会因为被屏蔽就自动消失。比如,我们的写作会在某些理论的影响下不知不觉走进某个"纵深地带",此时我们会突然感觉遇到某种障碍,它似乎构成了一种边界,让人怵然为戒,知道必须止步了。那种提醒你"禁止入内"的声音,有时候来自你本人,但更多时候来自业界。这个业界,主要指的是报纸杂志的编辑,乃至整个出版界。会有一些审稿人告诉你,你的创作有一些逻辑上的问题,或有诸多并不通透的障碍。此时,有人可能会说:"现在的互联网提供了更方便的平台,让我们可以把自己的想法不受理论局限地给送达出去。这样一来,那些障碍或者某些理论带来的实践边界,不就消失了吗?"这种想法不能说没有道理,但我得说,它只有一定的道理。原因在于降低了门槛以后,你所送出去的作品,它自身的逻辑障碍会依然存在,这叫作"带伤前进"。

  为什么会出现这样的现象呢?我想以我的切身体会,跟大家汇报一下我的理解和认识。1997 年,当时我 37 岁,创作状态非常好。应该是在 1994 年到 1997 年间,我觉得我想要探究什么问题,都可能会有所发现;我表达出的文字,让我自己也感到很吃惊,那时候真叫"如有神助"啊!从我的话里,你能感觉到我很羡慕、留恋自己那四年的状态。当时我写了一部中篇小说,叫作《城市的背影》。这部小说的创作灵感来源于生活给我的磨炼、挤压和启示。在当时,为了让身处国企改革背景中的中国经济能够软着陆,国家采取了很多大幅度的举措。由于我们要和市场经济对接,可当时企业生产的产品不能够有效地对接市场需求,使得市场的波谷浪峰把这些企业带入到了颠簸的状态。与此同时,很多原先在国企的、大型集团企业的产业工人,很快就下岗了。他们下岗以后要自谋生路,这个艰难的过程,我那时感同身受。在我的亲戚朋友里面,有很多人就有着类似的经历,现在想起来我都会为他们感到难过。他们非常善良,很多人有一身绝活。比方说,我有一个朋友是八级焊工,但是他所在的锅炉厂倒闭了。即便他是八级焊工,但走进社会,也不可能拎着焊枪,逮着什么焊什么,因此得到一个新的工作机会对他来说其实是很难的。还有的人曾经是厂里的技术标兵,突然之间的变故,使他们四顾茫然,可是这些人真的很善良,他们没有抱怨国家、抱怨社会,而是自己默默承受了这一切。

我的故事是从这儿开始的:一对夫妻下岗了,生活很艰辛。举个例子,早晨去菜市场买土豆,他们尽量挑小个的买。你们可能要说:"李老师,小个的土豆很香呀!把皮剥掉是一样的啊!"但是对于产业工人来说,剥土豆是需要时间的,剥小的土豆会耗去他们去外面摆摊、做家政杂活的时间。但是他们也买不起那种圆嘟嘟的、胖乎乎的、个头很一致的土豆。这对夫妻生活艰难的程度,已经到了这样的地步。长话短说,在丈夫旭生与妻子阮玉双双下岗的时候,家里突然来了一个客人。这个客人旭生是认识的。在家里没有茶叶和副食,只有两只鸡蛋的条件下,夫妻俩没法招待客人。就在这时候,客人出手阔绰,反过来请他们夫妻到餐厅去吃饭,而且摆了一桌子丰盛的菜。当阮玉因为没有像样的衣服出去吃饭的时候,客人把自己的衣服脱了下来,挂在他们家的椅子背上说:"咱们就随意一点出去好了。"这是化解尴尬、善解人意的表现。晚宴结束以后,客人又给阮玉买了一套高档服装。像这样的一些做法，给夫妻俩的艰辛生活带来了温暖；同时他们也非常感谢、非常珍惜客人的友情的馈赠。客人是谁呢？客人叫老铁。有人可能看过我的这篇小说，接下来，情况发生了很大的变化。老铁在这家住下来，就不走了。一天两天尚可，三天五天、一个月、半年下来了，他从来都没提过要走。这个时候，这个家庭就愈加拮据了，旭生只能不停地出去借钱。北方人有一个特点和习惯，就是说不会赶客人走。但客人为什么不走了呢？哪个家庭能够承受这样的事呢？就在这个时候，旭生见到了他上中专时的一个同学，那个人的名字叫花伞。他来找旭生打听说，老铁在不在你这儿？由于老铁在那之前就跟旭生打过招呼，不要向任何人说起"我在你家"，旭生便回答说他不在。花伞则嘱咐旭生："如果他在，你一定要告诉我；而且我劝你，让他尽快离开你家。""我告诉过你他不在。"花伞将信将疑地离开了旭生的家。从那以后，这个家庭的情况再次发生了变化，老铁开始颐指气使、指点江山，开始支配这个家庭，对旭生有了很多不利的甚至伤害他的言行。而随着小说情节的进展，旭生开始慢慢感觉到，在这个家庭中他变得多余了：主人变成了客人，甚至将来可能流落街头。长话短说，最终，旭生有一天晚上在回到家的时候，发现老铁和阮玉有了肢体方面的撕扯，而阮玉正在抗拒。在这种情况下，旭生忍无可忍，他感觉到自己的腿把自己的身体拖到了厨房，他看见了菜刀跳到了自己的手里，他看到自己整个的身体在不受自己意愿支配的状态之下，已经抵达了客厅，他还看到了自己出手的那个瞬间。命案发生以后，旭生被判处了死刑。在围观行刑的人群里，他好像看到了一个人的身影，是花伞吗，还是阮玉？好像是阮玉啊！他喊了一声"阮……"，"玉"字还没有出口，他感觉到法警在他的膝盖那儿踢了一脚，而后他扑通一声跪倒在地。回过头来，旭生对法警说："你能不能轻一点，我有关节炎。"

二、年轻时的偏激

这是一个中篇小说，故事很长，我在这里基本上就算是讲完了，但是我所讲的和叙事的形态是不一样的。"这个李老师到底在写什么？"各位，我在这里要汇报的是：在我们这个社会机体里，有一种现象叫作"善"，它广泛地存在于我们的社会和人群当中。与此同时，还有一种现象叫作"恶"，也存在于我们的社会和人群当中。而当善恶相撞的时候，你要是把恶的那一方面单纯地界定为"做坏事"，有可能不准确。我当时在想一个什么问题，就是当善恶对撞的时候，"行恶"的动机可能是出于"行善"。实际上看过小说的读者就会知道，旭生家里发生的这个变故，是老铁和阮玉商量好的，是老铁要用那种看似强势的、强悍的方式不断地刺激、打击旭生，让他焕发起生活当中那种反弹的、雄性的、抗拒的力量。因为面对生活施加给你的一切，当你无从抗拒的情况下，你不能再一味地那么"善"。需要注意的是，这样说绝不是让你作恶，而是告诉你当你在面对恶的时候，应该焕发出一种雄性的力量，有意识地保护自己和家庭，要能够用你自己的力量让恶离你远一点。

再比如你们或者比你们大一点的哥哥姐姐看过的一个日本

动画片，叫作《圣斗士星矢》，其中有这样一段情节：青铜圣斗士面对黄金圣斗士的时候，他们不断地挑战，又被黄金圣斗士不断地打压，这时黄金圣斗士是这么说的："起来，你反抗！你为什么不反抗？""我不能再反抗了，我认输了！""不！你不能认输，你不能轻易地认输！你得爆发出你的小宇宙！"而当青铜圣斗士爆发出小宇宙的时候，黄金圣斗士也要认输。事实上，阮玉和老铁达成的，就是这样的一种默契。但是我们善良的旭生怎么能够理解呢？他一味地忍让，甚至把自己的家、自己的客厅、自己的卧室、自己的厨房都拱手让给了老铁。他宁可躲到他自己所在的煤炭公司的传达室里去借宿。用我们北方话说，这种一味的"善良"，其实就是窝囊废。男人不可以这么窝囊！而阮玉想借老铁的手激活的，正是旭生身上的雄性的力量。但是实际上，在这个目的没有达成之前，旭生阴差阳错地为了保护自己的妻子出手了，进而导致了悲剧。

　　这个小说讲到这儿，我当时以为自己寻找或发现了一种深刻，现在看来，只能叫作"偏激的深刻"。后来我把这个中篇送到了《钟山》——我们有不少老师喜欢《钟山》，它被誉为"中国文学界四大名刊"之一，其中首推的是《收获》，然后是《钟山》《花城》，还有北京的《十月》，这四个杂志是非常好的。当时《钟山》的主编是赵本夫，电影《天下无贼》就是由他的同名小说改编的。《城市的背影》三审稿件送到他手里。他打电话和我联系。你看，那时候杂志主编会打电话和一个普通作者联系。他说："惊涛啊，你这个小说我们看了，觉得叙事摇曳多姿，非常可读，而且触及了社会那种深层的矛盾，觉得不错哎！但是这个结尾,我们并不完全认同它。你能不能改一改?"可当时的我正处于发现和持有那种"偏激的深刻"的阶段,认为这个小说的结局不能改,改了是很可惜的。因为在以行善为目的的恶行出现的情况下,善良人的解悟还没有抵达某种平衡点就出现了悲剧,这种发现难道不是很深刻吗?所以我说:"我……不改。"虽然没改,但是《钟山》杂志也给登载了。作品发表以后,引起了一些反响,当时有好几位评论家写文章评论它,后来中国作协创研部的胡平老师,他是鲁迅文学奖的评委,还两次把这部小说收录进了创研室编选的小说集里。我跟赵本夫老师是这么说的,我说:"赵老师,这是我一点可怜的心得,我认为这个结局是正解。"当时赵老师在电话里头说了这样一句话:"惊涛啊,这是你所认为的正解;那我问你,像这样的小说的情节走向,有没有一个别解呢?"各位,我当时没有能够理解他这句话的蕴涵。1997 年《城市的背影》发表以后,1999 年我在东北吉林的《作家》杂志上读到了一篇小说,叫作《天下无贼》,读完我瞬间理解了赵本夫老师所说的"别解"是什么意思。回头我还会再说这个话题。说回《城市的背影》这个小说,一直到今天,我都深深地后悔那个时候没有接受赵本夫老师的建议。每次看到这部小说的结尾,我都会有一种窒息感。太沉重了!

三、现实可以抵达深刻

怎么会这么沉重呢?当时我以为它是生活的必然。因为善在对抗恶的时候,是很无力和无助的;把握不住那个临界点,就有可能崩盘。而崩盘的代价，就是生命。这难道不是巨大的悲剧吗？后来，我又在为自己设计的这种沉重寻找一点心理上的平衡。我想到了鲁迅先生的《祝福》，祥林嫂的结局不也崩盘了吗？我又想到了《欧也妮·葛朗台》，夏尔·葛朗台不也深深地伤害了葛朗台小姐，然后崩盘了吗？我还给自己寻找新的平衡：《包法利夫人》难道没有崩盘吗？还有咱们的《红楼梦》。点到《红楼梦》，我突然想起，我们系的蔚然老师是《红楼梦》的研究专家，她的博士论文好像写的就是"《红楼梦》为什么是一部现实主义的著作"。《红楼梦》怎么就是一部现实主义的著作呢？现实主义难道不是一种理论概念吗？它难道不是在18世纪末19世纪初，由波澜壮阔的工业革命所引发的一种文学现象、艺术现象，是绘画界的一种现象生成的一种理论模式吗？你怎么能说《红楼梦》是现实主义的文学作品呢？但是我看了她的博士论文，细细想过后，我赞同她的观点，同意《红楼梦》是一部现实主义作品。它里面难道没有神神鬼鬼吗？有啊！有没有风月宝鉴？有啊！但是它仍然是一部现实主义作品。你会说："哪里有现实主义的作品孩子在出生时口中衔着一块宝石的？"哎，就别再计较这些细节了！为什么说它是一部现实主义作品呢？那就是因为，即使薛宝钗不嫁给贾宝玉，贾母也绝不会让林黛玉嫁给贾宝玉，这是必然的。什么东西是必然的？当生活的逻辑推导到一定的程度，让你感觉到正解的逻辑就是那种必然性的时候，这一定是现实主义法则。我前面所说的创作理论和创作方法的制约性，在这儿就显现出它的力量来了。也就是说，你只要想到薛宝钗是贾母认为贾宝玉应该娶的媳妇的时候，林黛玉的结局就是悲剧的。但是这部悲剧的爱情模式，却让现在在座的各位如释重负。就是说，《红楼梦》作为一部清代的小说，从中能够提取出来的这种爱情模式和理念，能够永远光照人类以至推及遥远的未来，它叫作"心心相印的爱情才是最可宝贵的爱情"，符合这样的逻辑就是未来的方向。但是你看曹雪芹和高鹗给了它什么结局？这个悲剧性的结局，难道不是崩盘了吗？崩掉了啊！

我用这样的一种认知安慰了我自己。所以那部小说在重印的时候，我没有改写它的结尾。但是，我深深知道，如果是现在的我再写这篇小说，我一定会重新想起《天下无贼》。

四、浪漫能够走向崇高

讨论《天下无贼》是一部什么小说，就说到了小说的第二种类型，叫作"浪漫主义"。各位看我屏幕上这个图，我画了一个钟摆。这个钟摆是作家创作的钟摆。它让大家感觉到创作的钟摆往往是从现实开始荡起，就像是秋千聚力发力的那一侧，一松手，这个秋千就荡出去了。当它摆在摆域最宽阔的中间地带的时候，一定是最好的。为什么要这么说，难道现实主义作品不深刻吗？我们都知道司汤达深刻，我们都知道巴尔扎克伟大，同时我们也知道福楼拜完美。但是我得这么说，在这些深刻、伟大和完美之上，雨果一定又享有这样一个概念，它叫作崇高。为什么呢？你看看《悲惨世界》，它光照人类，单单好莱坞和西欧各国就曾19次将这部小说翻拍成电影。最新的一次就是美国人拍的那个音乐电影，你们所喜欢的女明星——安妮·海瑟薇在里面出演了芳汀。

为什么说雨果在享有深刻、伟大和完美的同时还拥有崇高，就是因为赵本夫老师所说的："对于现实，我们在拥有正解的前提之下，一定要让自己想一想还有没有别解。"这个"别解"指的是什么？它指的不是必然性，而是生活仿佛存在着一种可能性。什么叫浪漫主义？浪漫主义它一定是在生活的必然性之上，再寻找一点可能性。如果说现实主义深刻到极致，令人窒息，那么浪漫主义一定会在深刻之上，寻找到必然性之外的"别解"——那一点点可能性。如果有那一点的可能性，人类就将可以呼吸了。

芳汀是最悲惨的母亲，我们的外国文学老师在讲到芳汀的时候，一定会跟你们说一句话："寄托有的时候就是断送。"为什么呢？德纳第和他的妻子虐待珂赛特，但是苦到极限的情况下，冉阿让来了，给她带来了布娃娃，带着她离开了那个对她戕害深重的德纳第的家，带她潜伏到了巴黎。冉阿让细心的呵护，给了珂赛特一些生活的勇气，给了她一点人间的美好。后来珂赛特邂逅了马吕斯，收获了爱情。现实能够这样吗？我认为你不能说这一点也不可能。作家雨果在深刻的沉重之上，发现了这一点可能，他便写了这一点可能。我们在学习法国文学到雨果这个章节的时候，可能永远都无法接受的是：冉阿让怎么能够让沙威警长由于良心发现而投河自杀呢？有人可能会纠正我说："李老师，他自杀不是因为良心发现，而是因为他不能够达成使命，因为在道义上他已经输给了冉阿让，所以他最终投向了塞纳河，沉水自杀了。"对，我承认你说的；但是我依然要问：真是的，有没有沙威自杀这样一种可能性呢？当我开始这么问自己的时候，在座的每一位同学也可以这样问一问自己：生活那么沉重，有没有可能给你一点呼吸的空间？人类到底为什么因为生活的沉重而不放弃生存呢？就是因为，依然存在着那么一点点可能性。

五、现实与浪漫的分野

上个月我儿子和儿媳妇举行婚礼，在给他们致辞的时候，我本来想说这样一句词儿："生活很不容易，即使你努力了，它依然不容易，因此也值得你努力。如果太容易了，那还让你努力干什么呢？"所以我们说生活很沉重，以后各位不管是学习还是求职，打拼都不容易，都会吃苦受累，流很多汗水，甚至泪水，那都是必然的。出了很多汗、流了很多泪之后，你要想到，由于你的努力，生活当中或许就多了一丝丝新的可能性。这个时候，你会想起雨果，想起赵本夫。赵本夫写了什么呢？他写的是："傻根认为，天下无贼。"这个话现在说给大家，我想大家也都是不可能相信的。天下无贼？天下怎么可能无贼啊？赵本夫就敢于这样写——天下有贼，但是正是那个贼要圆傻根那个"天下无贼"的梦。这可能吗？你不能说一丁点可能都没有，其实是有这么一点可能的。当有了这么一点可能，生活难道不是在慢慢地向好吗？生活能够由于这一点可能而向好，难道不值得努力吗？赵本夫的伟大，原来在这里！我不敢说赵本夫写《天下无贼》就是因为在看了我的《城市的背影》以后，为在我的所谓"正解"之外提出别解而写的。但是我愿意相信，赵本夫作为根扎大地、根扎黄河古道的一位有良知的作家,他深深地体验着、打量着、体察着、表达着我们这个沉重前行的社会,永远不放弃生活中那一点渺茫的希望,并且为之努力,最终才将其放大成了这部作品。2002年,冯小刚说要购买这部小说的版权拍成电影,但是两年过去了,他还没有开始拍摄,原因就是他碰到了一个障碍:凭什么王薄和王丽这两个贼突然之间良心发现,要去拯救傻根的那个"傻瓜"梦想——"天下无贼"呢?毕竟最通常、最世俗的认识是:贼应该是偷东西的。可他们现在却要保护傻根的钱,这怎么可能呢?

但是这个故事太美丽了,太感人了,太可贵了,如果不把它拍出来,会让人一直记挂着,难以忘怀。又过了一段时间,这个问题终于被冯小刚克服了,就是后来大家在电影里面看到的,王丽怀孕了。"我是贼,我不能让我的儿子继续做贼。王薄,咱俩别偷了;不但不偷,再帮一下傻根,让他圆那个天下无贼的善良的梦想。"天下无贼——那难道不是人类的梦想吗?傻根虽然"傻",但是那代表了人类的一种朴实的愿望。天下无贼,这个美丽的梦想的达成,是要付出代价的,最终的代价就是血的代价。

你告诉我说,我必然要死,这是现实主义,这不美好;可你告诉我说,我可以活得美好,这不一定必然,但是有这种可能,这就是浪漫主义。只要有这种可能,就值得活,而不是死。像由斯蒂芬·金小说《不同的季节》改编的那个电影,各位大多看过,叫作《肖申克的救赎》。有希望,就值得坚持;只要坚持,就有希望;只要有希望,那就值得活。不仅如此,你还要用毅力来维护希望。所以永远不要掐灭生活当中的那一点点希望,就像暗夜里头保护被风吹的火苗一样好好保护它，不让它灭掉。只要它不变，至少你手心是暖的。十指连心，你的手心是暖的，你的身心也就是暖的，你就还能往前走，这是生活最可贵的地方。

我为什么现在越来越倾向于认为雨果是一位崇高的作家？因为他虽然告诉了我深刻，告诉了我真相，但他不只是要令我窒息，他还要让我能够呼吸。同时我也想到，要想葆有那个希望，其实并不容易。它还需要用一点本领。所以在座的各位既然已经来到了大学里，就要认真学习自己的专业，掌握一点技能。就像你知道的，那个银行家安迪之所以能逃出生天，就是因为他在狱中利用了自己的财会、金融知识。他只要没有死掉，他就能够想办法打通那个地洞，就有可能逃出生天。所以我认为，浪漫、浪漫主义能够让人喘气，但你还需要掌握本领。它可以帮助你像保护火苗一样保护好那一点点可能性，让生活里的光亮慢慢地放大，变得越发光明。这是我理解的浪漫主义，它就是要好好地呵护那种可能性。

还有一部电影，叫作《被解救的姜戈》，是好莱坞的鬼才导演昆汀·塔伦蒂诺的作品。现场大三和大四年级和已经毕业又来听我讲座的同学，大多上过我的小说创作理论课，课上我也会跟他们介绍《低俗小说》和《被解救的姜戈》。姜戈终是被解救的吗？是被解救的，是被舒尔茨解救的，看过电影的各位都知道。但姜戈后来仅仅是被解救的吗？不。因为突然之间他发现，从来就没有什么救世主和神仙、皇帝，解救自己的，只能是自己。为什么？因为舒尔茨突然被卡尔文干掉了，只能自己解救自己。而当他拼命地努力，自己解救了自己以后，还可以解救他人——希尔蒂。《被解救的姜戈》不只可以从后现代电影、独立电影或黑色幽默的角度来解读，其实你也可以认为它有一种浪漫主义的精神，就是姜戈从被解救到自救到最终开始救人。这是让我们经常处于"窒息状态"的昆汀唯一一部让人喘过气来的电影。就像他的《八恶人》，里面的人物都恶到了极点。你从头看到尾不禁会感叹，人怎么都这么坏，太坏了，有一个算一个，全都坏透了！各位，八个恶人呢，超过两个半小时的片长，谁能受得了？审丑、暴力美学全在这里头。你去忍受它，最终会恶心到窒息。但是《被解救的姜戈》不是，它让你这口气喘过来了。这个非常难得。

六、幻想的魅力

这样一来，就说到了我今天话题的第三个部分，幻想。相信大家都很熟悉《西游记》，和日本作家角野荣子的《魔女宅急便》。不妨再列举两部大家耳熟能详的作品，J.K. 罗琳的《哈利·波特》和托尔金的"魔戒三部曲"。《哈利·波特》改编拍摄的电影，已经有八部；托尔金的"魔戒三部曲"，也就是那三部《指环王》，相信大家都不止看过一次。不管是《指环王》还是《哈利·波特》，它所呈现出来的这个世界，和我们在座的各位所感同身受的世界是不一样的。那是一个幻想的世界。那个奇幻的世界跟浪漫主义似乎也没有什么关联，跟现实主义的距离好像更加远了一点。因为在座的各位想像哈利·波特那样穿墙而过，拥有魔法跟伏地魔大战，不太容易。我们也更不可能像小魔女琪琪那样骑着扫帚在天上飞,那是她与生俱来的一种技能。这种技能可以让13岁离开了爸爸妈妈,到另外一个城市打工的她活下来,因为她可以帮人送快递。注意,这里面还是有一个中介因素,能够将作品与生活经验串联起来,就是我们刚才说到的,要有一点生存的本领,才能够谈得上所有的其他;有这种能力,才能在世界上安身立命。

《魔女宅急便》、"魔戒三部曲"、《哈利·波特》这类作品,包括《西游记》和《封神演义》,会让我们感觉到它们跟我们生活的世界不一样。确实,非常不一样。但是到底什么地方不一样呢?难道仅仅是因为有了奇幻或魔幻吗?奇幻、魔幻世界一定是跟人类生活的世界不一样的。但在这些现象被创造和诞生之前,各位会注意到,是作家创造了奇幻的规则,作家设定了魔幻的法则。如果将其和现实主义、浪漫主义相比可以发现,这些作家传达的不是生活的必然性,甚至也不是生活的可能性,而是生活的"不可能性"。文学艺术的神奇魅力就在这儿焕发出了光芒。什么样的光芒呢?就是说作家可以创造生活的不可能性。比方说,珂赛特和马吕斯之间存在结合在一起这种可能性,但是说这一事件存在必然性,那么它立马就会变得"摇摇晃晃";再比方说,傻根的那6万块钱没有被偷走是一种"脆弱的可能性",那么说这笔钱被保护下来也存在"必然性",那么它将更加脆弱。但是如果珂赛特和马吕斯的婚姻、傻根的梦想出现在"魔戒三部曲"、出现在《西游记》、出现在《封神榜》、出现在《哈利·波特》等作品里面,你还会觉得它不可能吗?你完全会觉得这是可能的。甚至你宁愿相信这是可能的。我给大家上课的时候,分享过一个理念。就是说你明明知道宫崎骏先生的动画作品是奇幻的，是"非科学性"幻想，可你为什么就是愿意相信它呢？移动的城堡靠着一撮火焰的燃烧，可以在地上行走，还飞上了天。可能吗？不太可能。但你看宫崎骏的电影，你宁愿相信它。老师如果告诉你说这个不可能，可能就说明老师并不喜欢宫崎骏，也不懂宫崎骏，说明老师上宫崎骏这个动画电影研究课，是来赚课时费的。而我从来没有说我不相信宫崎骏。我只是问你，你为什么相信宫崎骏？后来我发现了其中的一些奥秘。奥秘就是应该或者必定有一种中介因素，消除了你的警惕性，让你宁可放弃理性思考，然后用审美的愿望来替代你的判断，让你愿意相信宫崎骏。因此你才相信《风之谷》里那样的飞行器是完全可能存在的；王虫和巨神兵的存在不仅可能，而且好看到过瘾；龙猫应该也是存在的。有人说，我知道它是存在的，因为什么呢？我自己买一些龙猫的画片，把它小心地压在我的文具盒里，又把它放在枕头底下，我希望有一天晚上龙猫可以出现在我的梦里。龙猫会出现在你的梦里吗？这种可能性有，如果迄今为止它还没有出现，你要有信心，将来的某一天，它一定会出现。

七、法则设定在先

幻想文学中，由于作家建立了自己的法则、规则和尺度，甚至打造了自己的世界，形成和拥有了自己的"世界观"，因此你会接受他设定的法则和规则，宁可相信他所创造的一切。因为他法则设定在先，那么既然你接受了他的法则和规则，你就相信它是存在的。为什么呢？例如角野荣子在《魔女宅急便》中说，魔女家族小女孩在13岁的时候，一定要在一个满月之夜，可以是晴朗的满月之夜，不下雨的满月之夜，微风飘拂的满月之夜，骑上扫帚告别自己的父母，离开家，到另外一个陌生的城市独立地生活一年。这期间可以哭鼻子，但不许回家；可以求助，但求助者不能是父母。如果小女孩能做到这些的话，就可以继续拥有骑着扫帚满天飞的本领；但如果一旦哭鼻子，或者回家求助于父母，那么从此以后，她就永远飞不起来。这是角野荣子设定的法则。这个法则设定了以后，你欣然接受，你或许还会觉得这个法则设定得太可爱了，你甚至愿意借助于它而相信有魔女的存在。而且外国文学的老师也一定讲过，中世纪骑士文学之前，有大量的作品都曾写到过关于"魔女"的故事。那么，《魔女宅急便》是有其文艺传统的。我们都知道，魔女飞上天一定要借助一些东西，这个东西还是你在生活当中随处可见的，没有这个东西不行。那就是打扫你房间的那个扫帚，大家在楼道里不妨跟阿姨借来试一试。你看，即使是拥有魔法的魔女，想要飞上天也要借助一定的工具，这也是设定的法则。在电影的最后，有一个小说没有写到，但是宫崎骏新加的一个大情节，就是魔女琪琪飞上天去拯救蜻蜓。之前她的扫帚已经折断了，看起来没有办法了，这时她看见一个老爷爷——打扫城市卫生的环卫工人，手里头拿了一个刷子，她说："老爷爷能借给我用一下吗？"骑着那个刷子，她就飞上了天，顺利地把蜻蜓从高空中救了下来。多么美丽的梦想，多么动人的场景，多么感人的画面，宫崎骏把它做成了。这也是由于他设定法则在先，你宁愿放弃自己的理性判断,你信了他。

继续说宫崎骏。说到龙猫,龙猫硕大无比,我曾经提问过,你怎么能相信它在没有翅膀的情况下,居然就飞上天了呢?它很重啊。有的同学说:"我发现它飞上天的时候是打着一把伞的。"对,那把伞是宫崎骏降低你理性抗拒力和警惕性的一个手段。有伞,空气有浮力,它就可以升上去了。但是宫崎骏发现光有这个还不够,他还设计了一个陀螺,用绳子一拉,陀螺就开始旋转,嗡嗡地响。龙猫跳上了陀螺,陀螺一旋转可以产生上推力,然后上面有一把伞,就能让硕大无比的龙猫飞到天上去。所以如果作者所创造的世界是幻想的世界,他一定会先设定法则,先制定规则让所有的受众、读者接受,之后他们自然就会放弃抗拒的力量,放弃理性思考,宁愿用审美的愿望来代替理性,并接受这作品里的一切。就是这样,这是奥秘。

八、创作钟摆的摆动

到这里,就到讲座的最后部分了。你们可能要说:李老师,我们也知道你在这儿"忏悔""检讨",说那个《城市的背影》。你写的那些小说,都是《城市的背影》这一路数的吗?其实不全是。我写过一篇小说,叫《三个深夜喝酒的人》,说的是三个男人生活很艰辛,深夜喝酒,互相倾诉,挺不容易的。当然我现在承认,这篇小说稍微有一点矫情,为什么呢?——男人再不容易,还能有女人更不容易吗?女人、女性、女子很辛苦,这是天然的,十倍于男性、男人、男子的辛苦。这时候我必须坦白地说这一句话。为什么呢？因为我有爸爸也有妈妈，我有哥哥也有姐姐，我有嫂子，也有夫人，我现在又有儿媳。我今年都60岁了，在这里说的是实话。女性很辛苦、很不容易。因此，你们看巴尔扎克所写的《欧也妮·葛朗台》，里面的欧也妮小姐，看她最后的生活的状态，她简直就成了一个圣女或者圣母。她怎么就成了圣母呢？因为她后来拥有了万贯家财，她做慈善事业，她帮助了一些困难的人，她甚至为自己堂哥的老爸还清了所有的债务，解救堂哥于水深火热之中。难道不是堂哥欺骗了她吗？让她在爱情里收获到的只是苦果吗？那她为什么还要帮他们？那就是因为她是女性啊。善良几乎是女性天然的禀赋。听到这里，大家也会明白，现实主义的作家也不全是从来不让人呼吸的。他们会通过相应的生活的必然性，表达出让你呼吸的空间。欧也妮小姐就是这样的人物。《欧也妮·葛朗台》里的欧也妮小姐比《高老头》里的那两个女儿好多了，很棒。那你说李老师，你写的这个《三个深夜喝酒的人》是个什么小说？这篇小说也是我在1997年写的，后来2000年才在《十月》上发表出来。我探讨了一点东西，就是如何把现实的生活和幻想的东西天衣无缝地嫁接起来。就像我刚才告诉过你们的，我一定要找到一个中介因素。这个中介因素后来被我找到了，是什么呢？喝酒，拼命地喝酒，喝了很多酒，喝得特别多。这三个男人出现了眩晕，他们感觉到自己飘飘忽忽已经飞上天了。后来第二天早上，环卫工人过来了，就说这个地方怎么这么乱、这么脏、这么差，还有好多的酒瓶子，还有很多剩菜，还有地上的死蚂蚱，还有烟头；那喝酒的这些人呢？另外一个女环卫工跟那个年长的环卫工很俏皮地说："你说他们啊，他们飞上天去了。"

这种方式，就是将现实用很微妙的文字过渡到幻想的世界里头去。那是我写的为数不多的一篇让现实和幻想嫁接起来的小说。我给大家上小说创作理论那门课的时候，谈到过福斯特先生的《小说面面观》。《小说面面观》里边有专门的一章，就是讲"幻想"的，不过他讲的幻想是纯非现实的因素，我不多说了。

九、不一样的现实

讲座最后，我再向大家分享一部作品，叫作《砂子》。我从自己的作品《城市的背影》开始，又用自己的作品来结尾。《砂子》是一个幻想性的小说，后来我觉得它写出了一种"不一样的现实"或"另一种现实"。那个小说写过了以后，我自己都感到很奇怪，《钟山》现在的主编贾梦玮老师完全接受了它。发表了以后，他打电话跟我说："惊涛，你这个小说有个选刊要选。"后来，《长江文艺·好小说》选刊全文转载了这篇小说。这事我自己还不知道，是大学同学阎建民给我打电话说："哎，惊涛，你那个小说被《新华文摘》全文转载了。"我找来一看，还真的嘞，我自己也很意外。我就在想，为什么《新华文摘》和《长江文艺》都在转这个小说。它好吗？或者说它好在哪里？我现在也不是完全明白。但是我知道这篇小说跟以前我所写的其他小说，都不一样。是哪里不一样呢？我稍微讲讲开头几句话，你们一听就会发现，这跟我以前的那种现实因素特别浓重的小说不一样的地方。

上班第一天，CEO 叫我到他办公室去一趟。去的结果是，他朝我眼睛里揉进一粒砂子。

你干什么你！我跳开来，用手捂着那只进了砂的眼睛；另一只眼，惊诧地望着 CEO。

干什么，他说，你不是已经有了反应嘛。

我是有了反应。因为眼睛，确切地说，是左眼，已经被硌得火辣辣的，开始流眼泪。

你们看，小说的前几句就会让你感觉到，其中的逻辑跟我们的生活完全不一样。职场上哪有一个上级领导在新员工上班第一天就把他喊到自己的办公室里头，朝他眼睛里揉一粒砂子呢，是吧？但它是一个无厘头的恶作剧吗？它不是。小说会郑重其事告诉你，这个新员工眼睛里被揉砂子似乎很必要。可这完全是说不通的逻辑啊。你看，到了这个时候，现实的逻辑和幻想的逻辑就发生了矛盾，有了对撞。之后沿着哪个方向走？沿着现实的方向走——出去洗一洗，砂子洗掉了，迎面在走廊里碰上 CEO，他就说，小李或者小王，刚才是跟你开个玩笑，怎么样，洗好了？洗好了上班去吧。这是现实的方向。但是小说是沿着非现实的方向走的，是现实的不可能性，是那粒砂子永远也洗不掉，是他必须忍受那种硌痛的感觉，是想尽了千方百计也去不掉那种感觉，使他被迫无奈地接受它消化它的过程。这个非现实的方向，对于我来说，挑战性挺强的。我想表达什么呢？我想用非现实的手段、不可能存在的现象，来表达我对于社会生活的理解。就是在生活当中我们会碰到很多感到匪夷所思的事情，这个东西它非常考验人，考验的结局大概有三种。喜欢看我那篇小说的，会发现在那个小说里边三种结局都是有可能存在的。但是我最终决定，在小说写到六分之五的时候，把它中断掉了。中断掉了以后我说，小说写到这儿已经算是结束了。此后发生的事情，我也不妨跟大家多说几句。我最终绞尽脑汁、苦思冥想，认为我对生活的所有的理解不足以在这六分之五的情节里得以充分表达，又给出了后六分之一的篇章。那个小说其实折射了现实的残酷性，它用不可能的现象来说明，生活对于我们的考验有时候简直匪夷所思。在这种情况下，你一定要坚定你内心的法则，不放弃自己毕生追求的那些原则，你的生活会让别人感觉到与众不同，你的存在本身也会让人感觉你与他们不同。所以呢，一个幻想出来的作品，也是可以而且能够表达出你对生活的思考和发现的，更不用说还有你们所喜欢的、众多的那些幻想性的作品。

十、必然性—可能性—不可能性

到这儿为止，我要再简单地做个小结。我所做的这个作家创作的钟摆，是沿着现实的一极摆动到了幻想的另一极。而这只是认识众多文学作品的一个角度。这个角度是以现实为参照物和参照系构建起来的一个思考的结果。它并不能够涵盖古今中外大量的其他形态的作品，特别是现代主义和后现代主义文学中诸多流派的作品。比方说，你要拿卡夫卡的作品放在这个钟摆里头，你会感觉摆得比较吃力。因为我建立钟摆的参照物是现实，我所要表达的创作理论和创作方法在实践过程中所碰到的边界，就是由必然性到可能性，再到不可能性这个过渡过程。那么，最终我的结论就是，文学创作的理论，它是受世界观和思维方法所支配、影响和决定的。在这样的过程中，各种理论和方法，它们彼此之间是有边界的。从现实主义到浪漫主义，你可以从必然性和可能性去认识；从浪漫主义到幻想文学，你可以用可能性和不可能性作为试金石来衡量。掌握了这些，你就能够有效地在自己写作的过程当中，鉴定你的创作实践的基本形态。但是你切切要记住，幻想文学一定要先设定法则、规则；浪漫主义文学一定要表达出让人类能够向着美好的方向前行，让人能够"呼吸"的可能性；现实主义的作品，它的深刻、它的博大以及它所有的价值意义在于，它让人理性，它让人清醒。现实主义作品很少向人提供心灵鸡汤，浪漫主义作品有可能提供一些心灵鸡汤。但请切记我所说的前提，当你"喝完了鸡汤"以后，你是要干活的啊，你要干活是需要技能、技巧的，这就是在座的各位在大学所学的专业。你拥有了专业的技能，你再相信生活当中存在着美好的可能性，你工作起来就会信心百倍。在这样的一种情况下，我觉得幻想也不是不可能的。我跟你这样说，唯其不可能，它才让人感到陌生，你读起来的时候才会兴味盎然；唯其不可能，唯其陌生，它才令你格外向往，令你感到充满趣味。因为它已经突破了现实的所有的必然性和可能性，呈现出来的是诸多的不可能性，它丰富的是我们人类的广袤的、博大的、美好的、神奇的精神世界。

最后要说的是，文学如此多娇，引无数英雄竞折腰。它值得你喜欢，值得你去爱，值得你追求。因为如果你追求了文学，喜爱了文学，或者开始创作和创造文学，你的精神世界将会变得很博大。特别是，文学有一种我觉得是其他的学科不太容易给予的一种可能性：如果你热爱、喜欢和追求文学，你会顿时感觉到，这个世界上存在的不只有一个你，你也并不是只在世界上存在了一次，文学会让你在精神世界里变出无数个自己，拥有无数次人生经历。文学是什么？你仰望星空的时候，满天的星斗便是你的精神世界；因为我坚信，文学的星空永远会光照你。

我今天的讲座，就讲到这儿。谢谢大家！

文学的复活力量[①]

今天这个讲座的题目,叫作"文学的复活力量"。

各位同学都知道,有门课程叫作"文学概论"。老师讲文学的基本原理时,会讲到文学的功能,会介绍文学有认知的功能、审美的功能、教化的功能,还会介绍到文学的愉悦功能。这个愉悦的功能,很像你们常说的"治愈"功能。比如你们看日本女作家角野荣子的小说《魔女宅急便》,会对魔女琪琪感到新奇。作家在小说中设定了一个规则,即魔女的孩子要想继续成为魔女、葆有法力,必须在13岁的月圆之夜,离开家到陌生城市独自生活一年,磨炼自己,不许退缩。你们看完了,会觉得它对自己目前出门求学、在外吃苦生成的畏难心理,有一种"治愈"的效果或者力量。这也是文学的一种功能或力量。

[①] 这是作者2021年10月27日在中国计量大学应邀为校庆43周年所做文学讲座的录音整理稿。

但是我们打量一下，会觉得文学的上述四种功能，都是从作品对读者的角度而言的。我今天讲座的题目，可能会偏向作家创作的角度，即从作家创作的角度来说，文学具有一种什么样的力量。我要说的是她的复活的力量。复活什么？我认为复活的是历史文献，让历史文献成为文学作品。

大家知道文学作品创作的源泉，往往来自熟悉的现实生活，也有些来自历史甚至梦境……当然，老师还会和你们一起探讨出更多的角度。但是，说到历史成为题材或素材，你们就会碰到一个问题，即文献如何变成文学作品。这时候，我要说，文学具有一种让文献复活的力量，通过作家的创造性劳动，历史文献也可以变成文学作品。

我今天要举的例子是两个，一个是我新近写的小说《复活》，发表在《雨花》2022年第3期；一个是我们中国计量大学的文化品牌作品，就是于2018年10月17日首演，迄今已经演出25场，由我们人文与外语学院师生原创和主创的音乐舞蹈史诗《千秋计量》。

一、"杞梁妻"是如何从历史文献变成舞蹈剧本和小说的

事实上，"杞梁妻"是我们学院哲学所林孝瞭博士让我为他女儿圆圆写的一个舞剧，后来因为经费所限没能搬演，又被我改为了小说《复活》。林博士的女儿圆圆，长得出众，擅长舞蹈。林博士搜集和整理了相关文献，将春秋战国时期齐国勇士杞梁与

华周的"且于门之战"题材推荐给我,让我写个舞剧。那时候大概是 2017 至 2018 年,他住在杭州下沙的"金沙学府",我住在"云水苑"。两家很近,他便经常到我家来夜谈。经过几次深夜长谈,我们商量把"且于门之战"的故事,设计为一部三幕舞剧:一、出仕;二、殉义;三、哭夫。

要把"且于门之战"写成舞台剧,就要研究历史文献,就要弄清楚何谓"且于门之战"。而这就要涉及春秋战国时的晋齐争霸,涉及晋平公重创齐灵公的"平阴之役",涉及齐庄公姜光在公元前 550 年至前 549 年的伐晋未功,涉及齐庄公班师回国时对莒国耍小性子、挑衅人家的举动。"且于门"是莒国的城门,"且于门之战"正是因为上面最后提到的那件"小事"所引发的。在那场战斗中,有三个载入史册的勇士——杞梁、华周和隰侯重。但是,如此惨烈的战斗,是怎么改编成由一个女生做主演的舞剧的呢?因为那场战斗里除了勇敢,还有爱情——勇士杞梁的妻子,后来成了名满天下的孟姜女……孟姜女哭长城的故事感天动地,还是中国民间四大爱情传说之一。

但是,在历史文献《左传》中,并没有记载孟姜女哭长城的事情,因为时空是错位的,她哭倒长城,是后世的民间演绎,文献中并没有。其实孟姜女也不姓孟,更不叫姜女。她姓姜,是春秋战国时齐国的世族长女。孟,即是长,是老大;孟姜,即"大姜"的意思,如同电影《大李小李和老李》中的"大李"。也有人研究说,嫡长曰伯、庶长曰孟,说孟姜不是世族长房而是次房生的大女儿。此处我不想纠缠什么长房、次房,因为这对于改编作品来说并不重要。吕不韦在《吕氏春秋》里曾说,孟即是长，我采用了吕不韦的说法。

1. 先说第一幕"出仕"，华周请好友杞梁出仕齐王；杞梁与妻惜别。

舞剧第一幕要解决的最大问题，是"无中生有"。编剧在第一幕的常规任务，当然是要交代主要人物关系，并引入全剧的主要矛盾。杞梁夫妻是主角，他们俩必须在第一幕中出场。但是这部分内容，《左传》中一点都没记载，因此这一幕完全是林博士和我"无中生有"的创造。《左传》记载"且于门之战"的所有文字，不到200个字，且杞梁妻孟姜在最后才亮相。这不行。我们不能拘泥于文献，她必须在第一幕出场！

我们研究文献后，觉得文献中记载的齐国武士贾举向齐庄公推荐华周与杞梁这件事，其实是有可以拆分的空间的。这样，我便为华周和杞梁的被推荐，安排了先后顺序，让这一过程错落开来。我设计让贾举先找华周，推荐他出山。然后，华周又向贾举推荐了杞梁，并把他浓墨重彩地介绍了一番，说杞梁是杞国流亡贵族的后裔，是有上古遗勇的真正武士，是澄怀观道的隐世高人。这样，贾举便格外动心，让华周去找杞梁，问他愿不愿意出仕齐王。好了，这样就把杞梁夫妻出场的氛围铺垫足了。华周去请杞梁，是在公元前549年春天。他手里拎着两条肥美的母鲤，表明他是懂礼数的武士。他到了杞梁家里，只见到杞梁的母亲；老人家说杞梁夫妻俩到山林里去了。杞梁母亲见华周送上母鲤，你猜老人家怎么说？——"春食雌鲤，不知其可也。"她的意思是说，春天吃母鲤，不好啊。言下之意，母鲤肚子里有很多鱼子，可以繁衍成千上万条小鲤鱼。华周听了，不免大为惭愧，表示一会儿到山林里找杞梁时,顺道到河里放生。

到了山林里,华周果然见杞梁夫妻正在狩猎,但他只对猎物张弓,却引而不发。华周催促时,杞梁说:"母鹿妊娠,焉可射杀?"这两笔,便把杞梁虽是勇士但有悲悯情怀的一面写出来了。孟姜在华周劝杞梁出仕的过程中,也敢于表明自己的态度——"勇而无礼则乱;若不逊以为勇者,下妾敢恶之。"你看,春秋战国时代,夫妻俩做事出双入对,遇事也能发表意见,表明女子的地位远比明清时期要高得多,特别是在葆有夏礼的杞国流亡贵族家庭里——这是林孝瞭博士提醒我的。然后,剧情就到了杞梁在家设宴款待华周,华周劝杞梁出仕齐王;席间话题说到春秋无义战,每战必杀,杀愈多,愈无义,说到杞国亡国史,进而显现杞梁母子对战争的厌恶……这就来了难题:华周如何说服有和平主义思想的勇士杞梁出山?

我们查阅了很多文献,最后在《论语》里找到了子路的观点,叫作"不仕无义"。这句话的意思是如果国家有战,人人都不出战,便是以一己之私而乱大伦,那还能叫作"义"吗?华周用这样的观点,最终说服了杞梁母子,特别是杞梁,他终于同意出山了。因为说到底,隐士杞梁是隐居以明其志,行义以达其道。这里,就可以对孟姜和丈夫依依惜别的场面大写一笔了。她表明"采葑采菲,无以下体,夫君取节焉可也"的心迹,以及"德音莫违,及尔同死"的心志,都是很动人的场面。

接着,是如何将典籍中交代不足的部分进行合理化和具体化的展开。《东周列国志》中也写到齐王并不待见杞梁与华周,没给他们俩"五乘之宾"待遇,只让他们俩合用一辆战车,随军立功就好。齐王为什么这样贬抑他们俩？为什么给武士以差别待遇？各种文献都没有交代。我们要解决这个问题，一则让观者信服，让他们明白战车待遇事出有因；二则——也是更重要的，是让杞梁的上古武道精神得到展现。

我们是怎么写的呢？

两个勇士被贾举领着来到齐庄公面前。姜光要面试他们，要求武士献艺。这时候，举荐者贾举紧张得直哆嗦。"执射乎？执欲乎？孰先？孰后？"他害怕杞梁、华周表现不好，让他背上戏君甚至欺君之罪。在那种情况下，华周提议自己先来。春秋时期的教育体系中，礼乐射御书数六艺里，只有"射"和"御"涉武。武士要通过表现射艺和御术——即射箭和驾车，来展现武艺。华周说我先来吧。由于上古武道重礼节、讲谦让，华周的"我先来"，看上去不够谦让，不甚符合武道，但其实也是一种担当，因为毕竟是他带着杞梁来的，他必须率先表现，况且开局漂亮的话，他还可以占尽风头。齐庄公问他先展示什么，华周说射箭。接下来，我设计的情节是只见华周张弓搭箭，突然一阵风刮过来，一只虫子刮进了他的眼睛里。他停下来揉眼睛，缓不过劲来。齐王疑惑了，怎么还不射？一再催促之下，华周只能发箭。箭镞飘飘忽忽飞向靶子，齐王一看，未中靶心，成绩一般。接下来他又去驾车。但他御术不佳，差点人仰马翻。他极力控制平衡，才稳住战车。他搞砸了。

华周之后是杞梁出场。按说杞梁的驾车技术极为高超，箭术也首屈一指，百步穿杨不在话下，尤其他还有自己独特的射箭方法，叫作"蹴射"，即一边伏身跃进，一边射杀敌人。但是，令人费解的是,他在齐王面前只表现了御术,而且成绩平平。这让华周、贾举等人大为吃惊。思来想去,华周理解了杞梁,觉得他真是上古武士中的顶级人物,太讲究武道了——他不想过于暴露才华覆盖华周的武艺,让华周在齐王面前显得卑微,所以才故意表现得一般般,以此衬托华周。这是我为杞梁、华周没能从齐王面前脱颖而出找到的合理表达。

所以,齐王才让他们二人合用一辆战车、随军立功即可,他们也随之错失了"五乘之宾"的待遇。什么叫"五乘之宾"?即一个被齐庄公相中的武士,会有五辆战车加持。那么,杞梁、华周二人共用一辆战车,岂不是一种羞辱?而这正是引出杞母训子的关键支点。

后面的桥段大家都知道了,就是华周发牢骚:"君之立'五乘之宾',以勇故也,君之召我二人,亦以勇故也,彼一人而五乘,我二人而一乘,此非用我,乃辱我耳。"两个人都打算离开齐王。但是杞梁是杞国流亡贵族后裔,崇尚古礼,说:"梁家有老母,当禀命而行之。"

好的,回去请示。我虚构他们俩向军营里的驷车庶长请假,一同回村见杞母。到了村口,华周忽然表示不陪杞梁同去了。为什么?因为前面写到华周请杞梁出仕时,在杞家大吃大喝,敲着筷子慷慨放歌,吹嘘将有"五乘之宾"待遇,可现在却是这样一个难堪的结局,他感到惭愧,他宁愿缩在一棵老槐树底下看蚂蚁搬家。杞梁只好一人回家。大约三个时辰后,他回来了,一声不吭,继续往前走,来到一条小河边,看见河水东逝,滚滚而去,他接着给华周讲,母亲是怎样训示他的。

杞梁问母亲，说我是您的儿子，来到世上一遭，想要"不朽"；现在请教您，什么叫作"不朽"？光宗耀祖算不算？高官厚禄算不算？

我们说了，杞梁母亲是杞国的贵妇，深谙世道和夏礼。她用晋国大夫范宣子求教穆叔孙豹的典故，告诉儿子什么叫作不朽。她说："孩子，你说的这些，所谓禄爵封荫，光耀门庭，无国不有，都不能算不朽。真正的不朽，是穆叔孙豹说的'太上有立德，其次有立功，其次有立言，虽久不废，此之谓不朽'。"这时候，杞梁说他和华周作为武士，想要做到不朽，事实上只有立功一条路可走；而要立功，齐王给的条件也太差了，不仅不是"五乘之宾"待遇，而是两人合用一辆战车。这时候，你们知道杞梁母亲是怎么说的？她说：

"汝生而无义，死而无名，虽在'五乘之宾'，人孰不笑汝？汝勉之，君命不可逃也！"

这几句石破天惊的话，是我看到的母亲能够对孩子说的最富有道德高度和家国情怀的话。作为母亲，她这番话堪比后世岳飞的母亲给儿子在背上刺的"精忠报国"四个字。

华周听完杞梁说的，更加感到惭愧了。没想到一个老婆婆都能够说出"君命不可逃"这样有觉悟的话。国王的命令是不能随便辞掉的，他身为武士，还有什么可说的？于是哥俩重回齐营，加入队伍中，成了齐王麾下的猛士。

2. 接着是第二幕"殉义"，即杞梁、隰侯重和华周为齐两死一重伤，以此展示春秋武道。

这部分《东周列国志》写得很具体，杞梁、华周都有上佳表现。我写的时候能够借力,也比较省心。齐王问他们要几辆车、什么装备。杞梁和华周回道:"我们来的时候,您给了一辆战车;我们单车去,足够了。"但古代的战车,要有人驾车、有人射箭,还缺一个"戎右"。所谓"戎右",是指手握戈、戟等长柄兵器的士兵。一个名叫隰侯重的军士自愿充当他们的"戎右"。于是三人驾车,绝尘而去。在莒城郊外,他们先住了一宿。第二天,我们加了一段内容,叫作"望气"。望气就是观敌料阵,《曹刿论战》和其他典籍里也有说到。杞梁望气,自有韬略,远远看见黎比公率巡军三百人逶迤而来,但他知道对方并非杀气腾腾,不过是些巡逻兵罢了。这里,正好可以加写杞梁部署战术的桥段,表现他的智勇双全。他先用箭远射,杀伤对方有生力量;待敌来近,由华周驾车,他和做戎右的隰侯重用戈矛搏杀;冲入敌阵后,让隰侯重不停地击鼓,他和华周跳下车再和敌人肉搏。

　　黎比公带着三百人过来了,两人大喝一声:"站住!我们是齐将,谁敢来挑战?"黎比公一看,不过单车、三人而已,于是便下令围杀他们。但他万万没想到,莒军不仅没能轻取对方,自己却付出了伤亡一百五十余人的代价。这时候,黎比公见大事不妙,知道碰上真正的勇士了,立即认输,请求休战,打算和他们平分莒国之利。华周和杞梁异口同声地说:"你让我们背叛齐王投奔你,这叫不忠;你让我们早晨领命晚上就改,这叫不信;你让我们因为你说的利益投奔到你麾下,这叫不义。作为大将,杀敌是我们的本分。你跟我们说国政,那不是我们该知道的。继续杀!"黎比公赶紧跑进城里躲避。此时齐庄公大队人马到了,见他们单车三人杀掉一百五十多个敌人,大为吃惊,说:"子止,与子同齐国。"意思就是与他们共享齐国利益。但杞梁和华周坚守春秋武道,说:"我们刚来的时候,您给我们合用一辆战车来羞辱我们。现在因为我们打赢了,又要以齐国之利加持,这更是对我们武士人格的侮辱。作为大将,杀敌是我们的本分。您跟我们说国政,那不是我们该知道的。继续杀!"

于是,他们单车突进,杀到且于门下。与此同时,黎比公在且于城门前的壕沟里,铺满了烧红的木炭。单车战马无法前进。这时候隰侯重自告奋勇地说:"我听说古时候像我们这样的小兵卒,只有一种方式能够流芳百世,就是以死成名。我可以帮你们过这个壕沟!"还没来得及商量,他便掌盾伏在壕沟上,让杞梁和华周踩着他的脊背过去,然后他猛地扑到壕沟上,刹那间身体燃烧起来,开始滋滋冒烟。杞梁、华周来不及犹豫,只得踩着他的脊背过去。回头一望,隰侯重已经烧成了焦炭。什么叫"视死如归"?上古猛士,有这样的自我牺牲精神,足以流芳千古。这时候,杞梁和华周都哭了。按照我们的理解,鏖战正酣,杞梁是"哭之以礼";但是华周哭个没完没了,杞梁很生气:"干吗哭号不休,难道是怕死吗?"华周说:"我怕死?我们同是勇士,没想到小小的隰侯重居然先我而死,太受刺激了,这才哭的。"

黎比公在城墙上埋伏了一百多个弓箭手,命令乱箭齐射。杞梁和华周在飞矢中继续战斗,又杀死了二十七个敌人。但是两人的力量是薄弱的,华周在倒地前,看见杞梁已经浑身多处中箭,倒在了血泊中。杞梁死了。华周重创昏迷。黎比公说:"把杞梁和隰侯重的尸体拉过来,把受伤的华周抬起来,都扔到车里边,送到城里去,把城门关了!"

这时,齐庄公大军掩杀过来,听说杞梁三人都被送到城里去了,于是下令攻城。黎比公立马退缩了:"庄公,齐王,好国君,我认输。我们只看见来了一辆战车,也不知道他们是您的人。刚才纯属误伤。我向您服软,愿意用金帛犒赏您的军队,用温车归还华周,还有杞梁的尸体。您看就此撤兵,行不行?"齐庄公想了想,既然能收获很多金帛,这样回国的话,自己也很有面子了;可一转念又耍起小性子,认为小小的莒国忒气人,以前偷袭自己的父亲齐灵公不说,现在又把我两个最好的猛将干掉了,怎么能就此撤军便宜他们呢。就在这时,有人来报,说晋侯与宋、鲁、卫、郑各国之君会于夷仪,谋伐齐国;请国君作速班师。到了这个份儿上,他只好班师回国。

3. 第三幕"哭夫",是全剧高潮;表现杞梁妻如何哀而知礼,哭夫以致地陷山崩。

齐军载着三个死伤的猛士来到齐国城外。齐王说:"贾举、州绰,你们俩到城郊把杞梁的尸体葬了吧。"他二人来到齐城郊外,看到一个女子跪在尘埃里,那是杞梁的妻子孟姜,来迎接丈夫的尸身。贾举二人随即向齐王汇报,齐王说,那你们俩代表寡人,慰问一下孟姜吧。于是他俩又回来,说:"孟姜请起,齐王委派我们俩作为他的代表,在这儿慰问您。您的丈夫去世了,我们也很难过,希望您节哀顺变。"孟姜是世族长女,素养极高,即使在哀痛之中也能明礼而不失大节。她说:"两位国君代表,如果杞梁是有罪的,不敢劳烦你们代表国君来凭吊;如果我的丈夫无罪并且是有功的,杞梁家里还有祖屋,几间破房子就在那边,要吊唁,你们就该到家里去。现在,你们请回吧!"两个代表一听,愣在原地。他们万万没有想到,杞梁妻子敢拒绝国君代表的吊唁;他们更没有想到,人家还说得入情入理。他们俩赶紧小步快跑报告齐王,把原话说了一遍:"梁若有罪,敢辱君吊?若其无罪,犹有先人之敝庐在。郊非吊所,下妾敢辞!"

齐庄公一听,惭愧得不得了:"寡人之过也!"于是率一众人等,来到杞梁家里,到他家的祖屋,也就是老房子里吊唁。一路上,齐庄公是又愧又悔。在这里,我大写了一段国之君的心理,写他为什么又愧又悔。他愧的是,一个堂堂国君,居然不如一个平民女子考虑问题那么周全,那么合乎礼节。他太草率了、太轻易了、太随便了,怎么能在路边上凭吊一位为国捐躯的勇士呢。他悔的是,华周和杞梁真是千古难寻的猛士啊,这样的猛士自己原本应该重用的。但是,他却因为班师回朝途中觉得没面子,使小性子对莒国用兵,想让自己风风光光回国,没想到"杀鸡"用了"牛刀",让两位千古猛士意外地死在且于门下。值得吗?不值啊。

齐国国君率领一众人等来到杞梁家里,朝着杞梁的母亲深鞠一躬,对着杞梁先人的排位,扑通一声跪倒在地,嘴里连连呜呼哀哉,伏在地上不起来了。杞梁的母亲一看国君来了,而且行如此大礼,说了这样一句话:"国兮君兮,义兮道兮,夫兮子兮,生死已矣。"原来她的丈夫也曾是杞国勇士,是为国战死的;现在儿子为齐王效力,为齐王打仗,为齐国捐躯。实际上她并不知道杞梁和隰侯重的死、华周的重伤,是因为齐王个人使性子,发动了一场不义之战。这是个悲剧。

但是，打打杀杀，死人，不是第三幕的高潮；第三幕的高潮是"哭夫"。到底怎么哭？如何表现？这是个问题，更是个挑战。

现在，我们都很熟悉孟姜女哭长城，哭倒长城八百里的故事。但在早期典籍里并未记载这事儿。这个故事是由包括西汉的刘向、东汉的蔡邕、魏晋的曹植、唐朝的李白在内的后世许多人，在无数著作中演绎出来的。其中有孟姜女哭倒齐城的、哭崩梁山的，更不消说还有她哭倒秦长城的。不过，我和林孝瞭博士研究来研究去，更认同"梁山崩"这个说法。哭倒城墙的说法，最早来自西汉刘向的《列女传》，说孟姜哭夫三天三夜，"城为之倾"。刘向写的孟姜哭夫以至城倾，内容和原因很具体——她上面没有父母，没有公公婆婆（婆婆可能因为儿子死了，悲痛离世），中间没有丈夫，下面没有孩子，对外无所立，对内无所倚，而且她是个女子，怎么能够再改嫁呢？所以她觉得活着没有意思。想到这里，她最后想着，干脆投到淄水死了算了。我特别感慨，这要是放在舞台上，一个女主角，也就是孟姜，舞跳到最后，却投到水里头死了，这会让观众感到一头雾水。当然，大家熟知的"孟姜女哭长城"太家喻户晓，时空也不对，我们就不取了。而由曹植和李白演绎出的"山崩"之说，倒很对我和林博士的胃口，感觉它最贴近我们内心的最佳状态，也更能帮我们抵达向往的文学高度。

前面说过，剧本后来改成小说了，是以华周的第一人称视角来写的。当时华周还没死，他还在温车里，半死不活。在他弥留之际，他的妻子亲眼看见孟姜的哀恸动地感天，天也哭了，泪飞顿作倾盆雨，以至河满、湖平、海涌，最后大地陷、梁山崩。是她告诉了华周自己所见的情景。梁山崩塌，文献有多处记载，《左传·成公五年》和《国语·晋语》里都有，此处不再细说。并且我们设计孟姜哭夫哭到"山崩"的程度，这是有合理性的。梁山是怎么崩塌的？其实是孟姜女哭夫、葬夫期间，天降大雨，雨下得太大了，发生了"山崩"，现在叫作山体滑坡，在人们眼里，便是地陷山崩。那么为什么天降大雨？你可以理解成是上天感应了孟姜哭夫，才"泪飞顿作倾盆雨"。

走了"梁山崩"这条路线之后，接下来的难题，便是设计孟姜的结局。我们不想让她投淄水而死，而是让她羽化成仙。化仙飞升，有出处吗？其实这又何须出处呢？这里我想借用一下欧阳修问苏轼，苏轼回答"何须出处"的典故。事实上，文学复活文献的力量，在于合乎审美理想的创造。从这个角度说，是完全可以让孟姜化仙飞升的。因此我用华周的第一人称写道——

> 且说孟姜丧夫之后哭了三天三夜，以致大地陷，梁山崩。我娘子目睹了这一奇观，并亲耳听见雨中仙乐齐鸣。由于她善歌咏，通音律，知道乐与天通，看见原本伏地痛哭的孟姜，在雨声和乐声的缭绕中缓缓起身，随雨飞升起来。我娘子遂抬眼望天，但见孟姜飘飘渺渺羽化成仙，在她的视野中变成一缕青云，消失在茫茫天际。

写到这儿，我长长舒了一口气，终于在城倾投水而死和哭倒长城跳进大海之外，为孟姜找到了一条新的艺术复活道路——让她升到天上去，那里比哪里都好。现在关于孟姜女哭长城的艺术表达汗牛充栋，有各种戏曲、电影和小说。江苏作家苏童受联合国教科文组织所托，还专门写了一部"孟姜女哭长城"的长篇小说，名为《碧奴》。我觉得我没法将自己的小说与孟姜女哭长城的故事相媲美，因为它早已成为极具美感的中国民间四大爱情神话之一了。但我一定要让自己的文字在历史文献、民间传说之外给孟姜找到一条新路，即山崩后羽化成仙。如此一来，我才觉得对得起自己心目中的孟姜，才对得起她的丈夫杞梁以及杞梁的朋友。最终，虽然舞剧因为经费所限没能在舞台上演出，但是小说却因此写成了。这是我给大家分享的第一个例子。

二、计量科技史是如何从历史文献变为音乐舞蹈史诗《千秋计量》文学剧本的

让历史文献成为戏剧文学的文本，这是汉语言文学专业具有的一种其他专业无从媲美的力量。我特别希望在座的各位一定要坚定一种崇高的专业思想。因为文学可以激活所有你想要激活的东西，历史文献当然不在话下。文学是可以让它"复活"的。

2018年是量大建校四十周年。那年10月17日晚上，学校的嘉量大会堂首演了一部音乐舞蹈史诗，叫作《千秋计量》。最近人文与外语学院艺术中心的孙倩老师，正在复排《千秋计量》。她对我说，11月份还要再演两场，大家可以去看看。那是我们量大的一个文化品牌。你们永远要为我们人文与外语学院感到自

豪，因为这是学院全体师生奉献给学校的一部文艺精品，它已经成为学校的名片，意味着学院拥有打造高端文化艺术品牌的力量。

1.《千秋计量》搬上舞台，先要有"一剧之本"；但要写剧本，先要研究历史文献。

众所周知，中国科技史中有一部子史，叫作计量史。计量史中的科技史实，在大众眼里可能是非常枯燥的。那么，科技史实能够变成文学剧本吗？能够搬到舞台上演吗？这是个挑战。

我们学院中国语言文化系里的赵素文老师、房瑞丽老师、蒋进国老师和我，当时受命成立文创组来攻坚这个难题。文创组的强大后援，是学院哲学所的何兆泉老师、林孝瞭老师、高云萍老师和任杰老师。其中，任杰老师是专门研究计量史的，他后来也是这部剧舞美道具的顾问。他们几位老师所在的小组叫作文献组。然后，学院艺术中心的孙倩、史淑静、姚旭辉三位老师成立了一个导演组。这三个小组，是学院党政为推进《千秋计量》成功编排、演出而专门成立的。三个小组通力合作，在学院和学校领导支持下，在学校嘉量舞蹈团的精彩演绎下，共同打造了《千秋计量》，从而完成了历史文献向舞台作品的转变，并且收获了演出的轰动效应和众多好评。

接下来我们放一段视频，是这部作品的序幕《萌》……

刚才各位看了《千秋计量》的序幕《萌》。看视频时的震撼感，远不及在现场观赏的时候那样强烈。原因是舞台演出会产生一种场域效应，那种场域氛围的感染力，能够调遣你全身的感知细胞投入其中，让你融入作品里，成为与它共振的元素。所以，如果有机会，希望大家还是亲自到现场观看《千秋计量》，相信它一定会让你大为惊叹。今天我在这儿，我要和大家说一下，艺术创作从"无"能不能够到"有"，在什么样的情况下、什么东西能够从"无"到"有"，以及如何"无中生有"。

2.《千秋计量》剧本如何"无中生有"？从文创到编剧都要勇敢挑战一系列不利因素。

我们说，自然科学"求真"，它在一定程度上有赖于人类的智慧，有赖于人们对于大自然规律的掌握和介入式的对话。而文学艺术求的是"美"，在"美"里面传递"真"；那个"真"既是真诚的"真"，也是真相的"真"，是我们对于自然能够抵达的高度的"真"。那么一部计量科技史，怎么能够用文艺的方式再次呈现在大家眼前，并且让你能够感受到它清晰的历史脉络，以及不失其"真"地抵达科技贡献的真相？这是我们要思考的问题。

事实上，当时我们人文社科学院，也就是现在的人文与外语学院，承接了校庆指标性任务《千秋计量》，是有极大挑战性的。因为当时它没有先例可援。究竟该如何用歌舞叙事的方式来反映一部科技史？当时所有人都面临着极大的挑战。总体来说，这主要在于以下三点：第一，没有贯穿全剧始终的人物；第二，有断代史人物，却几乎没有情感戏；第三，没有现成的起承转合的剧情矛盾冲突可以利用。

没有这些元素，演出就很难好看和耐看了。因为你要让观众在一个半小时到两个小时内去看你演绎的科技史，还不能是伪造出来的科技史，就是说，你既要依从于科技的真实，又要还原科技的真相，还要表现出艺术的感染力，这确实有难度。而既然要多方面兼顾,就意味着我们要想个"万全之策"。这对当时的人文社科学院来说,确实是一个巨大的挑战。但是最终,我们高质量地完成了这个任务,并取得了圆满的结果,可谓可喜可贺。当时《光明日报》也刊载了我们校庆的消息,专门浓墨重彩地写了《千秋计量》是由量大的师生原创、亲力亲为、奋斗和奉献出来的具有强烈艺术感染力的作品。

3. 面对海量文献,先要研究透彻,而后关键问题是解决"取"与"舍"的问题。

研究海量文献,文献组四位老师立下了汗马功劳。然后,一堆被整理的文献就到了文创组面前。现在我要跟各位说的是,文创组在历史文献和资料中是怎么做"取"和"舍"的。这是文创组在编剧前要做的关键工作。

先说"舍"。我们忍痛"舍"了很多东西,比如西汉的落下闳和唐朝的一行和尚,我们都"舍"了。落下闳很伟大,他是民间天文学家,在前人探索的基础上创制了《太初历》,还"PK"掉了当时的史学家司马迁的方案。这段历史本来很有看点,但我们觉得它不如祖冲之与戴法兴的论辩有真伪之辩的价值意义。唐朝的一行和尚对计量史贡献也很大,但因为主人公是一位僧侣,我们最终不得不忍痛割爱。还有就是,有很多人问我,说这部剧怎么把清代和民国给略过去了?事实上,我们在研究计量科技史文献时,发现清代与民国两个时期,虽说也有零星成果,但总体来说是令人感到痛心的,我们深深痛心于整个清代甚至乃至民国在计量科技上的贡献是非常有限的,几乎无可称道。所以无奈之下,我们只能用"舍"的方式,将"计量科技的中西合璧"的演绎放在了明代，明代之后，我们就一步跨到了新中国、新时代的现当代计量科技之中。

4.《千秋计量》是如何在历史文献中做"取"的工作的，表现的重心是什么？

现在重点说说，我们是如何"取"的。刚才大家看到那个序幕《萌》，讲述的就是计量"从无到有"的过程，看到的是中华人文初祖女娲和伏羲的舞蹈。其中主要的灵感启发，来源于汉代画像砖石和唐代布帛画中有关他们兄妹俩的画像。他们兄妹俩一左一右，女娲右手执"规"，伏羲左手执"矩"，"规""矩"都是古时用来丈量和规划的工具。"规矩"这个词，现今已经进入了《现代汉语词典》，表达的是规则法度的意思，但是这个词的本义，应该就是那时形成的，原义是指度量衡的尺度标准，这是我们在伏羲和女娲手里发现的东西。

首先讲女娲。女娲造人，才有了人类；有了人类，才会有计量。伏羲画卦，才有了"卦"象，太极生两仪，两仪生四象，四象生八卦，中华自兹有了天圆地方的空间方位以及对空间和时间的初步认知。伏羲、女娲以"规""矩"的方式，开辟了中华计量史最初的元素。他们从阴阳、男女、日月到规矩，把中华人文的主体元素基本上给定下来了。我们就是从这个角度，追溯计量历史源头的。所以大家看到的《千秋计量》序幕"萌"最后定版的画面就是众人对伏羲和女娲的拥戴。

序幕还不算难写。后来的创作才是困难重重。最大的难度就在于你要把科技史的脉络给说清楚，又要把它的看点给找出来。后来我依据文献组提供的计量史脉，经过反复思考，将第一幕的主旨定为"创始",即中华计量史的"创始"。

第一幕"创始",是在有了伏羲女娲的"规""矩"之后,我们从空间的方向上出发确立重点,追溯到了黄帝和蚩尤大战。因为黄帝战胜蚩尤就是因为有指南车,而指南车是定方向的。空间(八卦)与方向(指南车)都确定好之后,接下来就涉及了真正的计量——长度单位、重量单位的设定。我们追溯到了大禹身上,也就是大家所熟悉的"大禹治水"中的大禹。计量真正的"创始"发生在大禹治水的过程中。大禹治水,他不是用堵的方式,而是用疏的方式,疏导水流就需要挖沟挖河,那就必须要计量土石方。计量土石方就要有尺度和工具。历史典籍记载当时大禹是"以声为律,以身为度"。"以声为律"是指借助"黄钟律"——相当于一尺的长度作为量度的基本单位,这个后面我们还要细说。"以身为度"是指大禹自己身长八尺,那么八尺就可以作为长度单位;而他身体的重量就可以作为重量单位,以此来丈量土石方。大禹治水这一篇章是很精彩的,精彩的地方在于,他因治水三过家门而不入,这一方面生动地表现了中华传统文化中无私奉献、舍小家为大家的精神;另一方面,大禹妻思念丈夫,还担负着抚养儿子启——也就是夏朝的开国君主的责任,她很不容易。我们不仅写她和大禹新婚,还写她思夫,很好看。"创始"计量这第一篇章定下来后,整部剧作的"叙事蓄势"就有了人文情怀。

接下来就进入第二幕——"臻治"。它讲述的是通过人们长时间的探索,计量在战国中期秦孝公的时候,已经基本成型;但是因为各地标准不一,因此还需要统一定规。我们经常听到的是，秦始皇统一度量衡。但是事实上，从秦始皇往前追溯一百年左右，秦孝公时期就已经有过统一度量衡的举措。这也使得当时中国的计量在全世界处于领先地位。到了秦始皇时期，其实是将制度再次明确定规，正式颁行，也就是我们所熟悉的车同轨、书同文，等等。

秦后是两汉。两汉之间，中华计量史中出现了一个集大成者，就是王莽时期的刘歆，他是国师，对计量史有巨大贡献，于是我们又浓墨重彩地写了他一笔。他以"黄钟累黍"来确定度量衡的标准，奠定了中国计量科技的理论体系。前面我们说到大禹"以声为律"，其实集大成者是刘歆，是他的"黄钟累黍"。黄钟是一种律管，很像笛子。但只有在管中累满一百粒黍子后，才能确定黄钟律管的长度；倒掉黍子再吹奏，管子所发出的声音正好是黄钟律音。这样，黄钟律管，起到的既是黄钟律音的定音器作用，也是一尺长所需要的定长度作用。所以说刘歆高度认同并秉承了司马迁所说的"六律为万事根本焉"的理念。从此，中华计量科技在声音和长度关系中找到了理论依据。这虽然不够精密、精准和精确，但毕竟是一种相对完善的理论体系。刘歆不仅有理论，还有创制。他造了一个标准器皿，既能够作为容器，又能够作为量器，还可以作为丈量长度的工具。这个器皿的名称，就是"嘉量"，即最好的度量衡器。我们学校现在的"嘉量大会堂"，名字就来源于此。

第三幕是"求精"，是中国计量史统一规制后的精益求精，也是中西合璧的典范。刘歆之后，就到了祖冲之和郭守敬。中国的计量科技史上，祖冲之为精确测定和确立一年之始的"冬至"，立下了汗马功劳,可谓厥功至伟;郭守敬则更是将中华天文和历法推到了当时世界范围内的极致。当然还有一个人,也很伟大,更加不能被忽视,他就是徐光启。在明代,徐光启引入了西学,不光翻译了几何原本,还把地球的理念引入了中国科技领域,并且在计量科技中推广了诸多西方先进科技成果和理念。

5. 从文献中确立了人物与事件"取"重心后,如何将他们表现为优美感人的舞台形象?

这些人物在中国计量史上都举足轻重,都值得被好好表现。但是,要把他们搬上舞台,通过舞蹈的方式演绎出来,难度很大。因为人物都是大老爷们,要让他们在舞台上跳来跳去,还要搬弄一些科技仪器,这很容易让观众初看新鲜,再看不懂,又看视觉审美疲劳,最终昏昏欲睡。

我思考再三,将舞台场面给了伏羲、女娲兄妹为先民立规矩,黄帝和蚩尤大战,大禹治水、与妻离别,商鞅为平息民间争执而开工厂、造方升……还要再怎么做?我又重点刻画了刘歆"黄钟累黍"的情节。刘歆思考黄钟律理论可作为静,设计独舞;宫女们操作黄钟累黍可作为动,设计群舞。一静一动,场面有了对比,可以做得很华彩。而祖冲之与儿子切磋算术、与戴法兴进行辩论,可以设计成双人舞加群舞场面,既有情感戏,又有矛盾冲突戏,也很好看。因为中国的计量科技发展史,是和反科学的思想、封建的迷信思想不断战斗与抗争的过程。当时祖冲之与同朝宠臣戴法兴,有过一场大论辩。戴很保守,反对科技前进与发展。这样的辩论有冲突、有思想蕴涵,也可以被演绎为极富戏剧性的场面。

再往后，元代郭守敬的故事是最难演绎的。因为研究天文多是枯灯静坐、皓首穷经，一个人观测天相的场面太单一、太寂静了，怎么表现都不好弄。经过两三个不眠之夜，我如梦初醒、茅塞顿开，终于想到了一个办法，找到了一个化静为动的途径：可以做一个郭守敬夜观星空的场面，让男生女生用荧光方式扮成星星，然后舞美大屏做成蓝底色，把宇宙壮丽的景象引进来，把整个场面做活。事实证明，郭守敬那一场戏非常好看，非常震撼，可谓是一首宇宙交响诗。

徐光启和利玛窦的情节，我们做的是荧光几何舞，还引入了地球理念。导演孙倩老师几次改进，做得也不错，非常炫彩，非常酷。之后就来到了现当代中国计量史的段落，也就是尾声"升"。如今，计量科技已经深入几何量（长度）、热工、力学、电磁、无线电、时间频率、声学、光学、化学和电离辐射等十大领域之中。就是说十大领域里，计量毫无保留地全部渗透和浸入，发挥了巨大的力量，做出了卓越的贡献。现在大家看到的尾声完全是声光电一体化的超炫场面，加之我们让所有计量科技史中的重量级人物又用穿越方式重回舞台，场面很华彩，很震撼，荡气回肠，令人迷醉。

从伏羲女娲到现代计量科技，《千秋计量》就算是圆满完成了。《千秋计量》之所以能成功，有如此好的口碑和广泛的影响力，成为我们中国计量大学的代表作品，是多方面力量共同凝聚和创造的结果。要感谢我们文献组、文创组和导演组的所有老师，感谢我们的系主任赵素文老师。赵老师把剧中主要人物的计量科技贡献、人生精神追求编写成了六段既符合历史情境，又涵蕴丰富，还具有美学价值的优秀歌词。感谢浙江音乐学院王嘉伦老师优秀的作曲，感谢浙江理工大学服装系须秋洁老师设计的精美服装。特别要感谢的，是我们学院艺术中心的孙倩老师。这位来自白俄罗斯国立文化艺术大学的舞蹈学博士，作为全剧导演和编舞，有着吃苦、扛压、隐忍、拼搏的优秀品质，她发挥了自己数年的艺术功力，把这个作品在舞台上惊艳地立了起来，最终在建校四十周年之际，把这部作品成功展演给全校师生和莅临校庆仪式的众多院士、领导、嘉宾们。演出当时引起轰动，收到了诸多称赞。我们也都觉得很骄傲，很有成就感。

你或许会问，这样一部优秀的原创音乐舞蹈史诗是怎么做出来的？答案其实很简单，它是由咱们人文与外语学院主创、原创的！正是人文与外语学院的存在，我们所说的奇迹才有了发生的可能。因为文学具有一种复活与创造的力量，它可以使文献变成文学，让文字变成艺术。所以我们在座的各位现在来到了人文与外语学院，读了汉语言文学专业，就要相信你自身具有的创造力量，这种力量可以帮助你创造出一切你所想要创造的。

在讲座结束之前，我要说句发自内心的话——说到底，文学能够复活和应该复活的、能够创造和应该创造的究竟是什么？归结到一点，是你内心的东西，是你内心的真诚、你内心的怜悯、你内心的善良、你内心的美好、你内心的勇敢和你内心追求真实的理性。而这些精神作为元素，在你的文学作品里被复活、被创造出来的时候，你将无愧于你的专业，你将无愧于这个国家的文化，最终你将无愧于人类。

今天的讲座，就讲到这里。谢谢大家！

小说语言的叙事流变与时空演进

弁言：女作家李洁冰依托自己的微信公众号"星月寮"写作坊，就小说语言的叙事流变与时空演进等问题，邀请了在中国计量大学人文与外语学院任教的我与她进行对话。"中国作家网"认为对话饶有意趣，曾于2021年12月13日予以刊载。特将其收录于本书，求教大方。

一、中国当代小说"现代性"特质的表现

李洁冰：欢迎兄长来到我的"星月寮"公众号来摆龙门阵。本期话题是关于小说语言的探讨。兄长从事小说创作多年，又在高校主讲"小说创作理论"，有许多思考和洞见。本人是以小说创作为主的作家，对语言亦有诸多好奇与探索，当然其中也不乏困惑，我们不妨就这个话题来聊一聊。

李惊涛：好啊。小说是语言艺术，是用语言达成叙事使命

的。无论时代、国度、种族、性别和文化背景相同与否,作家对语言的感知和使用都有很大不同;即使是同一个作家,不同时期的语言或同一时期的语言,也会有微妙差异。这使得小说语言风景或如乱云飞渡、群山奔涌,或如竹林雨歇、惠风清丽,或如星夜静思、禅心颖悟……但我想你更感兴趣的问题,可能是小说语言为什么会"如此多娇"?

李洁冰:不,我的问题更加具体。现代电子传媒的浮泛滥觞于科技搭建的互联网平台,而同质化的城市题材与科幻文学的复调介入,使文学生态的演进更加摇曳多姿。记得多年前,云南有份杂志《大家》横空出世,特别是它所推出的一系列实验文本,在当时的文坛引起不小的轰动。此后人们发现,不惟《大家》,越来越多杂志上的小说开始变得生赘佶屈,让人读不懂了。所以我想知道作为文学语言的叙事范式,是从什么时候开始转换的;《大家》的出现,是否算是一次小说语言颠覆的标志或分水岭?

李惊涛:哦,我认为这样的说法不够准确。《大家》1994年才由云南人民出版社创刊。在她出现之前至少十年,中国当代文坛已经涌现了一批小说形式和语言的探索者,他们的作品最初被视为"新潮—后新潮小说",后来被冠以"先锋小说"的称谓。"先锋"一词,源于法国《拉鲁斯词典》,意为先头部队,与汉语通义。"先锋小说"的"先头部队"里有几个人,在这里必须提一下。一个是马原,他的《冈底斯的诱惑》是1985年发表的;一个是苏童,他的《1934年的逃亡》发表时间也是1985年;一个是格非,他的《迷舟》是1987年发表的;一个是余华,他的

《十八岁出门远行》发表时间也是1987年。苏童、余华、格非，后来被称为先锋小说"三剑客"，但马原的先行者地位决不能被低估。

上述作品，写作时间均早于发表时间一两年，大多有在文学杂志间"流浪"或被"毙掉"的经历。这一方面说明，作家们对于小说语言形式的最初觉悟与探索，均早于作品实际问世的时间，正像北斗星进入我们视界的是它一百年前的光，我们看见的满天星斗，不过是"昨夜星辰"。另一方面，也说明小说语言和形式的探索，于接受场域而言有很大的滞后性。因此"先锋小说"出现后的命运际遇，不是被误解，就是很寂寞。

李洁冰：是的，对于八十年代所有喜欢文学的人来说，余华、苏童、格非、马原……这些人的名字可谓如雷贯耳。尽管文学思潮舟楫潮涌，但他们迥异于传统的写作技法和语言，还是令读者感到生涩与不适。

李惊涛："先锋小说"出现的意义非同小可，它表征的实际上是中国当代小说与国际接脉的"现代性"；其价值通过《人民文学》1989年第3期的"小说专号"，最终得到了确认。那一期一次推出了格非的《风琴》、苏童的《仪式的完成》和余华的《鲜血梅花》三个短篇。"三剑客"的说法，应该是缘于他们那次的集中亮相，意指三人为"先锋小说"的代表性作家。同时，《人民文学》以殿堂级身份，第一次确认了"先锋小说"家们在中国当代文坛上的地位。只不过他们的作品，依然被摆在王蒙、张洁、林斤澜、冯德英、查建英和杨剑敏之后。我编过文学杂志，我知道那样排版的附加信息：一是对于老作家的尊重，二是对于主流创作方法——现实主义的倚重，三才是对于"先锋小说"作家的提携。那期杂志还专门编了一组"小说家言"，让进入"小说专号"的大部分作家"现身说法"。格非和苏童都说了几句，但编辑给了余华更多的篇幅：在"对话与潜对话"栏目里发了他的创作谈《我的真实》。同时，那期还在"文学圆桌"栏目里推出了陈晓明《无边的存在：叙述语言的临界状态》一文，对先锋小说（当时陈名之为"后新潮"小说）诸家给予了诸多褒扬。用现在的网络语汇说，那样的安排释放出了明确的信息，即对余华等先锋小说家对叙述艺术所做贡献的肯定。

李洁冰：这有点意思，作为一般读者很难关注到这些。除非是对当代文学理论、创作有专门研究的人，才会聚焦这样的现象。

李惊涛：事实上，在那期《人民文学》"小说专号"领衔的王蒙，是老作家中对于小说语言和形式非常敏感并率先变革的一位。作为"重放的鲜花"的代表作家，他在二十世纪八十年代初曾一度引领风骚，《人民文学》在1980年第五期发表的《春之声》，影响很大，被视为"意识流小说"在中国当代文坛的回响，此后他又有《布礼》《蝴蝶》等意识流小说力作。但他并未被归入"先锋小说"作家方阵，一是由于"意识流小说"是现代派一脉，未被列入"后现代"；二是因为他的小说只在小说语言形式上做了变革，而作品的内容理念，特别是作家的情感际遇及认知生活的方法，与"先锋小说"作家均有很大不同。

二、现代小说语言"乱花渐欲迷人眼",形成特有的场域共生现象

李洁冰：在老派作家当中,王蒙的气质颇为复杂,尤有革新意识。他小说的受众的年龄跨度也相当大,记得当年读过他的一篇意识流小说,真是谐趣横生呵。

李惊涛：的确,文坛都很看重王蒙的敏感与影响。《大家》创刊时,王蒙便受邀出任了"栏目主持"。有意思的是,同时出任"栏目主持"的,还有汪曾祺、谢冕、苏童、格非等人。汪曾祺小说别立一家自不待言,谢冕是扛起"新诗潮"(亦称"朦胧诗")理论大纛的人。而苏童、格非主人"栏目",一是说明先锋小说家们已经登堂入室;二是说明《大家》创刊的格局与视野够大够宽,知道那些"先锋小说"家是真正接通中国文学与世界文学脉搏的人。至于有人认为《大家》的创刊与中国当代作家的"诺贝尔文学奖"情结有关,虽说不无道理,但终究是民间演绎。有意思的是,该杂志设立的"红河文学奖"的首届获奖作家作品,正是莫言和他的长篇小说《丰乳肥臀》,而2012年莫言也成了首位获得诺贝尔文学奖的中国籍作家。你说这是巧合还是《大家》的神秘先觉呢?

李洁冰：呵呵,从这个角度看,说明《大家》还是有眼光的。我至今记得读《丰乳肥臀》的感觉,确实是汪洋恣肆,才气横溢!特别是那种淋漓的生命元气,彰显了莫言创作旺盛期的大家气象。

李惊涛：是的。至于你刚才说的《大家》推出的"一系列

实验文本",以及后来"越来越多杂志上的小说开始变得生赘佶屈",显然都与"先锋小说"家们对于小说形式和语言的探索有关。在我的阅读视野里,这些作家除了马原与苏童、余华、格非,还有残雪、刘索拉、徐星、孙甘露、北村、吕新、洪峰这些人。虽然他们后来有的投身商海,有的浪迹天涯,有的出国定居,也有的表演了一把"王者归来",但总体来说,"先锋小说"在上个世纪末已经式微。因为余华、苏童、格非等人开始回归到传统叙事方式,所谓"将军一去,大树飘零";残雪、吕新等人虽在坚守先锋叙事,但无奈市场经济模式已经席卷海内,先锋小说等小众艺术的命运,正应了陆游那首"卜算子·咏梅"所写的情境:"驿外断桥边,寂寞开无主。已是黄昏独自愁,更著风和雨。无意苦争春,一任群芳妒。零落成泥碾作尘,只有香如故。"

李洁冰:这似乎触及了小说问题的深水区。在我看来,先锋小说的"寂寞开无主"应该不惟在小说语言的生赘,使它与大众阅读的思维定式相悖,更多还在于它的"共情"点偏离了人间的烟火世相,而流于自说自话。

李惊涛:你前面提到小说语言的"生赘佶屈",我知道这是一个审美判断而非价值判断。事实上,任何小说对于文化教育背景和阅读趣味不同的读者来说,都会有一个接受指数高低的分野。"先锋小说"不是"清一色",而是"乱花渐欲迷人眼"。即使莫言,也曾因为他的《透明的红萝卜》《白狗秋千架》被归入"先锋小说"家的行列。但你看莫言的那些作品,会觉得"生赘佶屈"吗?并且,随着视野的拓宽,那种简单的故事符合经验、经验服从阅历、阅历影响阅读的习惯，也会让你越来越不满足，越来越希望出现一些挑战生活经验和人生阅历的作品。那就必须想办法从现实主义创作方法和理念中"越狱"，去创造小说的语言形态与内核呈示的新形式。

李洁冰：《透明的红萝卜》读起来毫无违和感，是否可以将其归类为先锋叙事、逻辑现实？我倒是更易于接受这样的表达形式。抑或如兄长所言，他的叙事场域，正好处在读者"固有的生活经验和阅历"之内。

李惊涛：说到"文学语言的叙事范式"的转换，客观地说，我得谨慎地使用一个词，不是"转换"而是"扩容"。因为语言格局是一个共有场域：新的形式出现了，但原有的形式并不会退场，因此不会呈现出线性的代际转换。不是"你方唱罢我登台"或"皇帝轮流做，今年到我家"，而是"东风夜放花千树"，是"苔花如米小，也学牡丹开"，即大家在一个场域里共生共荣。至于谁能存续下去，就要看不同时代的读者接受或喜欢什么了。而说到小说语言"扩容"在文坛何时出现，我认为中国现当代文学至少发生过两次。第一次是二十世纪二三十年代，算是一次"滥觞"；第二次是二十世纪八九十年代，"先锋小说"成了中国当代文坛的重要思潮与现象。必须承认，小说语言形式的两次"扩容"，都是欧美现代主义思潮渐入中国的产物。不过前者由于战争与时局动荡被迫中止，后者因为社会生态趋于清明和思想解放，才又风生水起，并得以存续。

三、中国古白话小说受书场氛围影响，形成了描写的传统

李洁冰：这样解读是令人信服的。由此看来，杂花生树才是最好的文学生态。记得当年在鲁院探讨小说话题，一位宁波籍的同学说，她终于学会"消肿"了。所谓"肿块"，指的是传统的描人状物，那种花开几枝、各表一朵的描写。换言之，"叙事推进"当时已经成为小说能在杂志上发表的入门证了。这就涉及另一个疑问，叙事的范式为什么能够在当年攻城略地，一统江山直到现在？它对于小说语言的发展该如何臧否，是否有着更为复杂的演进渊薮？

李惊涛：你说的现象和生出的疑问，我认为其实前者构成了后者的基础。就现象而言，小说历来写法多样：叙事可以推进情节，描写和对话也可以；使用哪种方式推进，主要看作家本人的喜好。马尔克斯是叙事高手，他的叙述语言有极强的时空与情节张力，几乎用不着依靠描写和对话来推进情节——他写对话，也大多服从于叙事语流和语感，而且是往穴位上扎针，一针见血，绝不拖泥带水。这一点余华很像他。海明威极少描写，推进情节却时常借助对话——因为往往有人物前史做后援，所以他的对话很见个性，富有张力，这也是所谓"冰山理论"的表现形式。但在我心目中，真正的叙事达人却是福楼拜。他是实现了将语言叙述运用至艺术化境的大师，是"现代小说鼻祖"，因为无论现代还是后现代小说家的叙事笔法，都可以从福楼拜的小说中找到源头。所以我敢说，他是马尔克斯和余华的灵魂导师。

李洁冰：兄长所言甚是。所谓文如其人。每个作家的作品与其个人气质、生活阅历、知识结构，乃至家学渊薮都有着千丝万缕的联系，确实无法一言以蔽之。

李惊涛：是的。马尔克斯、余华、海明威、福楼拜的小说写法，和你曾说的"花开几枝、各表一朵"的叙述方式，确实存在很大区别。中国传统小说有自己的传统，却也有两个源头。一个是自神话以降，从魏晋志怪小说到历代笔记体小说，再到《聊斋志异》推到极致；另一个是有书场风味的古白话小说。前者因为竹帛纸贵，文人写什么都言简意赅，包括叙述、描写和对话；到了唐宋，经济生活丰富了，勾栏瓦肆多了，受书场影响或需求，因为说书需要话本，便开始另起炉灶，有了"话本小说"，即古白话小说。

李洁冰：这就聊到我感兴趣的领域了。事实上，由于父亲和长兄的影响，我童年的阅读经历中相当多的篇幅来自宋元话本小说。这也使得我对那类语言有着天然的认同感。它流淌在我成长的血液里，在后来落墨成字的时候，总会不经意地奔涌于字里行间。

李惊涛：是啊，我也注意到你小说的语言有着"白话—话本"特质。书场与戏园子有血缘关系，因此我们可以倒推古白话小说里有那么多描写的原因：戏园子里你看得见——什么人登场，他或她穿什么、长相如何，一望而知，故剧本很少描写长相和穿戴，至于什么身份，自报家门即可，然后便可进入剧情的起承转合了。但书场里你只能听得见，因此需要描述——什么人登场了？他或她长得如何？穿的什么？这些必须描述，因为从面相可见心灵，从穿戴可见身家、文化修养和性格，不描述不行。

如此这般，中国古白话小说受书场氛围影响，便形成了描写的传统。因"看官"不能像在戏园子看见、在书场听见，所以作家非要把描述转为描写不可，主要是为了让读者生出感性认识。所以有些作品描写起来（如《金瓶梅》《红楼梦》）不厌其烦，描写的传统便是这样生成的。

四、"先锋"文学的出现，是现代小说家对既成表达方式的拒绝与反抗

李洁冰：原来它跟时代的更替、市井生活的演进不无关系。现在看来，小说技法看上去此消彼长，但确实更多是一种处在同一时空下的共生状态，难有伯仲之分。

李惊涛：是的，但它给后世也带来一种错觉，好像不善于描写的作家便不是好作家。事实果真如此吗？我们看了余华，看了马尔克斯，看了海明威，便知道不是这样的。因此，只要是采用你所说的"叙事推进"作为发表的入门证，便说明这些杂志不是湖北的《今古传奇》、黑龙江的《章回小说》，而是上海的《收获》、南京的《钟山》、广州的《花城》、北京的《十月》、云南的《大家》、吉林的《作家》、贵州的《山花》这样的文学杂志。因为这些杂志推重的小说基本告别了传统小说样态，是和现代与后现代小说接通了脉搏的小说。

李洁冰：确实是这样。人们常说杂志也是分气质的，不同风格的杂志有着不同的创作群体和阅读受众。

李惊涛：那么，现代与后现代小说又是什么？简单来说，它们的形与神都是舶来品。在欧洲经历了古典主义、浪漫主义、现实主义和自然主义等文学思潮后，由后期象征主义、未来主义、存在主义、超现实主义、表现派、荒诞派、意识流等在一战和二战之间构筑起的现代小说思潮或流派，被称为"现代小说"；二战后出现的新现象与新思潮，如法国的新小说，美国的黑色幽默，拉美的"爆炸文学"中的魔幻现实主义、结构现实主义，还有北美的"简单派"等，大多被称为"后现代小说"。学界一般认为，欧洲文学从古典主义、浪漫主义，到现实主义、自然主义一路走来，基本上是建立在人本主义一路走高的理性大厦基础上的；而欧美现代、后现代小说的出现，则是一战与二战致使人性恶魔出笼和理性主义碎裂一地的产物。

李洁冰：这就越说越热闹了。遑论民间读者，就是搞专业写作的作家，如果不是对流派、思潮等特别感兴趣，也很难辨析出上述分野。

李惊涛：不过，实际上的情形可能更加复杂，现代小说家们对既成的表达方式不满足、不满意之后拒绝接受、传承既而起身反抗，也是文学流派形成发展的原因之一。如弗吉尼亚·伍尔夫对现实主义小说创作方法的无情嘲讽和否定，便是这样。她表达出来的情绪，非常像二十世纪八十年代中国"先锋小说"探索者的情绪。余华就曾十分愤怒地说："我们的文学在缺乏想象的茅屋里度日如年！以要求新闻的真实来要求小说，我们无法期待文学出现奇迹。"余华这样的情绪，很多"先锋小说"家都有，主要是针对现实主义一家独大的抗拒，反对众多艺术创作中的

"罢黜百家,独尊'儒术'(现实主义)"的做法。因为常识告诉人们,现实主义不可以唯我独尊,否则仅从中国小说来看,便不可能有《柳毅传书》和《白娘子永镇雷峰塔》,也不可能有《西游记》和《红楼梦》。哪里有龙王?他的女儿还被掳去放羊?哪里有蛇修炼成仙?还与人结合生了孩子?哪里有猴是从石头缝里蹦出来的?还会七十二变?谁家孩子一出生,嘴里便含着一块玉石的?

李洁冰:这样的视角观照,厘清了我以前的许多模糊认知。事实上,作为作家本身,无论对于文学思潮流变,还是小说技法,过去我都关注甚少。很多时候仅凭着感觉往前走,这可能是作家性别视角的差异所在吧。

五、"叙事学"远离创作心理动因研究,对鲜活的艺术生命渐作壁上观

李惊涛:有可能。聊到这里,我们来看另一个话题。你前面提到"叙事推进"和"叙事的范式",可能涉及一个概念,叫"叙事学"。其实"叙事学"并不是一种创作方法;只是一个学术概念、一种学术现象、一种形式主义批评学的研究方法,后来经过较长时间从俄国到法国渐次发展成了一个学科。"叙事学"对于小说创作的影响貌似很大,但这其实是一种错觉或一个误解。具体来说,它于作家的小说创作而言,可以说是方枘圆凿;因为它只是批评学,并不关乎小说的生发学。如果用它来指导小说创作,结果一定是胶柱鼓瑟。

李洁冰：我所说的"叙事推进"或"叙事的范式"，与您刚才提到的"叙事学"可能有关，也可能无关。因为在我这里，"叙事"与"叙述"差不多是同质概念；而叙述，在我这里是与描写、对话等手段平起平坐的。那么，仅以叙述来推进文字，有时候我认为不免失之单薄。

李惊涛：你的理解原来是这样。但我认为，其实叙事确实可以成为一门艺术。它的集大成者，即是我所推崇的福楼拜，他让叙述成了远远高居于描写和对话的综合艺术。而叙事学不过是二十世纪八十年代从法国登陆中国大陆的一种批评学派，代表人物是热奈特、罗兰·巴特和索绪尔那些人。虽然二十世纪八十年代后它一路高开高走，产生了大批拥趸；但是，作为形式主义的批评方法，它重文本分析不重知人论世，重符号研究不重文献考据，重结构解析不重题旨研判，重语法—语义分析不重人物性格—情感与精神研究，甚至人物也不再被视为小说主要元素，而只在故事情节中承担某些"功能"……这种将文学作品，特别是小说视为无生命的"文本—结构—语法—语义—功能"的解剖对象，而不是鲜活的艺术生命的做法，于叙事学的学科建设本身，可谓有方法、有对象、有体系、能自洽、可衍生，可能会令学者喜不自胜，但却会让作家一时感到新鲜之后，最终一头雾水。事实上，更多的小说家越来越清楚地看到，叙事学离创作心理动因研究隔得很远；后来渐渐冷眼旁观，看学术界热热闹闹出入符号帝国、再造概念方法，但却并不能往作家们的心里去。

李洁冰：这个观点倒是别开生面了。确实，我看有的评论文章自成语境，浑然一体，感觉似在解析小说；实则却是另起高楼，自说自话。是焉非焉？莫衷一是啊。

李惊涛：其实罗兰·巴特自己也说过，叙事学研究的对象是叙事作品，但任何材料都适合叙事，除了文字，有声语言、肢体语言、画面……任何材料的有机混合，都可以拿来叙事。他甚至还写了一本《时装体系》的书，就是专门研究报纸杂志上关于时装的文字符号的。因此，小说只不过是叙事学大厨们拿来过刀的对象之一，尽管也可能是主要对象。但既然你只是其过刀的对象，而不是他的目的——其目的是通过解构你的作品生成他的观点乃至文章，进而成为叙事学研究的成果，并丰富叙事学学科本身，那就无怪乎作家对学者的叙事学作壁上观了。

李洁冰：这就涉及一个有趣的话题，就是作家和评论家，究竟应该是怎样的关系。有人认为评论家能真正解读出作家所表达的东西才算真功夫；也有观点认为，大家最好各行其道。

李惊涛：各行其道，如果指的是方法，肯定有道理；如果指的是目的，就会出现叙事学"行走在消逝中"的现象。因为任何一种学术方法一旦被熟悉和掌握，如果于主要对象——如小说并不产生推动力量，而只是方法自身在"狂欢"，那么即使"李杜诗篇万口传"，也"至今已觉不新鲜"了。不过，作为有成就的女作家，这些年你一直保持着对于小说发展演进的关注，保持着对于小说思潮和现象的敏感，的确很令人敬佩。

六、中国传统小说很多叙事方法仍有续航能力

李洁冰：现代—后现代小说的叙事范式涌入中国，可否算

是一次对传统小说语言和技法的革命？实际上，它也不可避免地带来了某种呈现形式的同质化，特别是对于人物的原生态感、情节推进的在场感，多维立体的具体化再现等等的消弭，甚至说摧毁也不为过。这种新的叙事语码，让太多的阅读受众，乃至文字从业者似有不适。直白地说，就是看不懂了。通常一篇小说读下来，主次、轻重、详略隐遁，惟余排浪般的复式推进。而作为传统叙事最重要的表征符号之一，人物消失了。于大众而言，它的痛点出在哪里，破解这种阅读障碍的切口何在？

李惊涛：把现代—后现代小说的叙事范式涌入中国，当成是一次对传统小说语言和技法的革命，这一评价虽然偏高，却在一定程度上接近真相。要看清现代—后现代小说叙事方法与中国传统小说技巧的区别，就先得看看中国传统小说有着怎样的表达范式。

李洁冰：是这样的。这里面确实有许多概念需要厘清，愿闻其详。

李惊涛：从大尺度的时空来看，中国小说演进的形态显然是有明显分野的。虽然"小说"的概念最早出自《庄子》，但中国上古神话中便有着小说的胚胎。春秋至于战国，诸子百家中已经有了"小说家"。按《汉书·艺文志》的说法，"小说家者流，盖出于稗官；街谈巷语、道听途说者之所造也。"稗官是像杂草一样的小官，也可以说是最不起眼的官，是为朝廷搜集"街谈巷语、道听途说"的，"小说家"便出身在他们这些小官当中。

庄子所说的"小说"概念，与现在的小说作为文学的一种体裁虽有血脉联系，却有很大不同。说血脉联系，是说小说艺与民间的关系、与生活的关系；说有很大不同，是说那时候"小说"并不像现在的小说这样是殿堂意义上的文学，它当时只是"街谈巷语、道听途说"。

李洁冰：记得许多年前，我曾经读过张大春写的《小说稗类》，里面涉及许多相关的话题，但对于创作者本身而言，许多解读依然峰幽谷深。

李惊涛：确实如此。"殿堂意义上的文学"当时指什么？当然是诗歌和散文——经史子集中的叙事文学部分都是。如《史记》中的"列传"，便是很棒的叙事文学；当成小说来读，魅力毫不逊色。说到《史记》，便已经过秦入汉了。西汉至于东汉，诗歌仍是正统文学。因为有了乐府，便不只像先秦时那样从民间采诗，文人也参与创作了。但是"小说"，文人雅士依然不为。魏晋时期有了志怪，形式就像笔记，后来被称作"笔记体小说"。志怪中已经有了比较完整的故事和相对生动的人物与角色。

李洁冰：但是小说真正初具规模的时期，还是唐宋时期的传奇吧。

李惊涛：正是。唐宋传奇，相对于"笔记体小说"，算是个新体裁，因为写得更丰沛些。蔚为大观的唐宋传奇中，有超级棒的小说作品。如白居易的弟弟白行简写的《李娃传》，里面便有中国最早的"仙人跳"骗局；如元稹的《莺莺传》，里面的张生差不多是始乱终弃的"渣男"代表。那些作品丰富了元明戏剧题材，也成为中国小说的故事与人物范式，对后来的叙事文学有深远的影响。

李洁冰：聊到这里，许多记忆就被激活了。在我童年的阅读经历中，有大量文本来源于唐宋传奇，它的确极大地激发了我的想象力。甚至那种语言的质感深浸阅读体验，乃至影响到我后来的小说写作语言。

李惊涛：明清以降，中国小说得力于前朝传奇，又有话本小说推波助澜，终于受众日广，登堂入室，成了叙事文学的主体。有了"三言二拍"；有了《三国演义》和《水浒传》；有了《金瓶梅》和《红楼梦》；有了《西游记》和《聊斋志异》；有了《镜花缘》和《二十年目睹之怪现状》……中国传统小说的很多叙事范式，至今仍有很强的"续航能力"。如写故事，讲究来龙去脉；写情节，讲究起承转合；写矛盾，讲究一波三折；写环境，讲究移步换景；写人物，讲究外貌个性；而章回体中的"欲知后事如何，且听下回分解"，则变身为"悬念"或"卖关子""抖包袱"等技巧继续存活……

李洁冰：是啊。现在想来，在那个知识贫瘠的年代，这些话本小说几乎伴我度过了整个童年乃至少年时期。某种程度上，它甚至对于食不果腹的生活可以起到相应的缓冲作用。这就能够理解为什么直到现在，没有任何一种语言能像古代话本语境那样深入我的小说语言肌理了。

李惊涛：虽则如此，中国传统小说有的叙事形式，现在已经基本上"挂了"。如以诗歌形式强化描写，在小说中动辄"怎见得？有诗为证，诗曰……"已成绝响。而章回体形式本身，虽然时或有人续命，像金庸的武侠作品；但在小说形态上，也基本日薄西山。因为早在一百多年前，鲁迅先生用一个短篇《狂人日记》，让中国小说进入了现当代新纪元。

七、鲁迅先生和《狂人日记》开启了中国现代小说新纪元

李洁冰：鲁迅确然是中国现代小说的鼻祖。记得当年读《狂人日记》，只觉得笔风峭冷，却对很多东西尚不解其意，今天看来它依然是一座遗世独立的高峰。

李惊涛：说得是。现代小说家鲁迅先生仿佛横空出世。他的小说呈现的完全是一派现代小说风采。你在《狂人日记》中几乎找不到中国传统小说的影子；不仅如此，在时间上拆散原来的线性再进行重新组接编排的方式，也赫然出现在《祝福》的结构里。而且人们发现，他的小说套路决不单一。从《故乡》到《离婚》，你可以说他是批判现实主义作家吧？但他又写出了《伤逝》那样绝不逊色于《一个世纪儿的忏悔》的浪漫作品……

李洁冰：是的。我记得，在《故事新编》里，他还写过老子出关、写女娲造人。据说他还想写红军长征。他没有参加长征，能不能写？

李惊涛：怎么不能？卡夫卡还写了中国题材《万里长城建造时》呢。没有什么是一个作家不能写的，关键看你使用什么创作方法以及写出什么样态和质地。

李洁冰：可耐人寻味的是，对于广大普通读者的阅读惯性来说，最直接的本能往往是"对号入座"，即从字缝里努力抠出原型的蛛丝来。殊不知作家创作是理念所系，随心所欲，就像泥塑木雕一样创造捏合的。

李惊涛：是的。也因此，说"作家要写自己熟悉的生活"

本身并没有错,因为阅历和经验很重要。但是一个好作家,在阅历和经验之上还有一个想象力问题。否则,就无法想象《大唐三藏取经诗话》怎么会衍生出《西游记》来。

李洁冰:真和假的分野,虚和实的界限,《水浒传》里没有,《红楼梦》里也没有,《聊斋志异》里就更没有了。这些,我觉得也是中国传统小说中应该被汲取的营养或范式。

李惊涛:是啊。莫言的《生死疲劳》里就有"六道轮回"的理念。他还有个短篇小说叫《嗅味族》,写一个农家后院里有口井,里面住着"长鼻人"一族,做了大量美味佳肴不吃,只以嗅味来生存——正好让两个饥饿的男孩大快朵颐。现实里怎么可能?小说里就可能。因为莫言是经过饥饿年代的,正是这样的经历催生了这样的想象力。

八、时代的生产生活的方式与节奏,使现代小说呈现出明显的世纪特征

李洁冰:信然。作家的想象力需要有与之相对应的土壤,它必须是作家与阅读受众双向发力的结果,舍此只能形成低质循环。

李惊涛:中国传统小说的很多表达范式虽然有"续航能力",但是现代与后现代小说,特别是二十世纪八十年代中叶崛起的中国"先锋小说",却没走既成的传统路线,因此作品呈现的格局便与传统的小说有大不同。说到底,每个时代、每个民族、每个国度或地区的作家,由于生存境遇不同、情感遭际不

同、教育背景不同、文化习俗不同、语言习惯不同，写作上都会有很大差异。

李洁冰：您说的这些不同，都要引起重视。但是，它终究还只是针对作家个体而言的。

李惊涛：是的。另有一个影响作品的时间形态的最大因素，就是那个时代的生产、生活方式与节奏。它们可以对作家创作与读者阅读同时发力，可以使小说形态呈现出明显的时代特征。我们此番"龙门阵"所摆的"叙事流变与时空演进"问题，可以从这里具体切入。也就是说，小说的"叙事流变和时空演进"的尺度，大约可以用世纪来衡量。五十至一百年间，生产方式和生活节奏，会发生很大变化。我认为这才是十八世纪的古典主义和浪漫主义、十九世纪的批判现实主义和自然主义、二十世纪的现代与后现代主义……这些小说的时代特征生成的最大和最根本的原因。

李洁冰：这从逻辑线上就明晰多了。正如兄长所言，所谓小说技法也是乱花各人眼，有一千个哈姆莱特，就有一千种作品气质。

李惊涛：对。弗吉尼亚·伍尔夫不接受批判现实主义作家的那套方法，因为她觉得她生活的那个时代，生产与生活方式和节奏发生了巨大变化，而小说决不能"见物不见人"——人的内心、人的意识、人的情感、人的精神；如果照现实主义创作方法那样按部就班地去写，沉迷于细腻地描写主人公家地上铺的是什么地砖或木板、桌子上放的是什么样的暖水瓶、太太手里焐的又是什么手炉……便是典型的"见物不见人"。她认为如果那样写，人的复杂性没了，人也就没了。

李洁冰：作为女作家，我特别能够理解伍尔夫。她宁愿走"意识流"的路，还原人瞬息变化的丰富而又复杂的意识，让人在自己意识的河流里真正原生态地、立体地、全息地呈示出来。

李惊涛：正是这样。伍尔夫倡导的理念受到现代派小说家们的力挺，被认为说出了他们的心声，并且是有理论、能创作、有成就的女作家说的。她的理论与实践，确实让小说艺术因此丰富多彩起来。

李洁冰：呵呵，伍尔夫在许多作家，尤其是学院派作家中备受推崇。她的理念尤其在年轻一代作家中广有拥趸。

九、人类的精神世界有多丰富，小说艺术的表达就有多繁复

李惊涛：说到这里，我得说，小说经过几个世纪的演进，最终之所以能够成为所有文学样式中最博大、最深厚的集大成者，就是因为，小说既是人的精神世界，又是人精神世界的表达，即小说艺术的手段与方法与小说艺术表达的对象——人的精神世界，是一体一魄的。人的精神世界有多丰富，小说艺术的表达手段与方法就有多丰富。这个说法，可以概括现代与后现代小说，以及中国的"先锋小说"等思潮与流派生发的所有机理！

李洁冰：现在看来，先锋小说思潮在这片土地上如流水疾风般掠过，又迅速消遁，是否与在这个古老的农耕国度"水土不服"有关？毕竟不惟读者，甚至众多的写作者都是读着宋元话本

长大的，对外来的东西有种天然的隔膜感。

李惊涛：你曾经谈到，现代与后现代小说带来了"对于人物的原生态感、情节推进的在场感，多维立体的具体化再现等等的消弭"。我其实不完全接受这个判断。但我对"这种新的叙事语码，让太多的阅读受众，乃至文字从业者似有不适"则表示认同，因为这是一位有成就的女作家自己生成的感受。而且你最具忧患意识的观点，是下面这句话——"小说的主次、轻重、详略隐遁，惟余排浪般的复式推进。而作为传统叙事最重要的表征符号之一，人物消失了。"人物消失了，当然不是好事。因为如果说"文学就是人学"这句话还有它的合理性，那么人物在小说中的消失，必然会导致小说自身艺术性的消失。这不是由作家决定的，而是由读者决定的。读者是想通过阅读小说中的人物来反观自身，你不让他遂愿，他便弃你而去。这也就是为什么，中国"先锋小说"家们后期纷纷倒戈，重拾故事与人物的重要原因。

李洁冰：莫言在谈到《檀香刑》的创作时，曾将之喻为"一次大踏步的后撤"，甚至在全书架构上都采用了中国民间传统的"章回体"。当然他所传递的创作理念依然是深具现代人文精神的。

十、中国当代小说的"现代性"在叙事范式上的若干特征

李洁冰：那么，中国当代小说的"现代性"在叙事范式上，是否也有些可供认知的特征呢？

李惊涛：有啊。前面梳理了中国传统小说的某些表达范式后，再来看从现代—后现代小说氛围中脱胎而来的"先锋小说"，以及"先锋小说"家们"回归"后的小说形态，可以发现，中国当代小说的"现代性"特质，有大致以下几个表现：

第一，人物的符号化。由于十九世纪的文学作品在塑造人物方面已达巅峰，所以现代—后现代与中国"先锋小说"不再把塑造性格化乃至典型化人物作为主要追求目标。如卡夫卡《城堡》里的主人公，就叫 K；《审判》里的主人公至多叫约瑟夫·K。苏童早期的很多小说，人物名字就是个单字——《稻草人》中的三个孩子，叫荣、轩、土。余华早期的很多小说，人物也只是个身份——《往事与刑罚》中，除了那个"刑罚专家"，主人公干脆就叫"陌生人"……

李洁冰：人物的符号化，与某些年代所说的人物概念化其实十分接近，很难令人完全认同。好在先锋作家"回归"后，余华写出了许三观和福贵，苏童写出了宋莲和五龙，阿来写出了麦琪土司那个傻瓜二儿子……

李惊涛：第二，是叙事碎片化。进一步降低故事的功能。不再追求故事情节的完整性，不再将它作为小说"三元素"之一，至多只是叙事使命达成的因素，因此时常让它"碎片化"，使用其中对叙事有利的那部分。如当时被期待已久的余华在《收获》发表的第一部长篇小说《呼喊与细雨》（后出单行本时改名《在细雨中呼喊》）里，便没有通常意义上的完整故事，更不讲究传统范式中"起承转合"的章法，有的只是叙事主人公孙光林——也就是"我"在时间记忆中的事件片断。

李洁说：故事的碎片化，我倒是能够认同，因为生活并不总是"故事化"的；所有的"故事化"都有人为的因素，都暗含着因果链，与真相相去甚远。

李惊涛：很有趣吧？第三就是切断时间上的线性逻辑，作空间叙事。与故事"碎片化"相辅相成的，是时间的线性序列被切断，情节不再有头有尾，说事不再一五一十，故事不再起承转合，矛盾不再一波三折……时间线被切碎了，空间叙事便成为常用手段，余华的《在细雨中呼喊》便是这样，作家用记忆作为结构上真正的"黏合剂"来叙事。

李洁冰：是啊，小说创作技法的重峦叠嶂，彰显了现代派小说的万千生态。另外的范式应该来自加西亚·马尔克斯的《百年孤独》。在我看来，他简直是上帝一般的存在。他用几乎可以俯瞰人类的全知视角，将过去、现在和未来勾兑在一起，让"时间箭头"方向完全消失，只服从于他那百年轮回的叙事目的。

李惊涛：第四，时空错位组接。探测时间和空间在人的命运际遇中发挥的影响与作用。余华与法国"新小说"大家罗布-格里耶有过交集。他的中篇小说《此文献给少女杨柳》与后者的中篇小说《吉娜——错开的路面当中的一个红色空洞》有一拼。两篇作品在时间上都利用了"莫比乌斯环"效应，将时空错位组接，构成了一个圆环，将两个面的空间消融在了一个面上。如果你有兴趣破解这两篇作品的时空结构，相信就能一眼看穿现代—后现代及中国"先锋小说"家们手中的时空魔术。

李洁冰：如果这两部作品能够揭示现代—后现代小说的时空奥妙，我倒是乐意一试，来个比较式阅读。

李惊涛：第五，探索偶然性、或然性乃至神秘性对事件、人物或命运的影响。如"简单派"作家雷蒙德·卡佛的《好事一小件》，一次偶然车祸让糕点师和孩子的父母生出没完没了的龃龉，但结局却十分暖心，因为那里面有人性共通的东西。如苏童《仪式的完成》，写的是某个民俗或民间信仰的神秘力量——当然，你也可以理解为那是偶然性生成的巧合。

李洁冰：我以前看过德国导演提克威的《罗拉快跑》。那里面对偶然性的探索，小说家们也应该借鉴。

李惊涛：第六是向内转，探索精神世界的东西，探索终极困惑。如余华的《命中注定》，写了某些宿命的东西，原以为不过是善恶因果，看似并不新鲜，但小说的叙事结构依据却是人物的心理认知或价值判断。探索人类最朴素的情感状态，这些范畴不受地域、国家和意识形态限制与影响，如雷蒙德·卡佛的《马嚼头》。

李洁冰：这对传统小说范式确实是一种颠覆。但它究竟在多大程度上能够内化为读者的阅读审美，并感同身受产生"共情"，确实有许多尚待探讨的空间。

李惊涛：第七，如果生活常态不足以表达，便让事物变形，用荒诞路线折射严肃主题。契诃夫的《套中人》再往前走几步，有可能成为卡夫卡的《变形记》。但他没有走出那几步，主要还是因为他坚守了现实主义的创作方法。而很多作家将现实与梦境的界限打破，将梦境当现实写，如莫言的《透明的红萝卜》、余华的《十八岁出门远行》和残雪的大量小说作品，都是这样。

李洁冰：您说的特征不少了。若非专门研究小说理论，不容易做出如此详尽的解析。小说语言的叙事流变与时空演进，真是生生不息啊。可是在互联网包举宇内、并吞八荒的"读图时代"，"娱乐至死"已然成势，又该如何匡正呢？

李惊涛：说到底，哪个作家、什么流派、用什么写法进行小说创作；哪个读者、什么层次、怎样的群体喜欢何种语言范式的小说：都完全取决于他们个人的审美趣好。在"视听至上"的今天，我觉得不容易说清楚如何"匡正"当下这个"读图时代"的"娱乐至死"。但是作家写作时必须具有读者意识，这是没有疑义的。

李洁冰：是啊，作为一个有着数千年历史的文明古国，中国在步入现代社会后，"农耕时代"的很多习惯几乎已遁文牍。放眼商场、马路、地铁上，几乎人手一只手机。现代传媒的出现，更是让传统的阅读方式渐行渐远了。

李惊涛：智能手机和平板电脑，确实提供了便捷的视听途径；"抖音"又时常能博人一乐；"微信"的社交功能更是十分强大。加上人们生活"压力山大"，无论白天黑夜，能够在书桌前或手机上读几页古今中外的好小说，已经不易。因此，作家但凡拥有读者，无论数量多少，哪怕只有一个，也都应感谢他们。有了他们，存于世间的好小说才算没有白写；而"小说语言的叙事流变与时空演进"问题，也才有了在你"星月寮"里摆"龙门阵"的价值和意义。

对话者简介：

李洁冰：作家，中国作协会员。山东郯城人。毕业于江苏师范大学外语专业,2010年进修于鲁迅文学院第十三届作家高研班。主要从事小说创作。著有长篇小说《苏北女人》《青花灿烂》、《刑警马车》三部、中短篇小说集《乡村戏子》、《渔鼓殇》两部,长篇人物传记系列《逐梦者》三部。作品多次被《新华文摘》《作家文摘》《小说选刊》转载。曾获公安部第十一届"金盾文学奖",江苏省第八、第十一届"五个一工程"奖,第五届"紫金山文学奖",首届"朔方文学奖"等。

传统地缘叙事的囿限与突围

弁言：女作家李洁冰依托自己的微信公众号"星月寮"写作坊，就地缘叙事文本在当代文学语境中的囿限与突围等问题，邀请在中国计量大学人文与外语学院执教的我与她进行对话。"中国作家网"曾于2022年7月13日予以刊载。特将其收录于本书，求教大方。

一、文学创作呈现出更多的共时性状态

李洁冰：二十一世纪，全球化浪潮席卷了全世界的每个角落。文学作为一门叙事范式，在经历了十九世纪的经典叙事，二十世纪各种文学思潮及流派的演进，几乎穷尽了创作技法的探索。现代电子传媒的浮泛滥觞于科技搭建的互联网平台，而同质化的城市题材与科幻文学的复调介入，使文学生态的演进更加摇曳多姿。然则传统的地缘叙事作为曾经的文学范式之一，其存与

失、兴与衰，在时空交错中呈现出峰谷并峙的别样态势。随着现代高科技、电子新媒体的泡沫式发展，晚近的文学写作又叠加了另一重挑战，即叙事场域已不再成为文本要素。经由城市题材、网络、科幻文学的复调碾压，更多衍生出类似"无根人"的文学多样生态。本次讨论的主题是，传统地缘叙事作为曾经的创作元素，是否已经日渐式微了，如何来看待它的囿限与突围？

李惊涛：这个话题很有意思。如果从历时性的角度着眼，是这样。但实际上，文学创作可能呈现出更多的共时性状态。新的写作形式、技巧或方法出现了，旧的范式并不一定会退场。它们会呈现出一种同时"在场"的现象。当下的文学写作场域，打个有缺陷的比方，就像一个大型火车站，好多火车开进来，都停在这里：货车有散货和集装箱，客车有绿皮车和动车……但写作是一种个体精神劳动，不容易也没必要达成共识，比如此刻，咱俩约定都不使用 A 而使用 B 方法，就很难做到。用什么方法，主要看具体作者的人生历程、情感遭遇、读书层次和偏好……就是说，他碰巧看到哪些作品，碰巧喜欢哪些作家，与个人趣好吻合，愿意受他影响，因此形成个人化的写作观和方法，有很大的随机性。就像即便我们是兄妹，但写作题旨、语言路数和技巧方法，也是不一样的。即使是某个流派，比如法国的"新小说"派，貌似是一个作家群体，但细察后便知道，他们彼此间也有明显区别，像罗布-格里耶和杜拉斯就很不一样。因此我认为，文学写作场域更像是一种"纠缠"现象，即在同一个时空里，可能各种范式并存，比较符合实际状况。

李洁冰：这个解读相对客观，不过我更想追问的，是小说叙事场域的重要性问题,即传统的地缘叙事作为曾经的创作元素,就读者视野所见的当下文本中,似乎越来越难觅其踪,这是否意味着,由于上述原因的冲击,它已不再构成写作的文本要素了?

李惊涛:是这样,写作的叙事场域固然重要。但要做个区分:第一,你指的是对作家创作心理构成深度影响的故乡,还是被他虚构在作品里那个被叙述的场域?第二,你所说的地缘叙事与叙事场域,似乎也不完全是同质概念。地缘叙事,更多指的是作家受故乡的影响,进而在作品中表现出来的更大的区域性特征吧。在我的认知心理中,叙事场域界定于作家在作品中虚构的、富有特征性的时空上,而地缘叙事则界定于故乡对作家的影响方面。

李洁冰:我还真没想那么深远。作家的思维惯性,很多时候倾向于模糊表述。姑且以兄长界定的内涵和外延来讨论吧。比如莫言笔下的"高密东北乡",它对您的界定难道不是一种颠覆吗?

李惊涛:我是这么理解的:莫言小说中出现的"高密东北乡",与现实中的高密东北乡也不是同一概念,因为其中虚构的成分已经突破了现实囿限;而高密东北乡作为一种地缘叙事,对于莫言的叙事场域构成了显在和深入的影响。

李洁冰:有道理,这样解读外延就宽泛多了,在类似的维度上讨论,话题可以打得更开。

李惊涛:我的基本认知是,叙事场域在小说写作中依然十分重要,依然是文本要素。我们所要讨论的,可能是地缘叙事的问题。虽然有很多作家依靠地缘叙事取得了作品的经典性,而很多作家并不依靠地缘优势,同样也写出了很棒的作品。

李洁冰:这有点四两拨千斤,兄长是搞理论研究的,话锋一转,就把问题切到您的思维频道上了,不过愿闻其详。

李惊涛:我注意到,你刚才提到"地缘叙事"时给了个前置定语,就是"传统的",认为"传统的地缘叙事"在当下受到冲击,表现出所谓"式微"的征兆。这样理解对吗?如果是,我认为无论过去、现在、未来,地缘叙事将会一直存在,因为它是以地域性特征获得表达优势的。它在当代文学语境中,是否隐含了自身生成过程中的某些囿限,呈现出需要突围的态势,这还需要进一步观察与思考。为什么这么说?因为作为现象级别的问题,如果需要作家的个体去承载和消化,目前据我看,作家们还没有、也不太可能达成这种集体使命感或者共识。

李洁冰:是的,这种概念辨析法有说服力,但我仍未完全厘清楚。比如作家的辨识度,更多源自生命原发地的深层次浸润:无论马尔克斯的马孔多小镇、福克纳的约克纳帕塔法镇,还是莫言的东北高密乡、陈忠实的白鹿原、贾平凹的商州、阎连科的耙耧山脉、苏童的香椿树街,乃至江苏文坛新近崛起的"里下河"流派,作为承载理念的始发地,它们都镌刻着作家生命基因的内在肌理。这几乎成为文学生态的集体无意识。同时,我也发现一个有趣的现象。即如京味、海派、津门等序列固然有分野,可作家的创作还是会体现出"泛场域"的特征,比如余华,很难说他塑造的人物是海盐的,抑或浙江某地的。还有阿来,他笔下的人物与时空直接跟世界对接。也许还可以举出更多的例子……

二、地缘叙事与文学人物创造之间的辩证关系

李惊涛：余华的创作现象很有趣,我也注意到了,就是他写作使用的是标准普通话语汇,让你觉得他塑造的人物很难说是海盐或浙江某地的。《活着》被张艺谋改编为电影时,背景就直接平移到了秦晋一带,看上去也没有违和。我觉得这一现象至少有两个原因:一是他接触和喜欢的文学作品,大多是翻译过来的,比如川端康成、卡夫卡、马尔克斯、福楼拜……译文使用的是现代标准汉语——普通话,也就是以典范的现代白话文作为语法规范的通用语。这样的表达范式,看得多了,会潜移默化,成为他创作时下意识使用的语言。二是他的家乡浙江海盐,有些方言语汇与普通话并不呈现完全匹配或榫接的现象,这就使得他在写作时,只好按下自己使用方言的冲动。他好像在创作谈中讲过这个现象。

李洁冰：这些桥段很值得品酌。它们几乎是歪打正着,让余华甩脱了方言这个窠臼,直接楔入了现代叙事语境。无论人物塑造还是语言,都形成了余氏特有的剥茧抽丝式写法,同时也成就了当代文学史上的余华。但某种程度上,这是否意味着许多作家对叙述中地缘优势的放弃,或者与其说是自主选择,毋宁说是出于某种机缘或无奈?

李惊涛：我觉得,这里面可能有些无奈的因素。我的朋友,先锋作家张亦辉是浙江东阳人。他告诉我,在他的家乡切不可说某人"大眼睛"。在北方的普通话语汇里,这可是一种赞美啊!但在浙江东阳不是,据说"大眼睛"是骂人的。匪夷所思吧?你

看，方言能否进入作家写作的语言武库，有时候真的受制于某些约定俗成的现象。我俩都是淮河以北生长的作家，当地正是以北方官话为基础方言的，这在一定程度上让我们受益了。可即使如此，写到家乡一些谐趣的方言时，如果不加注，读者依然不能准确理解。比如"步撵"，说的是步行；由于"撵"的本意是"驱赶"，追加的释义是"追赶"，所以我认为，用"撵"并不准确，应该用"辇"，"步辇"就是"以步为辇"，即成语"安步当车"的意思，这样似乎更贴切一些。

李洁冰：这就又回到我们前述所聊的话题，作家的气质，辨识度，语言风格由来有自，机缘巧合，与自然，人文其实都有着近乎神秘的关系。仅从这个角度，余华的创作给人们的感觉，即便抛弃了地缘特征的优势，似乎也没有什么不可以了。

李惊涛：依我的理解，余华使用规范的现代汉语语汇，是为自己增加了表达难度的。阿来的情况，或许也可以作如是观。他是藏族作家，使用藏语写作不是问题；但当他用汉语写作，便只能遵循现代汉语语法规范。可这个作家极为优秀，语言驾驭能力超强，以至于他用现代汉语写作，在我这个汉语言文学专业的人看来，不仅规范、流畅，而且美轮美奂，等于把"信达雅"给"一勺烩"了。

李洁冰：最后这个比喻很形象呵！我也特别喜欢阿来的作品，他应该是中国当下为数不多拥有世界格局的大作家。刚才，我们是从语言驾驭的角度讨论的。接下来，可以更多聊一些人物塑造方面的话题。特别是对于作家这样的创作个体而言，地缘叙事与人物之间的辩证关系，您认为该如何定位呢？

李惊涛：你不是已经定位了？辩证关系啊（笑）。其实呢，地缘叙事对于人物塑造一定是有深度影响的。比如你的长篇小说《苏北女人》塑造的柳采莲，就是个典型例子。她很像陈源斌《万家诉讼》里写的何碧秋；改成《秋菊打官司》的秋菊，也差不多，就是人物很"轴"。"轴"是苏北鲁南方言，大意是说人物性格特别执拗，一根筋，认死理。你看，无论是苏北作家笔下的柳采莲，还是安徽陈源斌的何碧秋，还是陕西张艺谋的秋菊，都一定是北方女子。所以我写的《〈苏北女人〉："补天意识"的地域塑型》（见《扬子江评论》2019年第4期）一文中，特别讲到"地域塑型"，就是说的地缘叙事对于作家人物创造的影响，抑或反向表达似乎更确当，就是你致力于塑造出具有地缘特征的人物。

李洁冰：是这样吗？对话似乎又兜转到我的频道上了，这样聊起来相对轻松些。另外，您刚才所说的影响，既是线性的对应，也是块面的对应吧。

李惊涛：必须补充一点，线性的对应，指的是作家用自身的地缘理解对应自己作品中的人物塑造；块面的对应则比较相对，在对人物性格的阶层和性别的表现上，会呈现出差异性。同样塑造农民形象，南方的鲁迅写的阿Q与北方的老舍写的祥子比，就狡黠多了。说到这里，我有些理解你为什么要说，传统的地缘叙事会呈现出"式微"的端倪，就是这样写来写去，终于有技穷的那一天：北方人憨直，南方人精明。所以酝酿突破，也就有合理性了。

李洁冰：但是对于那些擅长创造各种人物，能自如转换其丰富性和复杂性的伟大作家来说，这也许并不构成问题。鲁迅不也写出过闰土这样木讷的农民吗？

李惊涛：所以，很可能问题的实质不在于作家塑造人物是不是受地缘叙事影响，而在于他想写出什么样的人物来。如果他要写的人物，是走南闯北、阅人无数的人，是游遍世界、见多识广的人，你又如何处理地缘在他身上打下的烙印？因此，关键是你如何有意识地利用地缘对于人物的影响，或者你笔下的人物性格的形成，如何受其所在的地缘和经历的影响。这就是说你在创作时永远拥有自由，只需要关注你想要强调什么因素是重要的，而不必受一些似是而非的理论的干扰。鲁迅在《答〈北斗〉杂志问》里说的"不相信'小说作法'之类的话"，大约也就是这个意思。

李洁冰：这样说我好像又有信心了。十九世纪作为诸多大师的高光时代，将人类智慧绽放到了极致。后来者多因生存地缘的扁平化，鲜有大开大合的生息背景，由此也失去了复制的可能性。从这个角度，无论是现代派、后现代派、碎片化、元叙述、零介入……其间，叙事文本的自主探索与文学生态的被动演进互为杂糅。这种移步换景，背后的逻辑线是如何成立的？一个作家所面临的选择，究竟是遵从个人气质，还是顺应文学思潮的异变？在这方面，很想听听兄长的见解。

三、作家应遵从个人气质，谨防文学思潮的牵引与扰动

李惊涛：这个问题，从文学史中的现象与思潮的演绎中，

可以理出一些头绪,虽然它们并不一定是逼近真相的。因为文学史都是后人修的,修史所依据的,既有作家作品,也有历史学、人类学、社会学、政治学、经济学、艺术学、哲学、人文地理学和传播学等文献的交叉印证,还可以佐以相应的人物传记、创作谈、日记以及野史的综合支撑,再加上时间的筛汰、偶发性的触点和研究方法的更新,这些东西会让文学史视界里的很多观点和说法不断更新,次第影响着我们的理解与评价。因此,你才会得出前述的判断。但是在我看来,那个世纪里大师的高光,很多是我们人为赋予的。因为说到生存地缘的扁平化,十九世纪很多作家并不比我们强多少,比如法国作家福楼拜,其小说之光普照我们到现在,但其实此人不过是一个偏居一隅的乡间地主而已,他甚至刻意要远离喧嚣的巴黎……当然我这么说,并不意味着作家就可以闭门造车,塞林格把自己封闭起来以后,我们反而见不到比《麦田里的守望者》更好的作品了。我同意你所说的,"大开大合的生息背景"有益于作家创作出波澜壮阔的叙事场域的观点,这从托尔斯泰、肖洛霍夫和罗曼·罗兰身上,都得到过有力的印证。

李洁冰:这番话又透出哲学的辩证性来。但这种近乎浑圆的太极图一样的理念,稍不留神就会被"带节奏",好像并不容易做直观的或直接的判断……

李惊涛:我是这样认为的,直观的或直接的判断,要舍弃很多例外、很多不利于形成判断的因素才可以做出来。我现在已经年届花甲,不愿意为了形成价值判断去割舍,甚至无视那些不利于形成自己直观判断的重要事物了。当然从文学史角度去描绘文艺现象或思潮的粗线条，也不是不可以。比如从古典主义到浪漫主义，从浪漫主义到批判现实主义，再到自然主义，继而是现代派、后现代……线索似乎也清楚。

李洁冰：聊到这里，我依然觉得，现实中除了极少数思辨性很强的作家，为数众多的写作者，尤其是女性作家，其实是被直觉牵着走的。现代派或后现代作品告别十九世纪的波澜壮阔后出现的那些碎片化、元叙述、零介入等一系列方法、技巧和手段，很难说究竟是叙事文本的自主探索，还是文学生态的被动演进。这些现象背后的逻辑线交错纷繁，除非你特别有定力，否则很难祛除影响的焦虑。在这方面，兄长不知作何解读？

李惊涛：逻辑线这个东西，一定是后人建立的。它是一个理性的产物，而文学史的现象更多是混沌的，其间可能隐含着更丰富多元、更偶然随机的因素。

李洁冰：所以，可否这样理解，文学生态的递进都是在各个时代峰高谷底、大浪叠起的时空背景下逶迤前行的，至于叙事文本的自主与收放，其信马由缰的程度何如，恐怕还是难以一言以蔽之。

李惊涛：是的。实际情况一定是复杂的，有触点和诱因。具体来说，古典主义之后的浪漫主义，便和意大利的文艺复兴有关；浪漫主义之后的批判现实主义和自然主义，便和英国乃至整个欧洲的工业革命有关；批判现实主义之后的现代派，便和二十世纪的经济危机和两次世界大战有关……中国现当代文学中，各种文学现象与思潮的次第出现，又何尝不是这样。你可能注意到，我只排列了文学思潮和现象、流派出现的先后顺序，而没有像有些文学史家那样，把它们彼此之间的关系，用"发展为""进化为""跃升为"之类的词语联系起来。也就是说，我并不认为浪漫主义是古典主义的发展；同理，我也不认为"批判现实主义"比"浪漫主义"是个"进步"。这些价值判断的词语，如果能够更多地从文学史描述中剔除一些，则可能会更接近历史的真相。

从这个角度，与现代派和后现代相伴而生的碎片化、元叙述、零介入……也没有必要急于对它们做价值判断，认为是负面的东西。它们只是在文学现象或思潮中出现了，并且是新东西；它们与以前的东西之间，可能是"因果"的关系，也可能是"并列"的关系，当然，也不能排除某种程度的"递进"关系，比如说是为了"出新"才生成的现象。弗吉尼亚·伍尔夫就不喜欢巴尔扎克或司汤达那套现实主义手法，她奚落他们，刻意要颠覆他们，唱唱对台戏；而同为批判现实主义大师的福楼拜，是如假包换的现代小说鼻祖，他甚至认为巴尔扎克"不会叙述"，看不起他或为他惋惜；但浪漫主义大师雨果，就对"现实主义小伙子"巴尔扎克评价不低……

李洁冰：好啊，这种剥洋葱式的解读更方便理解。记得当年我在鲁院进修的时候，也曾接触过大量关于文学思潮方面的信息。饶有兴味的是，班上的学员当时按年龄、代际分出了好多风格派系。有的作家对新思潮天然承接，不存在任何障碍。也有人因为认知差异，已经产生了"抗体"。所以，即便是作家之间的对话也是困难的。这个话题见仁见智，确实有着无尽的探索空间。

李惊涛：是的，这种现象很值得思考。另外，你刚才说到"文本的自主探索"，我觉得更符合实情的说法，应该说是"作家的自主探索"，文本只是呈现而已。而"文学生态的被动演进"的说法，我不太好评价。因为"文学生态"一词，在你那里很可能是个深思熟虑的概念，作为对文学存在现象综合因素的相互制衡、相互勾连、相互牵制、相互补给的一种认知，我也是能够接受的。而"演进"与"演化"比，词义更积极，带有更多的主动意味；你用"被动演进"来组合描述是很有趣的，一定有你的特殊想法。如果是我来界定，我会谨慎地使用"文学生态的自然呈现"这样的说法。正是从这个意义上，我更倾向于作家要遵从个人气质，并谨防文学思潮对于自身创作的无谓牵引与扰动。因为思潮往往会被"带节奏"，被"带"得多了，八面来风，反而晕头转向。如果你富有定力地观察、思考与表达，你自身反而会成为现象，甚至引领思潮。

四、文本叙事的节奏控制与"他者"视角

李洁冰：谈到具体文本，2016年开始写长篇小说《苏北女人》时，记得您曾经说过一句话，要用外来者的眼光去观照人物场域（包括女性）。当时我有点不明就里。今天看来，以"他者"定位，而非深陷地缘的身份写作，似乎更能避免雾里看花。这就触及了本次话题的内核。即地缘性的创作，似乎是有局限性的。当作家投身写作场域，与书中塑造的人物共歌哭，局限性也就相伴而生。全知全能的叙述视角，则更多属于诠释创作理念的

载体，而非现实中真正的人物角色。所以有人认为，写作要谨防"代入感"。不知兄长更倾向哪类观点？

李惊涛：聊到这里，我才理解你说的地缘写作与人物之间的辩证关系所指。是的，它们之间，应该是辩证的关系。当时那句话，主要是受自己短篇小说《蝴蝶斑》的启发。记得构思中有点小曲折，一个深刻的体验就是他者的呈现视角，更能达到客观的叙事效果。这和蚕无法描述茧是一个道理。小说写成后，被《钟山》相中了；发表后，《当代小说》和《中国青年报》随即有评论出来，评论者我都不认识。《苏北女人》构思伊始，正是怕你深陷其中，写成类似女性作家思绪缠绕的呓语式作品，所以我说"要用外来者的眼光去观照人物场域（包括女性）"。从后来的作品成色看，你不仅跳出了女性囿限，而且也跳出了地缘看苏北。我认为，那是你迄今为止最好的一部长篇小说。

李洁冰：是这样吗？那么，兄长认为写作时的"代入感"，究竟是如何界定的？当代文学画廊浩若星辰，有相当数量的作品基本沿循了这样的写作技法，即便说它影响了几代人的阅读习惯和思维定式也不为过啊！

李惊涛：这就涉及你刚才所说的"辩证"关系了。事实上，你的创作实践多，在这方面是有发言权的。因此，用"辩证"来形容叙事场域中的人物与地缘，包括作家本人与人物之间的关系，再贴切不过。当你认知人物，你不能"不识庐山真面目"，所以要跳开来看；当你写人物，你又要感同身受，人物才有血肉感，才真实可信。福楼拜笔下的艾玛，就是最好的例证。此前我们说起过，福氏是现代小说鼻祖。他虽是批判现实主义大师级人物,但是,后来的现代小说具备的一切元素,《包法利夫人》中也呈现得很完备。很多先锋作家暗地里喜欢得不得了,却又不愿意承认他对自己的影响,颇有点耐人寻味。福楼拜写艾玛,做到了我们所期望的最佳状态,既是他者视角,又写出了艾玛的切肤感受。并且,他的笔力我一生服膺。他写艾玛债台高筑,想一死了之,从药剂师郝麦家里偷吃了砒霜,开始摇摇晃晃往家里走,走到田间,毒性发作了。这时候福氏不说"艾玛感到两腿发软",他说艾玛走在田间路上,感到"土比水还软"。只一句,就把艾玛中毒后的感受写到了极致,不得不服。

李洁冰:兄长所言甚是。《苏北女人》出版后,专家和学者从不同的角度作出解读,再对应当年那句话,突然有了茅塞顿开的感觉。现在回味起来,倘能按"他者"的视角切入,以虚载实,避免笔下的生命群像与地缘太过逼仄,是否更具有时空感和创造张力?当然,小说跟电影都是遗憾的艺术。从混沌到开悟,体验是渐进式的。有人能够自如穿梭,有人从累积到发酵,需要投诸更多的笔墨实践。在这方面,我显然属于后者。

李惊涛:在我看来,你的悟性已够颖敏。你近距离地观察了柳采莲们,笔下的苏北女人之所以令人信服,首先可能你了解她们,理解她们,能够感同身受地体会,进而呈现她们。这是十分难能的。无法设想,一个外地作家,仅靠所谓"体验"生活,就能写透这组女子群像;或者一个男性作家,仅靠所谓"代入感",就能表达好。在这方面,我得说,作品写得很通透,因为你就是苏北女人,且身在她们其中。因此,没有谁有资格说,他们比你更了解、理解和写得好苏北女人。莫言在谈到《红高粱》

的创作经历时曾说:"没有现场的体验感,当然可以通过想象来弥补。但是我想假如我是亲历者,我写出来的《红高粱》可能更加有意思,艺术上会更加完美。"他这话是对的。

李洁冰:聊到这里,又想起另一句话。《苏北女人》固然厚重,也给读者带来了极大的阅读考验。它是否从侧面印证了地缘叙事的局限性?虽然文本架构,语言的文白融通,地方俚语,包括传统戏曲肌理的实验性植入,都达到了此前不曾有的探索和深度。可囿于地缘,还是挤压了它灵魂飞升的空间。由此带来的,诸如代际阅读上的障碍,年轻受众的隔膜感,也就不难理解了,或许这些都需要好好琢磨和反思一下。

李惊涛:这些年,你始终走在一个作家自我蝶变的路上,这中间的反思力度和范围都超过了我的想象。其实,我说的"《苏北女人》会给读者带来极大的耐心考验",主要指的是广泛意义上的、技术层面的叙事探讨。现代生活节奏如此之快,作为一部长篇,倘若开局的情节启动力不够强,读者得有多大的耐心,才能被吸引而手不释卷?一旦几次进不去,放下了,便再也不想拾起来。没了读者,岂不是白写。这就说到故事。对于现代小说来讲,它有点像北方人喜欢吃的臭豆腐,闻着气味不好,吃到嘴里一品,香极了。E.M.福斯特,就是写《看得见风景的房间》的那个英国作家,在剑桥大学给研究生克拉克开讲座时说,"故事是文学肌体中最简陋的成分,是小说的基本面,是一切小说不可或缺的最高要素……"你看他说的前半句,是一切先锋作家们津津乐道的;但后半句,却被他们屏蔽了。因为他们想的是在小说元素上进行革命,在叙述语言、小说形式甚至时空叙事上进行颠覆、进行实验，做"实验小说"。所以他们对于粉碎故事、用故事的碎片做小说乐此不疲。但是，你同样也会注意到，一旦他们以革命的姿态完成了晋身使命后，又纷纷倒戈，重新祭起故事的旌旗，试图呼唤读者来买账了。当然，我们写小说永远不要被故事牵着鼻子走，但也不能小觑它的力量。

五、地缘叙事在文学语境中的囿限与突围

李洁冰：这是否意味着，地缘叙事的囿限没那么明显？在过往的文本实践中，我确实进行了一系列的探索，包括与人物群体生存的地缘适配的语言路数，文白融通——苏北鲁南日常口语中，有很多上古雅语孑遗，它们跟现代汉语间杂，形成那片场域特有的世相奇观；民间俚语——吸纳地缘特征；传统戏曲肌理的实验性植入——让涩重的语感因韵律而灵动起来，还有柳采莲姊妹"拉魂腔"的基因承续……以期达到此前不曾有的实验性和庞驳度。但地缘就像一根无形的绳索，时不时缠住文本人物的手脚，使他们的灵魂总是起舞甚难。

李惊涛：我理解你的意思，却不同意最后的结论。事实上，《苏北女人》作为一部独特的长篇，它在小说形式，特别是语言实验上的匠心，恰恰是这部作品又一个令人击节的地方。首先，它语言的杂糅性，跟人物形象塑造是适配的，为人物增色不少；其次，在作品的审美范畴上，它们带来了全新的审美感受，令人在陌生化的语言感知中，更易于接近那些他们同样陌生化的女性群体，这种阅读体验，在现今的小说中并不多见。可以说，在当

代文学画廊里，它充满想象力的原创性，它充盈在字里行间的元气淋漓的生命张力，弥足珍贵。如果我不写小说，你可能觉得上面只是一般学者简单理性的判断，担心类似说法会将人"带到沟里"。但是，每一个写小说的人，做梦都想找到新的、陌生的与人物适配的语言、语体、语感。只是未必能像你那样，因为题材创作的需要，将它找到了。

李洁冰：呵，兄长如此过誉，真令人有汗颜之感！权作对我写作上的期许吧。此书出版后，曾经有同仁提出质疑。说《苏北女人》这个名字，收得有点窄了，何必要刻意强调地缘特征呢？开始我不以为意，琢磨久了，始知道理不浅。很多时候，创作上的设限是下意识的。既有时段性的认知差异，也有对地缘标识的再三审度，同时也考量到作家的视野、站位，以及思维定式的转换功力。

李惊涛：见仁见智吧。换个书名未尝不可，只是在我看来，没了辨识度，也就没有了文学或文化人类学的解读价值了。我倒觉得，是否这样理解更符合你所表达的意思，就是当一个作家进行 ABCD 的任何地缘叙事时，不能因为自己曾经生身 A 地，结果写 B 地时也脱不开 A、像极了 A；写 C 地时，仍有 A 地的影子；写到 D 地，人家说，她这不是写 A 地嘛。那样的作家，一定不是好作家；那样的地缘叙事，一定是低端的，是"囿于地缘"的小格局作家。无论如何，苏北大地上的女性，作为一个"特殊的物种"，她的辨识度并不是靠"去地缘化"来完成的，而是要寻找到能够与之匹配的语体、语感和语素。不然，何以对得起她们的人之为人、人之为母，以及她们曾经的苦难和生命存在呢。新冠疫情过后，一切都会重启，生活还将继续。端木福生们还要出门，甚至他们的女人，也要走出家门谋生……

李洁冰：可以想象一下，倘若通过航拍镜头，我们来看东半球数以亿计南下北上的迁移者，每年为了生计而奔走，这是这颗星球上多么宏阔的族群奇观！城市工业化的重金属摇滚，为古老凋敝的农耕田园奏响了世纪最后的挽歌，乡村空壳化了。经由现代高科技，互联网，人类变得越来越"同质化"。吃饭，穿衣，思维方式，甚至族群的表情……故乡这个词，正在日渐无感，抑或只剩下无法穿缀的记忆残片了。这难免使人困惑，曾经诞生过无数经典文本的地缘性写作，是否也随之散尽了气数？如果还有，它突围的路径又在哪里呢？

李惊涛：故乡的气数是否散尽，确实是这个时代的沉重，也是这个时代的作家们无法回避的命题。我新近评点的湖北作家陈应松的《还魂记》，以极其极端的笔法揭示了荆楚大地上的这份沉重，触目惊心。我曾经用三句话概括了这部长篇小说，陈应松先生认可了我的概括：一个人，死了以后才回到故乡；回到故乡后，他再次被整死；因为在他回去之前，故乡已经死了。这样的概括，是感性的抽象。今年七月，中国工人出版社即将出版这套"绘图评点本"，你有时间或可一看。陈应松把你刚才描述的那种中国乡村现状写得很透。此外，梁鸿的《中国在梁庄》和陈庆港的《十四家——中国农民生存报告》，也可参阅。我想，地缘性写作，可能内涵会被置换；但它本身不会消失，因此也不能说气数散尽了吧。也许，这正是这个时代给予作家的考验之一。如果作家经不起这个考验，它的气数也就尽了。

李洁冰：当我们谈起地缘写作，是否可以这样理解，它已然属于中国当代文学薄暮渐隐的余晖？再回到作家的个体化思考，以及后续者的文本实验上，它究竟属于无谓重复，还是作家个体的认知局限所致？这些摸索都是必须经历的吗？

六、用优美的文字与这个光影时代相抗衡

李惊涛：我不太同意地缘性写作已属于"中国当代文学的薄暮余晖"这个说法。二十世纪八十年代中期，美国作家福克纳被很热络地介绍到中国来，很多作家都受他影响。莫言就曾经说福克纳是一只"小火炉"，他用福氏的作品在写作上取暖。当时《世界文学》编辑部译介了一批福克纳中短篇小说到中国来，请美国作家斯通·贝克专门写序言，他用了《威廉·福克纳与乡土人情》作题目。我的意思是，恰恰是福克纳让我们认识了美国南方，认识了他那"像邮票一样大小的"故乡。类似的例子不胜枚举。没有马尔克斯，我们也许无法看到，更无法理解马孔多镇那份神奇；没有川端康成，我们就不能穿过隧道进入"雪国"，看见"伊豆的舞女"如何凄美；没有伊萨克·巴别尔，我们也不会惊讶于敖德萨的人物与故事是多么奇葩……顺便说一句，你有空可看看这位苏联作家的《敖德萨故事》和《红色骑兵军》；特别后者，决不会让你失望。当然，我这么说，并不意味着文学之道，只有一条地缘叙事的路可走，好像不走这条路，就写不出好作品似的。不是这样。任何一种道理被强调得过了头，都会显得十分可疑。不然，《追忆似水年华》《到灯塔去》《曲径分岔的花

园》等作品的文学地位也就不会那么高了。

李洁冰：就像一枚硬币的正反面，现代化这个词，如今正在走向它的悖论。人类的困惑也许从蒸汽机发明就开始了，直到今天的生化实验、人工智能、病毒肆虐……《阿凡达》的出现，实际上是人文环保主义者对无节制欲望深层次反思的具象化投射。多年前上映时，一位文坛元老曾经打趣说，光影艺术做到这个份上，还有作家的活路吗？时代的声喧浪嚣，确实让作家们时常感到无力。因为眼前不再是一片水淖或湖泊，而是咆哮着的海洋巨浪，它随时扑打上来，人被裹挟在其中，手脚失重。这时候所谓的地缘叙事，或许早已被推到遥远的叙事布景上，变得更加模糊，抑或再无立锥之地了。因为世相的无序、混乱与残酷，已经远远超出了它所能承载的边沿。

李惊涛：你的描述能力很强。坐在这儿说话，都像在写叙述文本。你的话让我想起以前江苏作协的主席陆文夫先生。他做主席的时候，我还是江苏作协的理事，常听到他聊一些想法。他曾有句很著名的话："用优美的文字与影视艺术抗衡。"这句话很可爱，透析出的信息量很大。一是二十世纪八九十年代，这就是一个话题了；二是当时的作家们已经有了抗衡意识；三是作家们能够拥有的武器，其实只有文字，只有写作。如果变身为影视艺术工作者，貌似扳回一局，其实不是，是你投降，变节了，加入了对方的阵营中。作家们能做什么？永远只能是写作，否则就不叫作家了。至于小说是否能够与影视在争夺受众方面抗衡？永远不可能。所以陆文夫先生那句话的可爱，也就在这里，"知其不可为而为之"。这有点悲壮。但令人肃然起敬，宁可被打败，也决不投降。

事实上，光影艺术从来都比文字作品感染力强，正如你到剧场看话剧、看影视，想要获得的审美愉悦，与读书时想要的不同。也由于这份不一样，小说永远不会消失。它可能变得越来越小众，但不会消亡。为什么？因为它可以让人沉潜下来，为他们提供一种静谧下的会心，用灵魂静静地交流。它本身便是灵魂的创造，因此只要灵魂不灭，小说就不会消亡。考验在于，你写的作品是否能让别人愿意坐下来，用灵魂与你"窃窃私语"。这种要求貌似不高，但要求作家不浮躁，不被"时代的声喧浪嚣"裹挟。所以一定要珍惜手中的笔，笔下的字。

我有个写诗的小朋友，叫刘磊。我很喜欢她的诗，只是碌碌稻粱，没能为她认真深入地写篇评论，至今觉得好像欠了些什么。她有一首诗是这样写的："洗手，更衣，三昼夜什么都不想，只用来思过。/以前浪费了太多时光和钱，/从此开始节约每一个汉字。/我要像写墓志铭一样写诗。/让诗带有我的口音和脾气，让爱过我的人和/恨过我的人都见字如面。/他们匆匆路过一首诗，他们忽然停下来。/'她一贯惜字如金，就像她还在。'/这样的话总让我流泪。一辈子一首诗啊，/我要好好写。让疾行在大地上的眼睛能认出我。"不怕你笑话，我曾经为她这首《我要像写墓志铭一样写诗》泪目。如果我们的作家能有刘磊这样一颗心面对文字，面对小说，面对文学，文学的品相绝不至于惨不忍睹。在光影艺术里浸润日久的人也许会想起文学，想起小说来，因为那些文字是作家们惜墨如金般写出来的，像写墓志铭一样写出来的，令人不敢轻视甚至无视。

李洁冰：说得是！真正意义上的文学信徒，都是自带荆冠的苦行者，多少人走着走着成了传说，文字却在时间的过滤中留存下来。这就是文学的魅力吧。回到上述，地缘作为承载叙事母体的生命渊薮，它终究是绕不过的。帕慕克的伊斯坦布尔，福克纳的约克纳帕塔法，马尔克斯的阿拉卡塔卡，都曾烛照过他们的大师之路。白鹿原成书在陈忠实的故土——塬上；张炜用笔触搭建了一座庞大的海边葡萄园；迟子建浸润于白山黑水；金宇澄为一座沪上城市立传……作家原乡的哲学内涵，根本不是"断舍离"三字所能涵盖的。太多超自然的近乎神授的例子，都让人觉得，作家的精神，确实与母体孕育的生息之地经脉相通，否则便失去了最基本的叙事气场。

李惊涛：嗯，不错，深以为然！

李洁冰：兄长的诸多解读，对我深有启发。作家的地缘情结，有点像感冒，隔阵子总要发作一下。但脐带又不能始终缠在身上，即便走不出物理空间，也得从精神上挣脱出去，如此才有与世界目光对接的可能。聊到这里，依稀记得当年在鲁院进修的时候，作为班上唯一一位始终背着手提电脑记录的学员（那种宽屏的惠普电脑，很沉），当时的投入颇有喜感。那一届有才华的学员特别多，后来作品遍地开花，担纲各类刊物主编，包括省作协副主席的就有六七位。他们信息源广泛，很少做笔记，却随时口吐珠玑。我大抵属于使笨劲的类型。这种习惯，一直贯穿在我学习的始终。为文之道，有点像枝与叶、花与果的关系。你能得到的，笃定是你曾经付出的。

李惊涛：是的，作家要想成大器，离不开守诚与执念。那又是另一个话题了。今天的谈话让我重新思考了许多东西。以后有时间,我们可以再聊一些其他跟文学有关的话题。

李洁冰:感谢兄长抽空来摆龙门阵,这样的对话让人收获良多。星光月寮,茗茶几杯,如此方好。谢谢!

小说管锥

陈武小说的新境地与新高度

陈武兄用《灯色》命名的这部新的小说集,令人非常喜欢。我这么说,是因为出版前得到一个机会,系统看了里面的九篇作品,以便为小说集写序或跋。阅读让我感觉这部新作和他以前的作品很不同,差不多每篇小说都让我心里暖暖的。眼前的文字如春雨般淋漓着,滋润着我的心田,也催生了我的一个想法:陈武兄的创作新近发生了很大变化。这部令人心暖的小说集,应该是这种变化的标志。

这是一种怎样的变化?优美的文字?氤氲的情调?摇曳的叙事?绵密的细节?鲜活的女子?……这些都是陈武小说人见人爱的特色,一如既往啊。静心梳理了一下,我觉得陈武小说创作的变化,可以从以下两个维度来认识——

第一个是,作品由冷转暖。这里的冷暖指的是小说的调子,也是我这次阅读的突出感受。三十年前陈武写《估衣》,展示的是民国初年某城一条潮湿霉烂的后街上,鲜艳如花的女子是怎样一朵朵凋零且溃烂的；二十年前他写《拉车人车小民的日常生活》，读者看到"贫贱夫妻百事哀"，并且无法替车小民挡住飞来的横祸；十年前的《绳子》，更是让人读出女性千年悲剧的现代版本。这些作品大多一经问世即成名篇，但生活残酷性的阴影总是或隐或显，挥之不去，令人惊悚，感觉冰凉，心有戚戚焉。可是现在，翻开《灯色》，这样的现象不多见了。看《小棉袄》中的胡乐乐，结婚生子，孩子尚幼，工作碍手，父亲老胡便出面带孩子，日子过得很平静。不是说胡乐乐的生活在作家的叙述中没有起伏；但是那些起伏引出的结局，却让胡乐乐"心里渐渐升起一丝丝暖意"。为什么，我不说；为什么不说，也不说——这是借鲁迅的话说事，因为不便透露谜底。我要说的是，集子里收入的《坐姿》，可以看成《小棉袄》的姊妹篇。许晶晶与老父许德海的日常生活，同样被作家写得悬念游弋，令人兴味盎然，欲罢不能。那么，读到最后，不知你会不会生出和胡乐乐相似的心理感受……

然而，问题并没完。这就要说到陈武创作变化的第二个特征，即他在小说中所写的生活，正由异常向日常转移。这也可以理解为由冷转暖的另一套说辞。因为冷和暖，只说出了感觉，说出了表象，却像说了硬币的正面没说背面；而事情的真相，常常隐藏在背面。看陈武以前的作品，无论《谋杀》《火葬场的五月》还是《码头嘴》，性、暴力和死亡几乎如影随形；无论隐显，作品的硬核部分一定是生活中的异常。《灯色》不同。且不说文字更从容天然，样态也不事雕琢，就像一个女子，天生丽质，自信得很，浓妆淡抹随心就好，画风却直追沈汪一脉。《灯色》被陈武拿来为小说集命名,说明作家在潜意识里很看重它。由此我得出一个谨慎的结论:这部作品表征了陈武小说价值认知的某种改变,即他不再向生活中的异常要"小说",而是向生活中的日常要"小说"。换言之,对于现在的陈武来说,他的创作已经抵达了可以让生活本身就很"小说"的新境地,或者叫新高度。

将正面和背面两个维度合起来,再看《灯色》这部小说集,可能更便于接近事情真相。无疑,集子里九篇作品所写的人与事更生活、更朴实,因而更真实,真实到你甚至不用让自己"代入",你完全可以是小说中的人物,完全可能经历作品中的事情,因为那是生活中的日常。你看《小棉袄》,会觉得胡家的生活与你、你的左邻右舍没什么两样,日子平静、平常甚至平庸。读着读着,你开始有了别样的期待。什么期待?似乎希望作家给胡家来点不顺。这不是说你不巴望别人好,心理有点"恶恶的";而是说你的阅读生出了朱光潜《悲剧心理学》中探讨过的心理,叫作"悲剧快感",即通过悲剧审美引起惊悚或戒惕,以唤醒自身的安全或幸福感,更加珍惜生活。好了,作家懂你,他开始写了——胡乐乐和丈夫发现老胡有点异常:行为诡异,经常晚归。怎么回事?小夫妻俩先后跟踪老人,最终有了意外发现。再看《芳邻》。作家平实地写着日常的柴米油盐酱醋茶:做菜香气袭人的"芳邻"孙女士来借酱油,不仅没还,还当垃圾给扔了;"陈老师"不免郁闷、失望乃至失落。这也算不上大事情。如前所述,你又在期待点什么。可那点"什么"却迟迟不发生。作家依然在慢条斯理地写着:陈老师下馆子,请教椒盐海蜇头的做法,甚至把菜谱抄写了一遍;接着,是臙拌海蜇头、实拌海蜇头、梦拌海蜇头……就在你快要失去耐心时，忽然，"芳邻"还酱油来了，陈老师的很多猜想或心结，有了温暖的注脚。嗯？原来"小说"在这里等着我们呐。情节继续有滋有味地推进着：吃完"芳邻"的肉馅油条后，陈老师打量她留下的盘子，处心积虑，做椒盐海蜇头，以便在还盘子时送给"芳邻"品尝……渐渐地，你发现陈老师有些变了，心里的戾气少了，甚至消失了，因为他与另一隔壁"老外"可能发生的不愉快，也变成以美食作媒介的沟通和相互理解了。那是"芳邻"带来的心理效应。就在你期待东野圭吾式的异变时，忽然，"芳邻"毫无征兆地搬走了，"小说"结束了，陈老师怅然若失。相信你也一样，有些怅然。且慢，这是"小说"吗？但这不是"小说"，又是什么？你还想等待什么？性？暴力？死亡？——你的"悲剧快感"心理又在作祟了。这不就是生活吗？是的；但这是小说，甚至是最好的小说，是陈武小说的画风转变后抵达的新境地。

能否将生活的日常与小说间的壁垒打通，是区分作家能否成为大家的分水岭。这正是陈武创作发生变化的文学价值与意义：生活的日常，没有那么多的巧合与戏剧性，并不总是那么惨烈或残酷；唯其"日常"，新闻并不在乎它，但文学却不能忽略它。因为在观照现实的残酷和惨烈方面，文学也许永远不是新闻的对手；但是要比对日常生活中温暖的发现、人性的探测和心灵的建构，新闻却永远望不见文学的项背。日常固然是平庸的。平庸的日常甚至让众多作家望而生畏，退避三舍，因为它很不容易"小说"。但往深里说，一个作家如果没有能力在日常中发现"小说"，用叙述艺术将日常过渡为"小说"，只能说明他还不是小说圣手,更成不了小说大家。而陈武向日常走了过来,小说集《灯色》表明,他具有一种力量,能够化日常为"小说";他在以作品拥有的新高度,向汪曾祺、契诃夫和雷蒙德·卡佛们致敬。

说到雷蒙德·卡佛,我想起他的一篇我非常喜欢的小说,叫《好事一小件》。这篇小说名还有另一个译法,叫《世界上最好的事情》。这篇序或跋写到这里,已经到了我想写的最后一句话;可要命的是,不写到最后,它就出不来。这句话是:陈武小说的新境地与新高度,对他个人来说,是"好事一小件";对于小说界来说,是"世界上最好的事情"。

当今文化生态的疼痛隐喻

《十月》2021年第1期的小说栏目,头题推出了陈武兄的中篇小说《自画像》。在我看来,这篇小说触动了一个话题,一个可能是敏感的、令人有些羞答答的话题。但是我想把这块盖头掀开,让这个有些沉重的话题露出真容。

从故事的层面看,中篇小说《自画像》写的是一个清纯少女改变了一个中年油腻男的故事。什么样的油腻男?"猥琐,油腻,贪图小便宜,安于现状,胸无大志",这是男主角的自况,当然不乏自嘲。他叫鲁先圣,在"画家村"开着一家画廊,人称"老鲁"。为了赚取廉价劳动,他想改变美术系大四女生翁格格,把她变成批量造假的熟练画工。本来,我以为陈武会像小说《奉使记》那样让两个人物来次"对位移植",后来发现不是;只是老鲁被改变了——翁格格改变了他,把他变成了尊重艺术、尊重创造也尊重自我的人。这个有趣的结局颠覆了我的预想,让我悚然一惊。我意识到惯性思维是多么可怕,继而想到陈武的叙述策略中可能埋藏了一个隐喻,一个令人感到疼痛的、关于当今文化生态的隐喻。

当然,说破《自画像》中的隐喻不是什么了不起的发现,只是我不吐不快的执拗。事实上,单纯从隐喻的角度解读《自画像》,是有些对不起这篇小说,也对不起作家陈武的。因为一方面,中篇小说《自画像》的旨归是丰富的,绝非单一的"隐喻"可以囊括;或者说"隐喻"充其量不过是《自画像》的蕴涵之一。但是另一方面,这篇评论确实不想再全息解读作品,我有些刻意地想"攻其一点、不计其余",只想说说"隐喻"这个"梗"。

在当今的文化生态中,生长着太多面目相似的模式化与类型化作品。它们按元素组装,按套路制作,按流水线作业;极端情况下,甚至"人工智能"软件生成的"作品"也混杂其中。所以当下太需要一篇这样的《自画像》,也太需要一幅这样的"自画像"了!因为艺术界也包括小说艺术界,不仅已经十分"油腻",还为此建立起一套必须"如此这般"的说辞。最常见的便是"生存的压力"与"市场的制约",让文化生态中某些现象堂而皇之、愈演愈烈:一是竞相模仿,二是粗制滥造,三是流水线,四是套路化,使得精神产品完全匍匐在市场脚下,不再顾忌"生活—艺术""模仿—创造""真实—托伪"的辩证关系,几乎捐弃了"求真—求新""发现—创造"的艺术规律,以致"抗日神剧"疯长,"大师"泛滥成灾,"行为艺术"抢镜……所以《自画像》写的是老鲁,也是在写艺术界;老鲁的"自画像",也是艺术界的"自画像"。

就"自画像"这个概念的所指与能指而言,都脱不开自己画自己。翁格格一点不吃力地报出了凡·高那么多的自画像,都是画家画自己。他画了那么多的自己,要么是不同时期的自己,要么是同一时期不同境遇下的自己,因此没有一幅"自画像"是完全相同的。但是《自画像》中关于"画家村"的许多描述,却必定出乎历史深处的凡·高的意料。而时间的吊诡之处在于,"画家村"里那些凡·高的"自画像",都不是他自己画下的自己。那些貌似一模一样的凡·高"自画像",可以被"陈大快"流水线作业一般,以一天十幅的进度批量复制出来(胡俊甚至可以同时画五幅凡·高《咖啡馆》)。这不是简单的讽刺,而是时代所制造的文化生态中的黑色幽默。那么陈武笔下的《自画像》中的这个隐喻,表达了哪些意思?一方面,是作家不无忧虑地在为当今文化生态中某些"油腻"现象作"自画像",为艺术界的乱象作"自画像";另一方面,也是他充满善意地为尚存希望的艺术界作"自画像",为未来可能出现的艺术界清流作"自画像"——这里的艺术界,当然也包括小说艺术。

为什么说陈武对包括小说艺术在内的"油腻"的艺术界,还充满善意、抱有希望?从"隐喻"破解角度来说,正像老鲁一样,艺术界还不是无可救药,因为它还有一颗能够自省的灵魂。小说中的老鲁最终被翁格格改造,当然缘于翁格格的不抛弃与不放弃,缘于两次有意趣的契机——大规模退画和到凡·高故乡阿姆斯特丹参访。但是细察老鲁的改变,其自身的内因也不能忽视:他也有十万大山深处的娘亲,也有自己的老街,也曾有过抱负;他到马各庄去见翁格格,不是还刻意换上新T恤和新鞋子,下意识地将旧衣旧鞋扔进了垃圾桶吗？从凡·高的故乡归来，经过痛苦的反思，他不是也画了三幅画吗？一幅五官夸张变形的《自画像》，一幅《少女》，一幅《老街》。三幅作品，各有隐衷，令他隐约找到了"最拿手的画风"，告别了自以为是的"油腻"，从而走向了一个清新的"方向"；那是翁格格期望的方向，应该也是艺术界——包括小说艺术界未来的方向。

当然，这样解析小说人物的行状，是基于情节本身构成的隐喻，意指《自画像》在试图对当今文化生态中某些作品复制粘贴乱象进行一种有力的反拨。既然是隐喻，当然也有不够完善的缺陷。因为翁格格虽然清纯，却很稚嫩，方向会在她那里吗？她还在路上啊。正如她那幅《画速写的自画像》，还只是一幅"画速写的自画像"；"自画像"中的她只是在画速写，既不是典范，也未列入经典。但那确实应该成为已经"油腻"遍布的艺术界未来的方向。因为翁格格在寻找、在发现、在追逐和锻造自我，使自己成为自己。她在向成熟中的自己成长，直至长成，而不是成长或长成别人，即使那个"别人"是凡·高；更别提"画家村"复制粘贴出来的那些"凡·高"了。

我通常是不赞成把小说看成"故事—理念"的承载物的，因为那会使复杂的小说世界变成简单的理念"传声筒"；我也不认为小说艺术都是"寓言体"，因为那会让丰富的精神产品退化为"小儿科"。就这个维度而言，说《自画像》隐喻了当今文化的某些生态，我承认不免失之皮相。事实上陈武这部中篇小说写得很摇曳，很放松，并没刻意在作品里放入什么隐喻。他曾经告诉我，小说在构思时有三个点让他觉得很有"写头"：一是订单被退,有了悬念;二是男女关系的走向,有了情趣;三是老鲁改变自己,达成叙事使命。这是作家平常不与外人道的写作缘起或隐秘意图。但是,由于我近期系统阅读了陈武的一批小说,长篇、中篇、短篇都有,我发现他的创作发生了不小的变化,就是他的作品走向开始由生活的"异常"向生活的"日常"转化,作品的调子开始从凄美向温馨转化。写生活中的日常并能够写出温度来,这让我生出了类似《自画像》中老鲁式的感叹。他在马各庄看翁格格画的《煎饼摊前的男人》时,"感叹她能让生活变成一幅有质感的画"。陈武近期的作品也让我生出感叹,就是他可以行云流水般推进小说密实的细节,准确捕捉与描摹人物细腻的心理,从而"让日常的生活变成一篇有质感的小说"。他自己也说过:"没有什么是不能写成小说的。"他仿佛获得了一种全新的能力,令自己的作品进入了一种新境界或者新高度,就是可以在生活与艺术之间,用小说来自由切换。这让我想起欧洲现代绘画艺术对于古典艺术的反叛,高更、塞尚、雷诺阿、莫奈、毕加索和凡·高们,不是用模仿,更不是用复制,才走出了达·芬奇、安格尔、德拉克洛瓦甚至米勒的阴影,才走向了艺术的现代生天。而当今文化生态中那些千篇一律和千人一面的"作品"制造者,就像老鲁那三幅画一样,不知从什么时候起,既忘了"老街"来路,又不愿向"少女"低头,经常是五官变形、浑身"油腻";既失去了脚下的土地,又失去了远方的天际;既没有勇气超越前人,也没有价值被后人超越。现在,借着说破陈武这篇《自画像》中隐喻的契机,我想说,当今的艺术界也许到了该重拾勇气和重构价值的时候了。

浮世人心有法则

东海县有水晶,正如作家中有陈武兄。

东海水晶甲天下,或拜郯鲁断裂带所赐。它形成于亿万年前,先于生命细胞结体,按六方锥体发育生长,或阳刚,或温婉,晶莹剔透,包蕴异彩,蛰伏地下,沉默如金,期待着亿万年后与东海人相遇。

陈武是东海人。他没有辜负那份地老天荒的期待。他知道生于斯、长于斯的水晶与东海人亿万年一遇;知道东海人爱水晶,懂水晶,开采,加工,售卖,收藏,打造为产业,集散成规模,将大自然恩赐的水晶缘分光大到极致,让县城成为"水晶之都",让居民成为"晶都人"。但是他与水晶发生的关系和故乡人不同,他没选择经济媒介,他选择了文学。作为中国当代实力作家,他从小说角度观照水晶,用文字为"晶都人"绘制历史画卷,书写世相风云。长篇小说《晶都人》,不仅展示了"水晶之都"在时代大潮中创造的非凡业绩,演绎了"晶都人"在滚滚红尘中的生死歌哭，而且从文学维度上，对芸芸众生的生存法则作了全新解读和深刻表达，从而使作品成为当代文坛的可喜收获。

文坛都知道，陈武是作家中的故事达人。日常生活日升月落，平实如水，但到了他的笔下，一定会日光和月色纠缠，新波与旧澜奔涌。在《晶都人》中，陈武将擅写故事的禀赋又推向新境。小说开篇的布局不露声色：陷入高利贷危机的葛萍萍，让闺蜜史丽娟请她的初恋江大海到"罗马假日"吃饭，就此将男女主人公拖入人生过山车，让他们无休止地经历悲欢离合，见证生死疲劳。作品中波澜起伏的浮世绘也自此展开，并用多条蛇行线索"引诱"读者走进"晶都人"的九字连环阵——

江大海初恋是史丽娟，因而他有意躲开了葛萍萍的追慕；但史丽娟错嫁陈文飞，终因同床异梦离异；陈文飞与旧好昌晶晶坠入爱河，偏偏被曹小玲尾随不休；而曹小玲妒忌的昌晶晶，与陈文飞原是苦命鸳鸯，却匪夷所思地雌伏于骚扰她的李章鱼；本以为替此人生娃就可养尊处优，不料在她珠胎暗结报喜时，竟被商界大鳄扫地出门；原来李章鱼结扎在先，在包养昌晶晶前已设险礁，并顺手赐了偷情者陈文飞一个植物人噩梦；史丽娟有情有义接前夫回家照料，做家政的曹小玲正好有了吐槽宣泄的机会；放高利贷的"吸钱兽"柏士驹陷葛萍萍于灭顶之灾，但多行不义而自毙，终让葛萍萍拨云见日，意外迎来人生春天；长期被传为骗子的水晶贩子董小七，其实是个温文尔雅的富商，他带着葛萍萍"私奔"巴西，使后者有了对初恋江大海表情达意的契机；还一送一给出两个厂子；与董小七有关的陈文飞虽然也曾受益，却私心膨胀毁掉婚姻，走上讨债喽啰和植物人的不归路；当然，史丽娟在前夫死后不仅与江大海终成眷属，还因为董小七"小奖励"给陈文飞的100万，让自己有了抚养儿子小胖的经济后援……

　　E. M. 福斯特曾说，故事是小说的基本面，也是小说中最高的文学元素。我认为陈武深谙个中三昧。从故事层面看，《晶都人》至少有三个观察点很见叙事功力：一是故事布局与人物关系虽然盘根错节，如前所述，却编织完美；二是在线索穿梭如麻时，陈武会及时绾结，纲举目张，如苗运涛从马岛归国后众人在他家的"雅集"，如在曹小玲打工饭馆男女主人公巧遇"大卡车"，不仅得知躲债的葛萍萍信息，还得以目睹陈文飞横陈街头；三是伏笔埋设草蛇灰线，阅读过程不令觉察，收官时却不啻清流注入，让人心神顿爽，如富商董小七行状。永远不要低估讲故事的文学效应。陈武的叙事艺术是对"人是一切社会关系的总和"理念的深刻认知与精湛表达，是一个优秀作家面对读者的虔诚姿态，也是文学在传播学意义上使受众不离不弃的重要元素。

　　当然，优秀的故事之所以是小说基本面，主要缘于它是人物活动的平台。陈武在《晶都人》中设定结构复杂故事的目的，即是为了在这个平台上展示他所创造的众多人物。在这个意义上，作品显然出色完成了任务，为当代文坛贡献了许多有血有肉的鲜活形象，特别是一批性格鲜明、韵致丰盈的女性。这里不说《晶都人》中老奸巨猾的李章鱼、贪婪冷酷的柏士驹和迷雾笼罩的董小七如何令人印象深刻，也不说心机表浅的陈文飞和善良执着的江大海如何令人感慨系之，单说史丽娟、葛萍萍、昌晶晶和曹小玲等女性角色，在文学层面上是如何令人动容和喜爱。

我曾经说过，江苏作家中，苏童和陈武都是擅长塑造女性角色的作家。陈武笔下的女性形象，淡妆浓抹总相宜，令人过目难忘。细察起来，他在《晶都人》中塑造女性角色使用的手法，无论浓抹淡妆，彰显的都是"陈武画风"。先看让人物左右为难，陷其于纠结、犹豫和变化中"两难法"。女主角史丽娟，才情高洁，矜持傲娇；但同时，她也有善良、脆弱乃至无助的一面，如面对陈文飞的莫名离婚和江大海的温暖胸怀，她都会禁不住泪奔。置身葛萍萍与江大海之间，她会耍一点小心眼，施一点小心机，暴露出女人身上普遍存在的"女性"特质。"女性"特质是少妇的共性，而史丽娟的文学魅力在于，她一直被陈武的"两难法"矛盾着：不赞成江大海借钱给葛萍萍，后来却与江大海合力借出巨款，且占比最多；与陈文飞本是油、水关系，却又在前夫成为植物人后尽心救治；一直不接受江大海示爱，最终却投入初恋的怀抱。正是在这种矛盾和变化中，陈武揭示了史丽娟行为动机的全部必然性，使人物性格丰满起来。然则她的美好结局，便是上帝（作家）对她的眷顾了。

葛萍萍也获得了同样眷顾。这里姑且拿她来说"陈武画风"中的第二种方法："抑扬法"。这个女老板，出场即处于被揶揄的处境：容颜一般，心宽体胖，甚至有点"二"（柏士驹语）。但随着情节演进，读者渐渐便发现，葛萍萍做事认真，为人守信，即使有些心机，也"二"得可爱：躲债时"大隐隐于市"，化装成工人潜伏车间干活儿；劫后余生，还能笑谈种种受辱细节。特别是，当看到她对江大海既竞争又托底，既求助又赠予，表现出不让须眉的气度，你就不能不对这样的巾帼以手加额了。

相对而言，昌晶晶的命运就没有史丽娟、葛萍萍那样美满；正所谓月有阴晴圆缺，此事古难全。但富有兴味的是，她却可能是陈武在作品中塑造得最令人动容的女性。相信不只是在陈文飞眼里，即使在读者心目中，昌晶晶白天鹅般优雅的外貌和疑似洁癖的心理，也能获得深度认同。她抗拒李章鱼性骚扰时不停地洗手的细节，她憧憬陈文飞真爱的矛盾心理，她受辱后所发泄的无名火，甚至她接受陈文飞偷欢时对自身的施暴，都足以触痛读者的交感神经。这个雌伏于李章鱼后又被踢出豪门的女性，自绘的不啻一幅当代红颜薄命图，令人唏嘘扼腕。昌晶晶的行状，看似前后矛盾，实则有充分的合理性：与艾丽萨贝特·鲁西相似，她甘愿委身换来的，是自己一家人命运的改变。看到这里，相信任何人想要指责她的那份理直气壮，都要打些折扣。而"陈武画风"在她身上令人击节的表现，是那块水晶镇纸构成的"物喻法"，可列为第三种。昌晶晶固然是李章鱼手中的玩物，但陈文飞不停把玩心爱之物水晶镇纸的潜意识，让昌晶晶在心理、意识、情感和精神上不可避免地推物及人，反应过激，难以接受。毫无疑问，这是《晶都人》足可光照同侪的文字桥段，是写作过程中的神来之笔。

曹小玲，是《晶都人》中意外生动起来的女孩。不过对于擅长塑造女性人物的陈武来说，这毫不意外。虽然她只是个饭店服务员，但在作家笔下，她勤快、伶俐、活泼、俏皮、爱美、表浅，在结识陈文飞后也有了自己的心事，并因此付诸行动。她跟踪盯梢，窥视偷拍，传递情报，在自己跌落于无望的情感河流后，只能顺流而下，不知道为谁辛苦为谁忙。即使只是个穿针引线的小角色，曹小玲在作品中一样拥有不少精彩笔墨。特别是她对植物人陈文飞那段长篇独白，如果可以的话，命名为"陈武画风"的第四种手法——"独白法"，应该是一件有意趣的事情。小说作为叙事艺术，人物语言一向不好写，对话不易，独白更难。但深谙人物语言艺术技巧的陈武让曹小玲那种有因无果、有愿无望的心理，通过一番近乎变态的宣泄，给读者带来了喜感十足的审美愉悦。因为曹小玲和陈文飞的情感桥段，始自离婚男的落寞消遣，终于植物人的无语凝噎，在令人感喟的同时，也让人释然。毕竟在《晶都人》中，曹小玲想要与陈文飞"在一起"，从一开始就是不可能的事情。

在中国实力作家中，"陈武画风"的形成意味着他叙事技巧的娴熟，也表征着他小说艺术的风格化。因而在《晶都人》中，他塑造人物形象的手段，绝非前述四种手法可以囊括。他营造情境、描绘情态、分析心理、点染环境、运用细节的手法，丰富而老道。甚至有人说，陈武的小说写得太顺了。顺，既是对叙述艺术熟稔的自信，也是表达时的从容，还可能是陈武叙事艺术即将嬗变的前兆，因而文坛或可产生新的期待。归根结底，创作的要义是发现，是创造。正是在这个意义上，《晶都人》在文学维度上新的建树才格外引人注目，那就是，作家对我们感同身受的日常与蛰伏其间的义理，作了富有新意的解读与表达。

2017年10月21日，陈武在江苏常熟出席作家作品研讨会，曾与笔者茶晤。说起即将付梓的长篇小说《晶都人》，他告诉我，在万丈红尘掩映的大千世界中，一定存在着某种生存法则，使人类存在的状态达致平衡。状态失衡，则不稳；不稳，则倾斜。而倾斜，可想而知，必然导致跌落、倾轧、争斗、崩坏乃至解构；需要经过新的聚散与整合，才能重新达致平衡。但是，究竟是什么动因，使人类社会千百年来不断上演这种"平衡—失衡—再平衡"的"人间喜剧"？陈武兄发现，人与人、人与族群、人与组织、人与社会、人与自然、人与自我的关系中，潜存着某种无法回避的铁律，与财务会计做账时的借贷、加减与收付现象，惊人暗合，因此可以将人类生存的这种潜在法则，命名为"记账法"。

倘若读者展读《晶都人》时对作家用财会术语为小说章节命名不解，相信读完全篇一定会有所颖悟。由于作品付印前我曾有幸拜读，已经恍然明白小说三章的命名为什么正是借贷、加减和收付，所以我对他的上述说法深以为然。的确，《晶都人》里众多人物的升沉起伏、爱恨情仇与生死歌哭的成因，若从经济视角打量，几乎无一不与金钱相关，此其一；其二，细察作品中每个人物的生存状况与命运走向，无论如何变化和反转，均与会计事务中的借贷、加减与收付等三种现象契合——

葛萍萍向江大海、史丽娟借贷，向"吸钱兽"柏士驹借贷，向一切能借贷的人与机构借贷，这种借贷关系正是她与他人和社会构建的基本关系。这样的关系在作品中衍射或铺展后，小说人物的七情六欲遂成为加减的驱动力，使人际关系呈现出几何裂变：有人打错了算盘，有人算小账不算大账，有人将自己的人生算成一笔糊涂账，致使悲欢离合、生离死别次第出现，并最终进入各自的收付状态。柏士驹自作孽、不可活，"进去"了；葛萍萍浮出苦海的同时拥有了董小七的爱情，继而把两个厂子慨然归送江大海；对江大海而言，不仅厂子回来了，他还成立了"晶都国际精细硅微粉责任有限公司",初恋也回到身边,有情人终成眷属。男女主人公的人生账目至此收付平衡。小说结尾,史丽娟、江大海与葛萍萍再次聚会时,三人均已春光无限。史丽娟感慨地说:"人这一辈子,都和经济有关。所有的生活,都是经济生活。人生就是经济,关键就在于核算,在于做账。我不准备写诗了,我学会计,要钻研记账法。"之所以生出这样的新打算,是因为她有了新感悟:"不管是加减,不管是借贷,不管是收付,只要借方和贷方两边平衡了,就不会出错。只要不平衡,肯定错了。"读者当然欣慰于她与江大海新生活的开始。只是,缘于作家对生存法则的发现所带来的启示,让人忍不住要问一句:未来的日子里,男女主人公的人生借贷、加减与收付,会一直"平衡"吗?

长篇小说《晶都人》,据悉是连云港市委宣传部扶持的重点创作项目。这是时代赋予的作家在社会生活场域中以文学方式走得更远的动力,符合"春种秋收"的创作规律。在中国东海成为"水晶之都"后,这应当是陈武为"晶都人"创作的第三部长篇小说,也是一部富有文学新质的佳作,因为它是作家破解人心法则、感应时代潮汐后绘制的世相图谱,必将成为当代文坛的重要收获。

溅起历史激流的石头

长篇小说《蓝水晶》是陈武兄带给文坛的可喜收获。这部由江苏凤凰文艺出版社新近推出的作品,以水晶之都东海县为书写地域,为中国当代农村画了一个风物特殊的同心圆。这个同心圆,既是社会变迁的图谱,也是时代演进的缩影,更是人性嬗变的渊薮。水晶之所以成为作品圆心,一则缘于它在当地人心目中的灵性——地灵物华引发的自然崇拜;二则是作家敏锐地意识到,当历史演绎到由拜物而拜金时,水晶无疑是表现世道人心的最好载体。从这个角度也可以说,中国东海因水晶而驰名,东海水晶因陈武而留史。这里所说的史,是文学的当代史。当蒹葭因为《诗经》、向日葵因为凡·高、高密因为莫言、约克纳帕塔法因为福克纳而名存文艺史册时,东海水晶当然有理由因为优秀的小说作品进入文学的当代史。这一谨慎的说法,源于《蓝水晶》确为长篇小说佳作;而我们的信心与理由,则源于以下几个维度的认知。

首先,《蓝水晶》在故事的千山万壑中,以水晶为圆心,展示了个体生命特别是乡村女性生存的艰辛图景。E. M. 福斯特说，故事是小说的基本面，是叙事的最高元素。文坛都知道陈武会讲故事，擅长叙事。他笔下的故事总能引人入胜，令你手不释卷。《蓝水晶》开篇，女主人公丁萍萍少女时代就有这样一个心结：集齐紫、白、茶、黄、蓝五色水晶球，凑成一副"子"；但蓝色殊为难求。过程曲折自不待言，以致后来她左眼意外伤残、高考落榜而陷入人生沼泽，因集齐无望而逐渐遗忘；在历尽人生坎坷后，竟意外梦圆。她的"欢喜冤家"王二水，在乡间可谓能人一个，却反被聪明误；与丁萍萍合合分分，自以为阅尽春色，实际上其生存轨迹不过是沿着水的法则，持续向低处流去。他由乡间能人到"外流"再到"街划子"的悲喜人生，令人忍俊不禁，也让人感慨唏嘘。丁萍萍的父亲丁德扣，与"女婿"的姐姐王阿妹偷情在先、婚娶在后，不仅带给女儿狼藉声名，也因挖水晶被活埋而将悲剧叠加给了"续弦"。王阿妹是《蓝水晶》中意外闪光的女性角色。她与丁萍萍共同构成了乡村女性宿命式的生存图景，永远是苦尽而甘不来：与姐妹的父亲不伦在先，委身权势朱富在后，守寡，再嫁，又受虐致瘫，自杀不遂，几乎演绎了底层女性遭受各种社会力量碾压的所有不幸……

在当代作家中，陈武书写女性的功力堪比苏童。数不清的少女与少妇，顶着父权、男权、乡间伦理和社会道德的重压，从陈武兄笔下迤逦而来，只要看看丁萍萍和王阿妹卖花石时遭遇的陈富有、朱富和王二水的雪上加霜，便知端的。她们屈辱、隐忍、辛酸、尴尬，仍像庄稼一样朴实，像大地一样厚重，在艰难困苦中让血脉繁衍，让生活继续。这种情势，即令像王二水这样的浪荡子想向"前妻"行骗,也会因其万般艰辛望而却步。也许,这个"街划子"内心深处还残留着最后一点柔软;也许,这是作家陈武所表达的人类还没有万劫不复的最后一线生机。在这一线生机里,所幸时代开恩、历史留情,让丁萍萍的"蓝晶蓝"水晶开发有限责任公司开张了。

其次,在《蓝水晶》富有特色的地域书写中,读者可以收获一种"石头也疯狂"的阅读感受。作家将物产民俗与历史变迁深度融合,有力揭示了大时代中小人物生死疲劳的症结,进而从人性的角度为时代立传。陈武深谙中国东部的乡村生活之道,对草根阶层的生存状况和心路历程十分熟稔。在作家笔下,地域性的生活风俗、物产习俗乃至童谣民谚中,既遗存了深厚的民间信仰,也渗透了时代的丰富元素。因此,在长篇小说《蓝水晶》中,有关水晶的发现与开采,不仅次第出现了"篷"、"见苗"、"水晶龙"(地势)等独特的知识、概念,还有诸如"洗水晶"、手不干净不可触碰"冻晶"等奇异习俗,而"见眼分一份",便是一种民间信仰与禁忌,并借此取得了"无限正义"性。小说中的许多纠葛,即由"见眼"生成,人物为了利益的所谓公平将矛盾愈演愈烈,直至关及生死。丹纳曾经在《艺术哲学》中说,环境、时代和种族三者的相互作用,是一切艺术生成的原动力。事实上不止于此,陈武的《蓝水晶》还使我们相信,它同时也是族群命运嬗变的动因。

当民俗现象遭遇时代变革时,陈武让它们发生了饶有意味的对撞。这样一来,《蓝水晶》让我们看到,"打火石""敲花石""冻晶""景石"和"水胆水晶"等诸多概念在移步换景;看到水晶加工从社队经济、多种经营变身黑作坊转入地下,经过"打地洞""闹鬼市"的桥接再转回地上,"水晶加工厂"又变身"石英加工厂""硅微粉加工厂",最终裂变为诸多"有限公司";看见官方"打投办"蜕变为"多经办",水晶产业从国有(105矿)到集体(公社收购站),再从民营到私营;看见水晶被切割、淋水、打磨做成饰品,到做成浮雕、圆雕,再到渗入文人雅思的象形原石……有关这些"疯狂的石头"大珠小珠落玉盘的叙述与描写,呈现的正是中国东海水晶在当代的"时间简史",因此这部作品实际上带有编年史的意味。作家在《跋》里说,作品"以水晶开发为脉络,来揭示改革开放前夕和改革开放初期以及发展进程中的复杂的人事矛盾和情感纠葛,描写了一组人物在激变的历史潮流中的沉浮和多变的人生命运"。而《蓝水晶》也令我们信服地看到,作家很好地完成了他预设的叙述使命,即借助水晶的开采、开发历程,透析出当代史里国人命运变迁的动因,亦即社会机制变革对于个体生命强力的介入性影响。

　　石头本无欲,因人而乖张。巴尔扎克式的"人间喜剧"之所以频繁上演,源于《蓝水晶》布局匠心中所渗透的悲悯情怀。刘秃子对"水胆水晶"五百万的开价,瞬间让王二水欲望膨胀,使吴小丽、葛文章、小任本性毕现,将陈富有卷入"生死场";丁萍萍借土狗鳖的两块测价水晶,旋即称出了刘秃子、王二水和杨娟的人性斤两。此间丁萍萍力促王二水送还水晶的"正告",平静里"暗含韧劲和力道",尤为令人动容,那是善良退无可退的宣言,是人间正义与人伦力量的彰显,不仅逼出了王二水残存的良知,也为作品最终的圆满结局,埋下了可能性的伏笔。或许有读者会认为，是作家的愿望促使好莱坞式剧情结尾的生成。这样的推测当然不无道理：五色水晶球和"冻晶"失而复得；大槐树下母亲留下的一块脸盆大小的蓝水晶，也以"一汪碧水"的形态走向了苦命的丁萍萍。那是一块"无价之宝"。谁会对这样的小说结局说不？不然，生活中的希望只能荡然无存。蓝水晶，既是东海大地的精诚之心，也是作家陈武的善良隐喻，更是人性方向的终极象征。

最后要说的是，陈武在《蓝水晶》的叙事艺术上，也做了有益探索。一是叙事视角的多维化，以不同人物的视角在五个章节之间自由切换。二是宏大叙事的个人化，将丁萍萍自少女步入成年的艰辛过程，做成理解他人、理解社会、理解自然、理解人生，进而也理解自己的过程，从而使历史叙事取得了个体生命的脉动，令作品具有了人性的温度。三是推向极致的叙述。如丁萍萍的"回家路上"，王二水向刘秃子、庄毕凡、丁萍萍、葛文章的借钱过程，丁德扣对朱富和胖丫家猪小肠烹调气味的循寻和臆想，乃至罗主任令村民头晕目眩的车轱辘讲话等，都堪称小说中的华彩乐章，不仅在叙事上有建设性，而且有挑战性，限于篇幅，不再赘述。在当代作家中，陈武是实力派，有关于水晶题材的小说，此前他已运用各种体裁，写过了八九部。他的全部作品，业已累积五百余万字，小说常见于《小说选刊》《小说月报》《中篇小说选刊》《中华文学选刊》和《作品与争鸣》等杂志，作品更是数次入选"中国最佳年度小说"。在这个意义上，即使不基于前文分析，长篇小说《蓝水晶》受到读者喜爱也是具有一定必然性的。

艰辛生存的折叠叙述

野莽先生的近作《我们家的小花》，是一部令人心生揪痛感的优秀中篇小说。作品为当代文坛贡献了一位不可多得的女性形象"丁小花"，让她成为底层女性艰辛生存的镜像，映射世相之恶，照亮人性渊薮，在作家的悲悯情怀中走向希望尚存的未知；让现实主义作品警策世道、挽回人心的力量不减，持续为苍生发声，为平民立命，为文学赋能。

野莽曾向责编坦陈，《我们家的小花》是他"近年写得最认真的中篇"。相信此言所指既与作家对世道人心演变机理的洞见有关，也与他在作品中所作的折叠式叙述的探索相关，而这正是小说艺术在当代文坛昂然前行的要因。限于篇幅，这里，我们仅从叙述艺术层面来看作家如何进行折叠式叙事的探索。

作品前四节写的是身为作家的"我"从京城回老家探视病中父亲，初见保姆丁小花。见面伊始，保姆对"我"不无戒惧，为保持安全距离竟"像圆规一样在'我'面前划了一个半圆"，自然缘于误会；而"我"通过接触对丁小花的逐步认知，却是她的善良、勤快、节俭、聪明、无私、勇敢、细心和正义感……种种令人忍俊不禁的生活细节，令人很容易想起孙犁《山地回忆》中那个快言快语的女孩子，甚至蒲松龄《聊斋志异》中率真的婴宁。此间，叙述文字虽然不乏"我"与小保姆的文化落差，但作品呈示给读者的无疑是丁小花活泼可爱的一面。

然而，自作品第 5 节开始至第 11 节收官，当"我"是"流氓"的误会被澄清，作家通过折叠叙述的丁小花生活的另一面，却由病中父亲的侧面介绍和她的家中"出事"渐次显山露水。那是丁小花另一个残酷到令人窒息的面，所谓"贫贱夫妻百事哀"。甚至连她的名字也必须加上引号，"丁小花"实为"丁大花"。由于她的妹妹丁小花被无良者卖为人妻，作为姐姐，丁大花为解已经失身的胞妹于倒悬，不得不委身替嫁。虽然果敢，却是一个识字不多的善良女性的无助与无奈之举。买妹为妻的猥琐男在她替婚连生二女后，竟在悬空作业时栽到地面，摔烂下身，终身残疾。丁大花屡次讨要唐老板承诺的 20 万赔偿金未果；这且不算，还被逼就范代孕。正如"我"的父亲所说的，丁大花"胆大，哪个惹了她，杀人的事她都敢做"；而这好像为丁大花的结局埋下了一个伏笔，最终她在抗拒中让对方根断命绝，自己也不得不身陷囹圄……够了，被折叠叙述的这种种悲催，甚至作家本人也不忍直视，因而更多使用了侧面转述而非正面描写的笔墨。小说末节，一直被作品折叠未见的妹妹丁小花终于登场；但她也不过是丁大花的分身，掀开的虽属另一部却又同样是底层女性的沉重书页。纵然如此，野莽依然坚持执灯而立，以作家"我"的绵薄之力,给卑微而又艰辛的丁家姐妹——身处社会底层的不幸女性们擎起不灭的灯火。

行文至此,读者不难明白,本文所谓折叠式叙事只是个比方,犹如童年折纸猜东西南北时所呈现的多个维度,且仅针对中篇小说《我们家的小花》而言,而这正是野莽的匠心所在。换句话说,作品叙事时向读者呈示女主角丁大花的哪个面,完全取决于作家叙事表达的艺术需求。比如在现实层面,丁小花实际上生活在两个世界里:一个是她做保姆的"老右派"爷爷或作家"哥哥"的家——在那里,她受到尊重,被充分理解,并受到帮助;一个是她委身替嫁后育有两个女儿的畸形的家——在那里,买妹为妻的男人所想所做的,是如何让艰辛备尝的丁大花为他再生个儿子。而在幻想层面,丁大花通过为"爷爷"做"口述实录",还做着成为"作家"的梦,并时常为经她拯救后成为"家政助理"的妹妹自豪。正是通过这种折叠式叙述,作家次第展示了女主角不同的侧面,让读者得以多维观察、了解并共情"我们家的小花"。

折叠式叙事既是野莽对小说书写方式的探索,同时也在引导我们思考类似丁氏姐妹等底层女性悲苦命运的症结,可谓用心良苦。因为折叠式叙述不仅会生成对比,折叠维度的次第呈现还会让我们的思考曲径通幽。作家初见小保姆,一如读者初见"丁小花"。那是她色彩绚烂的一面,展现的是女性孔雀开屏般的缤纷,她不仅善解人意,胆大心细,还手脚麻利,勤俭持家……而当她悲催的一面次第呈示后,彩色不见了,读者所见犹如黯淡的黑白照片,通向的是底层女性的艰辛甚至苦难。苦难的源头在哪里？作家继续展示他的折叠维度——乍看是买妹为妻的猥琐男，再看是无信无良的唐老板，而深入察看和冷静思考后，我们不难发现，由"老鼠子""代运女""金链子""驴子"等令丁大花们头晕目眩的陌生概念所透析的世道机理，是怎样把社会底层那些文化缺失的善良女性一步步逼到了绝地挥剪的地步。

在探索折叠式叙事时，野莽独特的语言魅力一如既往。《我们家的小花》中的叙述文字，仿佛经过岁月沧桑的淘洗，洗练而又准确，幽默而又犀利；其间生活细节密布，心理分析剀切，悬念草蛇灰线，布局曲尽其妙，令艺术与生活的边界在不经意间消融，犹如"水消失于水中"。读至篇终时，人们才发现原来大花与小花与作家"我"都有交集，才发觉《我们家的小花》其实是作家的一部小说。唯其是小说，作家写的虽然是个人，却透析了群体，烛照出世相。

野莽先生是当代著名作家、中国文坛宿将。四十多年来，他以逾千万字的文学作品直面现实沉疴，直击社会痼疾，答挞世间邪恶，揭示人性渊薮，将现实中的荒诞诉诸笔墨，把人心中的乖张逼到死角，让黑暗止步光明，令假象无处藏身。他因悲悯而发力，因厚爱而发声，体现出当代作家的良知与担当。读罢《我们家的小花》，令人油然想起雨果在《悲惨世界》扉页上题写的那句话；本文愿意稍加改写，作为这篇评论的结句——只要世界上还存在着邪恶、愚昧和贫困，那么像本篇一类的作品，就不会是无益的。

两极叙述的张力

野莽先生近作《矛戳豕尻五世》是一篇奇绝的作品,读来幽默、犀利、辛辣,甚至有些"辣眼睛"。当然,如果读者的眼睛被"辣"到酸涩,并不说明自己被现实"辣"得不够、见识寡浅;只能说明这篇作品确实力透纸背,劲道老辣。小说故事并不复杂,说的是红光屯屠户赵戊生到白水镇为李小娥娘家杀年猪,结果搞砸了:不仅被杀的年猪负痛逃遁,不知所终,自己以杀猪相亲的好事也黄了。"这就是整个故事,"纳博科夫在《黑暗中的笑声》开篇开宗明义地说,"本不必多费唇舌;如果讲故事本身不能带来裨益和乐趣的话。"是的,优秀的作家总能够将并不复杂的故事讲得风生水起,有益并且有趣。在《矛戳豕尻五世》中,野莽先生用对比构建起两极叙事,让一个貌似简单的故事充满了艺术张力,令人一读难忘,并深长思之。

先不说对比构建的两极叙事,这篇作品中,叙事的"起承转合"本身就是摇曳多姿的。单看小说题目,便很有辨识度:冷僻怪异，颇费思量。破题细读，始知那是男主角赵戊生的诨号，且源于赵家世传的杀猪方式——用铁矛戳进生猪的屁股眼儿。至于屠宰方式为什么如此奇葩和残忍，该诨号的命名者——红光屯教书先生古亦西认为："这世上有一种人，他们跟人不一样的目的，就是为了证明他们跟人不一样。"这种迹近"作孽"的屠宰手艺传至赵戊生，已是第五代，故称"矛戳豕尻五世"；虽然念着"别别扭扭"，却看似大有来头。事实上自以为大有来头的不只此人诨号，还有他的杀猪工具——那把用来戳猪屁股眼儿的铁矛。据赵家族谱记载，它曾被"常山赵子龙当年使过"；且在赵祖太爷口中还驴唇不对马嘴地擦拨过曹操大将小李广花荣射出的箭镞。自然，更有来头的是赵戊生的祖籍——"冀州常山，就是现如今的河北正定"，那可是三国时蜀国五虎上将赵子龙的故乡。

如此这般，作为"矛戳豕尻"第五代传人，屠户赵戊生在作家笔下便完成了"起承转合"中"起"的使命，跃然读者面前。就叙事而言，此为铺垫。接下来是"承"——男主角父母托媒为儿子说亲。媒人王慧梅面对赵丁孔"四世"重托没有怠慢，并拈得良机，在白水镇屠户童有夏遗孀李小娥回娘家过年时，借机撮合孤男寡女。不消说，虽然妇美男丑，倒也门当户对。从叙事角度来说，作家至此已完成了高潮前夕的"蓄势"。到了"转"的环节，赵戊生卖足关子后开始放大招，形势却急转直下：由于"矛戳豕尻"惊世骇俗，以致人骇豕突，"五世"炫技竟现场"翻车"！此时作家将叙事视角从容变焦，由人而猪，先大书一笔黑猪被铁矛戳进屁股前后的恐惧联想与惨烈感受；再由猪而人，浓墨重彩地书写了美妇李小娥从心理到生理的"唉呀唉呀"，特别是其母"不杀了、不杀了"的拒斥,从而让事件抵达了七荤八素的高潮,终致"矛戳豕屄五世"美梦破碎,铩羽而归。在故事"合"的部分,作家让那头黑年猪死归其所,让赵戊生的"矛戳豕屄"步入末路,让宝娃向往的新式杀猪法走进生活,这才为小说画上句号。

现在来说说《矛戳豕屄五世》用对比构建的两极叙述张力。野莽的小说叙述范式是多元的。此前拙文《艰辛生存的折叠叙述》就曾围绕《我们家的小花》,探析过野莽的"折叠式"叙述技巧。此刻我想就《矛戳豕屄五世》的两极叙述手法作个初步探讨。所谓两极叙述,指的是叙述者对叙述对象或事物的构置,是用对比的方式构建的;它们虽然处于两极,却因作家运思随时进入纠缠状态,进而构成作品的张力。读者一定不难发现,赵戊生和童有夏虽然同为屠夫,杀猪手法却处于对比状态:赵为奇葩的"矛戳豕屄",童为常见的"捅一下";甚至他们谋生的地盘也是一红一白(红光屯与白水镇)。就人设而言,男主角为屠夫,不仅杀生,且生理需求旺盛,甚至"半张脸上露出凶相";女主角为妻母,生养宝娃,且形象如同"杨柳青年画中的美人"。这且不算,甚至被杀的两头猪也有家野之分:野猪之子以四颗獠牙干掉童屠户;年关被杀的黑猪向死求生,令"矛戳豕屄"者好事泡汤。当然,这些对比只是对峙的维度;作者的匠心在于用对比构成关联,进而让人与猪、人与人通过"矛戳豕屄"形成瓜葛、陷入矛盾、达至冲突,从而构成小说的叙述张力。

具体来说,童有夏和赵戊生作为当地屠夫,人与猪之间的缠斗均已马失前蹄,或死或败;从人与人交集的层面看,赵戊生对李小娥的垂涎更是功败垂成，弃甲而走。这样的结局像四川怪味豆一样令人回味，作品归因于"矛戳豕尻"对人性极限的践踏。尽管赵戊生有教书先生古亦西的逻辑维护，读者却不会将李小娥与其母对"矛戳豕尻"的拒斥视为"妇人之仁"。因为人性善恶虽然自孟子、荀子始，已争执两千余年，但人性中的善念与恻隐之心，依然没让"君子远庖厨"被贴上完全伪善的标签。李小娥的丈夫也杀猪，但用的并不是赵太祖所传的奇葩杀猪术；作家甚至让李小娥与那头被杀的黑年猪现场回忆起童有夏的常态杀猪方法，他只"捅一刀"，显然已近乎其道。反观赵戊生的"矛戳豕尻"，不仅出肉率一低再低，且令被杀生猪痛苦翻番，可谓残忍至极。但赵戊生却手握貌似大有来头的铁矛，口称谨遵祖训，不思整改；若说不是在享受"矛戳豕尻"带来的邪恶快感，只能说"非蠢即坏"，完全忘记了屠户杀猪是为村民服务的。由此可见，野莽笔下这种惊心动魄的对比，是在两种极端的对峙中将价值判断的权力交给读者。相信读者在情感向度的确认中一定会深刻感受到《矛戳豕尻五世》惊人的叙述张力。

前面说过，《矛戳豕尻五世》是幽默、犀利和辛辣的，这让作品鞭辟入里的警策毫不迟疑地抵达了现代小说应有的深刻。就杀猪而言，同样可谓世间百态，不一而足，但以"矛戳豕尻"者亘古未闻，斯可谓野莽塑造赵戊生这一文学形象时独有的创造。虽然都是屠夫，"矛戳豕尻五世"甫一亮相，便与《水浒》中的镇关西和《儒林外史》中的胡屠户不同。此人以古亦西之类自构的逻辑作为行世铠甲，将愚蠢、恶狠与狡黠融为一体，足可进入经典文学形象的序列，因为他背负着个性化人物应有的微言大义，浑身散发着不绝如缕的弦外之音，令人无法不陷入严肃的思考，实为当代文学标识鲜明的人物形象。

最后要说的是，野莽的小说一向生活质感很强，《矛戳豕尻五世》也不例外。你看赵戊生早年跟他爹出门杀猪时所见赵丁孔那套杀猪行头，再看他本人到李小娥娘家杀猪时"摆谱"的那套程序，还有作品中红光屯与白水镇的市井场景，你会忍不住赞叹作家笔端流出的自明清小说以降的传统叙述魅力。此外，这篇小说在独步的现代叙事形态中还自带几缕戏仿的幽默。如教书先生古亦西的好为人师、媒婆则一定姓王、童有夏与"捅一下"的谐音等，让整篇小说洋溢着一种令人忍俊不禁，却又啼笑皆非，同时五味杂陈的复合性阅读愉悦。

警界文学中的龙马

2010年元月,凤凰出版传媒集团江苏文艺出版社推出了作家李洁冰、李雪冰的长篇小说《刑警马车》。这部作品出版伊始,便以"扫黑年代刑警生存的前沿观察、血肉之躯与罪恶贴身搏杀的人性传奇"被业界看好,指为《便衣警察》之后公安文学不可错过的震撼之作"。面对警界文学新年新收获,公安部新闻发言人、著名作家武和平先生亲笔作序,高度评价了作家塑造的主人公——马车:"即使有一天筋疲力尽倒下,也是天地间铮铮作响的一座石雕。"这一评价,引起了我的关注。读罢全书,我认为这部长篇是近年来表现刑警题材不多见的上乘作品,在文学上呈现了若干富有新质的特色。

首先,《刑警马车》捐弃了神化警界英雄的创作心理,让刑警走下"神坛",完成了"从神到人"的转换,并成功塑造了主人公马车等一批刑警形象。长期以来,公安题材文学作品受类型化影响很深,大多注重案情的新奇诡异;借力于影视大片的推波助澜，作品中的刑警往往智勇双全，神秘莫测，甚至不食人间烟火。但是，作家李洁冰、李雪冰用《刑警马车》撩开了他们脸上神秘的面纱，让世人看到了刑警们的凡人真相。龙川市刑警队长马车负责侦办一起娱乐业花窑女连环失踪大案，他在跟地方黑恶势力斗智斗勇的同时，还经历了儿子误入黑道，妻子下岗后又猝然去世等一系列打击。在内外交困的情境中，马车忍辱负重，几近崩溃，一如册封文字所述："不要和我斗狠，因为爱和恨，我已经忍无可忍！"最终，马车将公正还于了人民，但他那"赢得艰难"的形象，依然让人扼腕、令人动容。而马车与他的战友们，在扫黑除恶、直面生死时，却并不总是身手高强、武艺过人，他们也有七情六欲、喜怒哀乐，更有常人难以避免的缺点和局限性：工作上会犯错误，生活上会吵嘴打架；一方面勇猛刚烈，另一方面又执拗、认死理；高兴了会大笑，悲伤时会痛哭……他们与世间的芸芸众生一样，是生活在我们身边的真实人物、不无瑕疵的英雄。掩卷沉思，读者对警察职业的艰苦卓绝，会多一分理解；换位到警属角度，会对刑警群体的特殊性多一分宽容。

其次，这部作品直面警察家庭生活，通过家庭这面多棱镜，全息映射了警察这一神圣职业背后的艰辛。该书册封文字饶有意味："法律赋予了这些中国的福尔摩斯们非凡的使命与非常的权力，他们监控、捕杀无处不在的罪恶，这个世界上那些秘不示人的网络，躲不过他们的眼睛，可我们谁真正了解他们？谁可以告诉我们，在复杂万千的时代，他们灵魂与肉体正经受着怎样的冲击？"作家李洁冰、李雪冰给出了答案。作品打破了众多警察题材作品只注重"破案"的传统套路,将笔触直接切入了基层刑警的家庭生活,展示了一线刑警背后的家庭矛盾与情感纠葛。警察面对社会,威猛、阳刚、令人振奋,或可比作太阳;而警察回归家庭,或可称为月亮,隐秘、多变,充满凄清。正是太阳和月亮的相互呼应,构成了天地间的阴阳两极,而一线刑警的职业生涯,恰恰是阴阳两极的完整组合。作品文本中多次写到月景:月圆月缺,变幻莫测,意蕴无穷,暗喻了警察家庭的悲欢离合。主人公马车在阴阳两面的夹缝中,艰难生存,形同"戴着镣铐的舞者";他的境遇不单是个人遭际,更可以看出职业牵累造成的难以避免的困窘。这在一定程度上折射出了当下社会中,基层工作者在工作、生活中遭遇的艰难,也反衬出了警察人生的变幻无常,表现出了催人泪下的戏剧色彩。

当然,这部长篇小说的第三个特色最为引人注目,缘于作家、作品、生活三者之间的向度与关系。李洁冰与李雪冰是孪生姐妹,而且一个是警嫂,一个是警察。警察李雪冰是高校名师,曾荣获首届"江苏省公安优秀女警官"称号;警嫂李洁冰更是江苏文坛知名作家,已出版长、中短篇小说多部。两姐妹集作家与警属身份于一身,对警察职业有着长期的体察与思考,对警察生涯意义的把握,具有常人难及的深广度。她们无须"体验生活",她们就生活在作品的氛围之中。独特的身份使她们对警察职业生涯的多元观照具有了特殊的便利条件,使得两姐妹能以独特视角与多样手法,塑造以马车为代表的基层刑警忠诚敬业的形象,同时以饱含情感的笔触,揭示警察家庭更加艰辛的隐忍与坚守。书中情节,多源于她们对于切身生活的提炼,唯其真实,才更显示出生活的质感和可信度。这种来自一线的创作和思考，对于文学影视界的某种浮躁风气，可谓味同醍醐。

有感于作家李洁冰、李雪冰至诚至真的努力，公安部新闻发言人武和平先生对于这对文坛警界姊妹花赞赏有加："她们不事浮华，而是寻觅文学的真谛，寻找通达警察心灵深处的血液和神经；她们放逐自我，脱去写作的枷锁，返璞归真，踏入文学创作的大漠草野纵深处，聆听警察内心世界花开花落。她们肯定能开启那把别人还不曾开启的灵魂之锁，愿她们互相支撑，战胜寂寞，迎击艰难，去摘取金色的桂冠。"

大爱无言，发为桑梓。武和平先生的序言，既是对长篇小说《刑警马车》的肯定，也是对于当今文坛的期待。我们认为，洗尽铅华的警界是一座文学富矿，揭示真相的作品需要龙马精神。龙马精神生成于190万中国警察在基层一线血火交迸的生活，而这种精神的传递与弘扬，在《刑警马车》中发出了富有文学力度的声音。

（补记:《刑警马车》2012年获公安部第十一届"金盾文学奖"，2014年获江苏省第八届"五个一工程"奖）

穿越两个时代的一段"民族秘史"

陈德民长篇新作《红杉树下》新近频获媒体好评，令我心生温暖，原因在于作者是我相识三十五年的朋友，且这部作品所写的题材我很熟悉。二十世纪八十年代中叶，我离开北京，被调回故乡文联工作，因为文学的缘分，不久即结识了陈德民。当时他与我一样，正值韶华，怀揣梦想，与同道在中国东部一座沿海城市创建了一个文学社团，他是骨干之一，发表观点时目光炯炯，谈论见解时掷地有声，当时就给我留下了深刻的印象。现在文坛普遍认同礼赞"八十年代"的声音，我想这与陈德民这样矢志文学的人不无关系。无论什么时代，人们只要能够不被物欲负累、不断拉抬精神高度，那样的时代就一定会成为雾海的航标。

《红杉树下》对于"知青文学"题材在思考与表现上均有突破。"知青文学"作为一个文学史概念，在当代有清晰的脉络和代表性的作家作品，如叶辛的《蹉跎岁月》、梁晓声的《今夜有暴风雪》、史铁生的《我的遥远的清平湾》等。在一定意义上,它们甚至造成了某种思维范式,即痛苦与反思。这当然没有什么不当,但是,如果这成了"知青文学"唯一的维度或尺度,那就值得商榷。陈德民《红杉树下》的可贵之处,在于它对于习见的、趋同的"知青文学"构成了突破。他笔下的男女主人公郑东杰和文澜,在大的时代背景下,作为一代胸怀大志的中学生,响应党和政府号召,来到苏北农村,自觉磨砺意志,吃百姓都在吃的苦,做农民都在做的活,并且在艰难困苦中不坠青云之志,躬耕田垄,改造山河,"为农献策",在农村发挥了"知识青年"的积极作用。郑东杰曾对女儿文晓彤说:"在插队期间,要说接受贫下中农再教育,主要就是学习了他们的勤劳、质朴的为人之本。但更多的是我们奉献了青春、才华和智慧。三队因为我们的到来,改进了生产工具,提高了劳动效率,扩大了小麦种植面积,产量明显增长……"这也是一种真实,而且可能是更加普遍的真实。这样的真实,如果始终在文学中被屏蔽,则有可能造成文学对于历史表达的缺位。这是问题的一个方面。问题的另一个方面是,那些挺过了峥嵘岁月的人,如意志坚定的主人公郑东杰,即使社会施加在自己身上很多不公,包括"被罢课""被下放""被下岗"……却依然认为"人总要活得坚强一些,人生才有意义"。正是这样的人,才会在后来的改革开放大潮中"投身商海"成为"弄潮儿"。这里面有某种一以贯之的东西,就是强者恒强。在我的理解与认知中,陈德民从故乡出发进入都市创建书局的心路历程,与郑东杰基本暗合。由此也就不难理解,为什么作家会在《红杉树下》的扉页上题写巴尔扎克那句名言："小说被认为是一个民族的秘史。"陈德民在作品中对于"知青"一代"民族秘史"的编码,选择的正是郑东杰与文澜这样的代表人物。

《红杉树下》塑造了具有文学新意的"知青"形象。通读作品可以认定,男女主人公郑东杰与文澜虽然承担了为一代"知青"的"秘史"编码的任务,但作家笔下的郑东杰并不是圣人,文澜也不是圣女。陈德民也无意把男女主人公塑造成不食人间烟火的神明。恰恰相反,他要把他们塑造成有血有肉的热血青年,也有七情六欲,也会在"夏收夏种的紧要关头"让"烦恼缠身",也会欠下"青春孽债"……特别是我们看到郑东杰父母拒绝儿子提议"把小文带来家生孩子",还在书信中写下伟人语录训导孩子,可能会在刹那间觉得父母不近人情;但当看到父母晓以利害的深入分析,并专门从邮局汇寄二百元钱为"小文"堕胎,又会觉得在那样的时代里,那样的父母很真实,因为那里有太多的无奈。陈德民写"知青"、写他们的父母、写农民、写公社与大队和生产队干部,甚至写一个公安助理,都不是从概念出发,而是把他观察到的、体验到的、思考和理解到的人物,按照符合时代与社会制约的深度来写,以体现他们的性格特征,特别是他们的"时代局限性"。这是对历史负责任的态度,也是对现实主义文学的最大礼敬。说到"时代局限性",我们甚至必须尊重它;因为如果作家笔下塑造的人物超越了"时代局限性",那他塑造的一定不是人,而是神;也许只有幻想文学中出现的神,才能超越"时代",不被"时代局限性"所困。在这个意义上,有"时代局限性"的人,反而是真实可信的文学形象。

事实上,《红杉树下》的令人深思的地方还在于,它揭示出了郑东杰与文澜所表征的一代"知青"的悲欢离合背后复杂而深刻的原因。陈德民至少为读者安排了三个观察与思考的维度:一是变化中的时代形成的社会机理所致,如郑东杰回城后四个月,文澜也因父母平反得以回城。二是人性复杂的渊薮构成的诱因,如第30章"归心似箭"中,文澜在郑东杰回城后,"在东山大队接连遭受工作、情感和精神的多重打击,万念俱灰",误以为郑东杰"回城变心了","是当代陈世美";而郑东杰知道文澜回城后曾"无数次找她,她就是不见",便误以为文澜"父母落实政策后,她或她的家人眼光高了,瞧不起我这个普通工人的儿子了"。所幸,郑东杰心怀大善,真心忏悔,尽力弥补,用令人感喟的"十年寻子",用三十五年执着的深爱,获得了文澜最终的原谅,二人得以重逢。这里,陈德民又引入了第三个维度,即生活的偶然性——天不遂愿,癌症已经让女主人公"病骨支离",进入了弥留状态。看到郑东杰最终能够送文澜最后一程,我们的内心无法不被这样的生离死别触动,并瞬间泪目。

《红杉树下》在叙事方法和时空技巧处理上富有匠心。江苏人民出版社在推荐这部长篇小说时指出:该书"在知青文学的主题、人物与写法上实现了新的突破"。有理由相信,这种突破最典型的表现特征,是将"现在进行时"与"过去完成时"相互穿插交织,以构成互文的写法。这样的表现手法令我们想起斯坦尼斯拉夫·罗斯托茨基执导的战争片《这里的黎明静悄悄》。因为两段时空的相互交织,将战争与和平的黑白与彩色对比得很鲜明。而《红杉树下》将三十五年后郑东杰与女儿文晓彤的相见和回忆的两段时空进行交错叙述,"现在进行时"以楷体字号排版,"过去完成时"以"情景再现"的黑体字提示。这样的时空构置,不仅能让读者在阅读过程中形成清醒的理性认知,获得接受心理的"间离效果"暗示,还可以将两代人的不同价值观念进行交流和碰撞,并最终获得理解,如第34章"十年寻子"中,"此时,文晓彤对面前这个执着的父亲已经由开始的陌生、费解,到渐渐地从心底里产生了崇敬、钦佩之情"。特别是作家将郑东杰的忏悔与反思放入"现在进行时",显现出了他的价值判断的理性与历史积淀的厚度,就像他主动对女儿文晓彤说起,"农村繁重的体力劳动和生活的清贫难熬,让我们这些刚从城里来的年轻人立志要改变旧山河的雄心壮志经历着严峻的考验",这使得男主人公身上,体现出了一种极高的精神境界。

当然,《红杉树下》在叙述艺术上的匠心,远非上述文字所能概括。陈德民不仅叙述语言朴素流畅,引入方言时注意注释,释放了地方语汇的魅力;还时常引入当地的一些民歌,以增加作品的民俗色彩和生活厚度。如"海州大调"中所唱的"你心中有我呀,我心中有你。阿哥阿妹最多情呀,像火焰一样热烈。地上挖块泥,捏个你,捏个我,再将咱俩合一起。呀咿呀嘚咿。再捏一个我呀,再捏一个你。你的泥人中有我,我的泥人中有你"。这首民歌既很好地传递了彼时彼地男女主人公的心情,更由于其本身的生动形象和审美内涵,令人读后口舌生香,回味良久,难以忘却。特别是作品在追溯激情岁月中的青春往事时,透析了变革年代中的风雨人生，以饱含深情的笔墨塑造了郑东杰、文澜、弹棉匠、章艳、刘学卿、戚卫红、李晓斌、许明松、徐叶青、赵刚、赵树森、陈永生、张东华、老秦、老彭等一众鲜活的人物，笔者认为《红杉树下》必然会是中国当代"知青文学"题材长篇小说中的重要收获。

传统叙事的地缘表达

历史小说在中国长篇小说矩阵中一直是一支劲旅。当代文学,从姚雪垠到凌力,从二月河到马昭,历史小说题材经历了从农民起义军到帝王将相再到知识分子(士阶层)的演进,大多是以真实的历史人物或事件为题材创作的。"新历史小说"的介入不是作为历史小说的亚类出现,而是以虚构的"历史"作为小说的表现内容,因此两者不是同一概念。在这样的坐标系中观察,杨树军的长篇小说《滴滴香》无疑属于历史小说范畴,然则它的取题却更具新意,即延展了农民义军—帝王将相—士农工商的题材链。

历史题材小说对杨树军而言是完全陌生的领域。这无疑是一种挑战。当拥有《咖啡的名字》《咖啡长廊》这类作品创作经验的杨树军决定写"汪恕有滴醋"时,挑战的难度并没有因题材的变化而降低。他在作品"后记"坦承:"越写越觉得这个题目太难,几度想放弃,又几度觉得不舍。""想放弃"或缘于难度,

"不舍"则必定在于挑战；而杨树军是一位不惧挑战的作家。最终，长篇小说《滴滴香》由云南出版集团云南人民出版社出版，这表明作家克服了题材难度，赢得了创作挑战。

一、以传统的叙事方法达成作品使命，光大了汪醋魅力

中国传统小说在叙事艺术上拥有自身的鲜明特征，在明清小说中蔚为大观，却在《狂人日记》带来的新文学革命中日渐式微。好在文学形式的演化并非线性的，而是一种共时性现象；当小说内容表现的是历史题材时，选择传统叙事方法必然具有恰切的适配度。从这个角度也可以说，杨树军十分重视内容对于形式的决定性影响。

在创作长篇小说《滴滴香》之前，杨树军所写的作品呈现出的多为现代小说形式；而他写"汪恕有滴醋"启用的结构形式，却是传统的章回体——典型的"中国范儿"。作品共"二十四回"，每回的标题制作都很考究，字数是"4＋8"的工整模式，彰显了作家很强的文字功力。但是问题的重心不在这里，而在于章回体所构成的小说架构使得杨树军必须恪守它本身的制约性，即整部作品都要以"滴滴香"的创制"一线穿珠"，或以一种类似"中国屏风"式的结构来展示"滴滴香"的创制过程。在这样的谋篇布局中，时间的线性演进便成了作品的明显特征。杨树军知道中国传统叙事艺术中的时间线并不单一，因此他将前九回设计为一个相对的时间单元，表现的是汪怀仁次子汪恕

有如何"临危受命"成为"汪醋"第四代传人,如何放弃科举仕途、挑起家族使命,历尽艰辛到山西学艺取经,至身陷险境后,作家便按了时间的暂停键。在作品第十至十一回,作家打开了时间的另一个单元,表现的是汪恕有离开板浦后,商会会长姜云甫和"宝露号"掌柜庄崇礼与盐课司大使李坤林之间的矛盾纠葛,特别是他们如何权色交易、设计构陷汪醋以攫取《汪醋秘籍》的内容。这是传统叙事艺术中典型的"花开两朵,各表一枝"技巧,由此所开启的平行时间线,既强化了汪恕有"醋都历险"的悬念,又让单一的线性叙事变得从容和丰富起来,由此可见,杨树军深谙明清白话小说中时间线叙事技巧的个中三昧。

  传统叙事手法中的巧合与伏笔,在长篇小说《滴滴香》中也得到了出神入化的运用。"无巧不成书"的方法,既可以推进情节发展,又可以促使矛盾升级、故事圆融,从而达成叙事使命。作品写到汪恕有成为"汪醋"第四代传人后,到山西醋都学艺。记了三大本心得笔记后,他又到清源县看现场,结果巧遇"宝露号"本尊孟钊贵,那正是在板浦镇被他的对头庄崇礼害得死去活来的仇家。在圣泉醋坊偷技被抓投入小黑屋后,汪恕有靠吃活鼠活下来,被哑女父女所救,经"大黑鸡"指点,到平遥县梁坡底村投奔梁耀庭;而梁耀庭曾祖父恰巧被汪恕有曾祖父救过。为报汪一愉当年搭救曾祖父之恩,梁遂将"红心大曲"绝密工艺传汪,从而让后者搭成了"红心大曲→滴滴香→神醋"的制作链条。在《滴滴香》中,草蛇灰线伏脉千里,伏笔的使用更是令人叫绝。如小说开篇不久,史大雷被板浦商会会长姜云甫公子姜子扬逼得家破人亡,在汪恕有帮助下亡命天涯;当读者渐渐把这个传说中落草为寇的草莽忘掉后,孰料大结局前,他忽然现身云台山玉女峰救下濒死的汪恕有,并将欺男霸女的仇人逼上绝路,迫使镇长侍启明将无恶不作的姜子扬押上了断头台。巧合的运用,堪称机智;伏笔的榫接,深藏匠心。通过这些传统叙事手法的使用,杨树军实际上传递的正是他内心深处认同的世间因果法则,叫作"善有善报,恶有恶报"。

"汪醋"的制作,是一个复杂的工艺流程。如何使它在作品中变得可读和生动,对作家来说不啻一场考验。在《滴滴香》中,杨树军匠心独运,将工艺流程拆解为若干关键步骤,再将这些步骤演绎为故事情节的起承转合,不仅化解了写作难题,而且使作品桥段和矛盾冲突质实可信、扣人心弦。如汪恕有在大哥汪洋不幸离世后成为家业第四代传人,作家抒写了主人公告别科举仕途的艰难心理过程;而他一旦担当起"汪醋"的传承使命,便开始了从父亲汪怀仁那里学艺、到醋都取经、到东北进高粱和到沭阳进小麦、制作"红心大曲"、研制香料包、按新法酿醋(包括精选高粱小麦、碾碎蒸料、加入陈醋、翻醅发酵、出糟套淋、装缸晒制、分坛阴晾、陈放与开坛)等多个环节的历练。其中学艺、购料、制曲、新法酿醋和延迟开坛等关目,被作家处理为故事中起承转合的关键章回,让"滴滴香"的创制一波三折,三起三落,最终峰回路转,酿成了乾隆称赏、袁枚记载的神醋"滴滴香"。确实,当家便是传承,传承便是责任,责任需要创新。当读者读到汪恕有"现在我明白了,醋和人一样,有生命,有灵魂"这样的话语,也就理解了"陈醋就像是人的血脉,酿醋方法可以改变,但是这汪家的血脉永远不能断"的深刻蕴涵,作品从而达成了光大"汪恕有滴醋"魅力的最高使命。

二、以从容的写实手法塑造小说人物,
鲜活了诸多形象

《滴滴香》之所以令人欣慰,不仅因为它以文学的形式复活了历史,还在于它塑造了诸多鲜活的人物形象。披览作品可知,进入小说"人物表"的有二十八位,而有名有姓、行状完整的人物至少有四十多人。在这些人物中,男性角色汪怀仁、汪恕有、吴德龄、大牛、姜云甫、姜子扬、庄崇礼、李坤林、崔大牙、夏富贵、史大雷、赵正春等堪称生动鲜活;而女性角色姜海棠、侍严月、小彩蝶、崔灵芝、大梅子、卞小翠、汪小米、吴玉琴等无不个性鲜明;就连穿针引线式的人物袁枚,在作品中也令人印象深刻,呼之欲出。如果说文学是人学,那么创造鲜活的人物形象当为要义;而杨树军塑造人物形象的得力手段,乃是现实主义的写实手法,且运用得从容娴熟。

让历史人物在文学中活色生香,当然给了作品以题材空间,让小说之光更加璀璨。但这只是问题的一个方面。另一方面,杨树军在作品中要解决的首先是人物的真幻问题,即汪恕有在历史上是否实有其人?作家相裕亭认为,历史上并无"汪恕有"其人,其名只是汪家曾取苏东坡所题"恕心能及物,有道自生财"为汪醋命名。而作为历史小说,杨树军面临的挑战不只是用文学为历史赋能,而在于无论汪恕有是否真实存在过,作品都要通过

创造性想象乃至虚构，让人物具体可感，生动鲜活。此间，借力当然是不错的考量——乾嘉年间的诗人袁枚，倒是实有其人。作家李建军认为让虚构人物与历史真实遇合，"是回归历史真实的一笔。这是中华美食史上特别精彩的一笔。历史与虚构，传说与虚构，在此完成了有机而美妙的结合"。通过这种"结合"，在创造性想象或虚构中复活历史、塑造人物，确实是作品的上佳切入口。因此杨树军书中第一回写的便是"天池书院 汪恕有初识袁贵人"，让历史上位列"江南三大才子"的袁枚，将虚构的主人公汪恕有导引出来，让他在科举仕途和传承"汪醋"的两难中作出抉择。唯其两难，读者才会生出同情，感同身受，进而生成"代入感"。这是杨树军运思《滴滴香》的睿智之举，可谓"黄金点子"，也是小说人物与读者心灵产生共振的不二法门。

人物出场了，但能否由虚而实并令人信服，还取决于杨树军在中国传统叙事武库中取精用宏的能力。《滴滴香》表明，作家以写实手法，从外貌、动作、语言、心理等角度入手，或放大细节，或聚焦场面，或以尖锐冲突，或以内心波澜，浓墨重彩地为读者创造了一个有定力、有担当、能隐忍、顾大局、襟怀善良、节操高尚、执着事业甚至文武双全的男主角汪恕有。他临危受命，成为"汪醋"第四代传人，随即全身心投入酿醋事业；他心地善良，路见假瞎子欺负真瞎子敢施援手；他在姜海棠和侍严月之间虽然两难，但处人以诚，真心相待；他知道大牛因救母心切而犯罪，仍给他以改正空间；他捐醋救难防疫，不计倾家代价；他历尽艰辛求取酿醋真经，表现出顽强的生存力；他为研制"红心大曲"、酿造"滴滴香"苦心孤诣；他因坚持尝试新法，背负巨大债务压力,可依然不向父亲提前开坛的提议让步;他面临生死考验,仍然不失为人节操,终于让人间正义得以伸张……

当然,不唯男主角汪恕有有声有色,几个配角也写得风生水起。如诚信谦逊的汪怀仁说到"老天水"对于制作"汪醋"的价值时的实事求是:"所谓'老天水',就是没有落地的雨水。其实,我们用得很少。这水也没有传的那么神奇。还有人说我们家到大天池挑水,只有前桶,后桶怕雇工放屁留下臭味,这就纯属无稽之谈了。"说到"汪醋"的商界口碑,老人道:"我们汪醋哪能和山西的陈醋比,人家已经有上千年的历史,规模也大得很,我们的产量恐怕不及人家的一个小指头。"这些话语很朴素低调,但却让老人的形象变得高大起来。再如因觊觎《汪醋秘籍》而机关算尽的商会会长姜云甫、心机奸诈却弄巧成拙的板浦"宝露号"老板庄崇礼等,也很见个性,颇有法度可观。特别是作品中的几个女性角色,更见作家的创造性笔力,如成熟娴雅、为爱牺牲的侍严月,虽是镇长千金,发誓非汪恕有不嫁,却为救汪出狱,以600两银子屈嫁武家。她嫁前到狱中探视汪恕有的情节,作家写得很有人性深度和张力。表面上两人说的都是发乎情止乎礼义的话语;而侍严月前脚走,汪恕有就后脚将她送来的饭菜"全扔到了地上",显现了一个有血性的男人极为无奈的痛苦。再如活泼可爱的"吃货"姜海棠,曾以赠予温度计来示爱意中人,结局却不得不委身于李大使;她嫁前还想着去向心上人讨一句"爱不爱我"的真话,读之令人动容。甚至连小彩蝶和崔灵芝这样戏份不多的女子,也因为情节桥段设计得富有人情味儿,很见人性魅力:小彩蝶喜欢赵正春,李大使喜欢小彩蝶,小彩蝶是姜云甫的"小夫人",而汪小米喜欢赵正春……故事多头并进,令人无法释卷,过目难忘。

三、以人性的善恶冲突开掘作品题旨,彰显了道义力量

在长篇小说《滴滴香》的扉页,杨树军自述"目前经营一家咖啡馆"。这让我们对他写好商界历史题材充满了信心:一是由于"汪恕有滴醋"既是历史题材,也是商界内容,作家写起来不隔膜;二是因为经商必定阅人无数,并深谙欲望在金钱面前的世态百相。在这样的基础上,杨树军对于商道的探索必定能够打通人性的渊薮。令人欣慰的是,《滴滴香》准确把握了商道真谛,着力表现欲望在金钱面前的善恶缠斗,从而鉴证了人格与道义的力量。

在杨树军所编织的人物关系网中,善恶界垒分明,一方是汪家父子汪怀仁和汪恕有,另一方则是姜云甫及其走卒庄崇礼。在海州古镇板浦,庄崇礼的"宝露号"与汪怀仁的"盛香源"本来可以在正常的商业竞争中和平共处,因为一个经营"汪醋",一个经营山西陈醋,并不冲突。但庄崇礼本身为人奸诈,在故乡杀人后负案在逃;他为了挤垮"盛香源",与觊觎《汪醋秘籍》的大盐商姜云甫一拍即合,沆瀣一气,合力构陷汪家。而汪家以善为本,诚信经营,自然在抵御恶的侵袭方面处于劣势,一再挫跌,时常被乡邻误解,遭受攻讦,几陷牢狱之灾。但即便如此,汪家也始终不以恶小而为之,不改乐善好施初衷,在天灾降临时

倾家捐献,在断炊情况下恪守信用,欠债还钱。杨树军在作品中设置的这种善恶对峙,是要汪恕有在两难中作出符合道义的选择,从而完成塑造主人公的终极使命。比如他对于醋坊的长工大牛的态度,即使大致判断出是大牛在早前开坛仪式投药(巴豆)致汪洋跌倒不慎撞死,但他也没有将其"送官"或开除,而是给予悔过机会,终于使其悔悟,并坦承过失。而他到沭阳向周掌柜买小麦因乏钱遇阻能够由袁枚出面作保,皆因当年地震时他不惜倾家捐醋防疫,从而换来因果善报,最终周掌柜不仅平价赊麦,还申请开设醋铺,两方收获了双赢的结局。与汪恕有形成对比的是姜云甫和庄崇礼,一对利欲熏心而一条道走到黑的恶人。姜云甫梦寐以求的是《汪醋秘籍》,庄崇礼朝思暮想的是挤垮"盛香源"。他们不择手段,或是朝人门前泼粪,或是往醋里掺水,或是投毒构陷,或是绑架人质,给"汪醋"第四代传人制造了一个又一个不白之冤和无妄之灾,最后只能是多行不义必自毙。

事实上,在作品情节演进的诸多桥段里,汪恕有不是没有机会以恶制恶,如史大雷、崔大牙和薛占波等人物足可让汪恕有借刀。但是,杨树军牢牢地把握住了小说的题旨走向与理念的终极定位,那就是以"善有善报、恶有恶报"来阐释"恕心能及物,有道自生财"的商界天道。所以我们看到作家在小说里写醋品、写人品,实际上是杨树军在写自己的内心世界,那是作家心目中的一个应该有的世界:善良战胜邪恶,正义得以彰显;有志者,事竟成。

四、以浓郁的风俗民情铺陈古镇背景，传承了人文蕴涵

一部好的长篇历史小说，必然要求作家深入了解作品的历史背景与人文环境，甚至要达到熟稔的地步。当杨树军将《滴滴香》的环境背景设置到约三百年前的乾隆年间海州府板浦镇时，他除了对笔下人物的前史与性格成因了如指掌，理所当然地还要对彼时彼地的历史人文与风俗民情有深度浸润，对汪氏家族和"汪醋"的制作沿革作探源追踪。只有在这样的基础上，作家才谈得上历史生活场景的营造和人物行状的书写。

翻开长篇小说《滴滴香》，令人倍感亲切的童谣、方言、民谚和俚语俯拾即是。如开篇中的童谣："讲古讲古，讲到板浦；板浦冒烟，讲到天边……"如板浦方言中称驼背为"龟腰"，叫街上的游手好闲者为"街划子"；当地民谚俚语"穿海州，吃板浦""宁吃飞禽一口，不吃走兽半斤""鼻子底下就是路""俗话说，伸手不打笑脸人"。作品中还有许多板浦的历史掌故、人文传说、民间风习、饮食习俗，如地方掌故中的孔子登山望海、秦始皇设立秦东门、名角小彩蝶演唱的"五大宫调"；如关于"无头鬼"倒药渣的民间传说；如第十八回"海棠出嫁 板浦人欢喜过大年"中浓郁的春节民俗，以及崔灵芝与吴德龄补办婚礼时新人用醋洗身子（谓可消毒、辟邪与延年益寿）的习惯；如板浦当地盛行的煮醋蛋、以醋渣制丸治病（谓醋是痛经的克星；老醋丸子用温水化开，配以皂角刺煮水，治疗粉刺）的醋疗；如用大蒜和醋拌食用海英菜（盐蒿）；如汪怀仁教育孙子铁头吃饭要有

"吃相";如板浦美食大赛中的"大白菜烧豆丹"……这些展示不仅生动再造了乾隆年间板浦古镇的生活环境和背景,而且让作品中人物的言行举止有了历史的、社会的、人文的和地方的心理依据,显得扎实而又令人信服。

此外,作为人生阅历丰富的作家,杨树军对于民间话语的熟练掌握和恰当运用,在《滴滴香》中已经达到信手拈来的地步。如第十二回中写到新法酿醋,汪氏父子为要不要延长新醋开坛时间有过一段这样的对话。汪恕有说:"爹,您不是常说车到山前必有路吗。"汪怀仁说:"那也不能自己把自己往绝路上推啊。"儿子说:"我一定要保证这批醋的质量。"父亲说:"我走过的桥比你走过的路还多。你根本不知道'无债一身轻'的道理。"每每读到这里,都会令人情不自禁地会心一笑,觉得父子俩在用"俗话说"辩论时,双双都成了所谓"杠精"。

写到这里,应当感谢作家杨树军用小说《滴滴香》为"汪醋"立传。因为"汪恕有滴醋"自清康熙十四年(1675)成业,距今已有三百四十五年历史。清乾嘉"性灵派"诗人袁枚1743—1745年在沭阳做过县令,退居南京小仓山随园后,在《随园食单》中曾将汪醋列为"第一",而比较的对象是镇江醋与浦口醋。这就具备了非同寻常的意义。如今,"汪恕有滴醋"是江苏省传统名特优产品,早已名满天下;而杨树军的《滴滴香》不仅使这一中华百年老字号的民族品牌有了小说载体,走向了文学殿堂,而且让文坛收获了一部优秀的长篇历史小说。

"奔跑"的轻飏与沉重

一篇不足万字的小说,仅女主角奔跑的桥段,便用掉近四千四百字篇幅。这种现象,如果不是匠心独运的产物,便是作者挑战写作难度的心理所致;而无论属于哪种情况,于小说艺术而言都是好事。近读汤涛新作《奔跑的玉萍》(见《山东文学》2021年第7期),觉得该作品上述两种情形兼而有之。通常情况下,确立小说的叙事重心,很可能会择要而从;也就是说,按故事的起承转合把来龙去脉交代清楚,一篇小说便基本完工。这样处理当然无可厚非,因为 E. M. 福斯特在《小说面面观》中曾说,故事不仅是小说的"基本面",也是文学的"最高元素"。但是实际上,叙事重心不同会让一篇作品的文学品位高下立判,也会让人很容易区分出一篇作品是滞留在故事层面还是进入了小说艺术应有的高度。正是在这个意义上,汤涛用近四千四百字让一个八岁女童跑向小说的结尾,便有了不同寻常的意味。因为作者踏上文坛不久,便吃准了叙事艺术要义,对小说的"命门"一击而中。

先来说说一个八岁女童为什么要在黄昏"奔跑",而且跑了"头十里地",原因令人动容。

玉萍是姐姐,还有个妹妹二萍,姊妹俩很像宫崎骏动画电影《龙猫》中的小月与小梅,但生活境遇比草壁家困难得多。玉萍的父亲不是大学老师而是小学老师,母亲不是生病住院而是怀胎十月,且只能找村里的"接生婆"甄三奶接生。这第三胎究竟是男孩还是女孩?奶奶关注,母亲关心,父亲更加关切。而玉萍对于母亲生男孩的渴望,简直是奶奶与父母的心理期望之和。

汤涛把叙事视角界定在女童玉萍的角度,以她的视线和胸臆来看待和理解世界,别有一番涵蕴。在这里,有必要对作品的时代背景略作提点。那不是政府鼓励生育三胎的当下,而是二十世纪六十年代末,当时,"计划生育"政策业已基本定型。也就是说,独生子女受奖,超生受罚,严重的有公职的甚至会被开除公职。即便如此,在玉萍生活的"三棵树"村,百姓生育的热度依然不减,因为"没有儿子人家总不大被人瞧得起,那家大人往人面前一站,自个先觉得腿底发虚,矮人一截,更何况像玉萍他们这种地主成分的人家"。香烟续火的传统习俗(玉萍被家族三叔指为"赔钱货")与泛政治化年代的社会歧视(玉萍爷爷被划地主成分),让一个女童的自我否定(梦见自己生出男孩的小鸡鸡)成了内化自觉("恨自己为什么不是男儿身")。如此一来,玉萍期盼母亲能生弟弟,也就成了她幼小心灵中最真、最善、最美和最大的愿望。

与她的心理期盼构成呼应的,是作品中的"路人甲"——老太太蒋大奶。她有"台湾背景",丈夫被抓壮丁成了国民党军;家里只有她和儿子,却没有孙子。以故当她伸手想抱一下新生男婴时,却被玉萍奶奶斥为"老鬼"并予以拒绝,只好讪讪缩手。原来她想以抱示好只是表象,想借抱一下别人孙子以改变命运的想法才是实质。但依照作品中浓郁的民俗色彩提示,蒋大奶之抱,于被抱者却意味着不吉。嗯,幸好被玉萍奶奶看穿——"奶奶是嫌蒋大奶是个寡妇,唯一的儿子又不能生养,担心她一旦抱了,就会把一生不好的命运像橡皮膏药那样贴到自己长孙身上"。

有了蒋大奶对玉萍心理的比衬和强化,便不难体会作品的喻示,想必东方女性生命意识中的隐忍,在小说中是以人伦与人际关系来承载的,而不是以女性人格独立或自我意识觉醒来体现的。即使承载者只有八岁,只要她是个女孩,便已经是充分条件。这是汤涛谨慎地呈示给我们的中国传统文化施加给女性的沉重负荷。

为什么说东方女性生命意识中的隐忍,在小说中是以人伦与人际关系来承载的?以当下语境说,弟弟的出生于玉萍而言,是她家庭地位的下降,是生活资源的被分割,是全家生存负荷的增加;但于传统的家庭和家族而言,却因为男丁的增添成了喜讯。八岁的玉萍作为人伦与人际网络中的节点,已经知道、理解并深深认同这一点。因此她喜不自胜,自告奋勇,要在苍茫时分奔跑"头十里地",独自穿过近两里路的坟地,到小学校里向父亲报喜。这是汤涛的设定,他让读者的心不由得悬了起来。目送着跑向黄昏的八岁女童,读者没法不既暖心又揪心,既温馨又伤感。这是汤涛的厉害之处。他将叙事重心富有匠心地置放到读者内心最柔软的地带，开始抒写玉萍"奔跑"的"如歌的行板"。

再来说说玉萍的奔跑为什么是欢快的，甚至是轻飏的。因为她自告奋勇的刹那间，是兴奋的和无我的。"玉萍不愿意把这个美差交给三叔，她要亲口告诉爸爸这个天大的好消息。"需要细心分解的是，玉萍的"奔跑"并不是一时冲动，偶然为之。她虽然只有八岁，却"穷人的孩子早当家"，不仅懂事，而且能干，就像宫崎骏《龙猫》中的小月，是"行动型美少女"，走路全用跑的方式——

"玉萍脚不点地奔到妈妈床前"，"拔腿就往后庄跑"，"飞跑去叫奶奶，又飞跑回家"，"只听清奶奶前半句话，就扭头往回跑，两条细长的辫子在身后追打着屁股"，"像小兔子一样跑来奔去"，"顺着东大路往北行，一路小跑"……

因此，是否可以这么说，玉萍的"奔跑"行为，是日常勤苦的标志，是内心动力的外化，是干练女孩的常态，是个性鲜明的特征。

"奔跑"于文艺作品中的人物，究竟具有什么特别意义，我想用宫崎吾朗做《虞美人盛开的山坡》中松崎海人设时遇到的障碍加以说明。少女海因父早逝，被吾郎最初设定为抑郁型少女。这样，她出现在哪里都是心事重重，做什么都是眉头紧锁，让吉卜力决策层审片时左看右看都不满意，致使整个影片都难以推进。关键时刻，宫崎骏给宫崎吾朗绘了张彩色草图，是松崎海在一座小桥上大步流星跑步去上学，让宫崎吾朗大受启发。自那以后，他让少女海"奔跑"起来，从而让情节有了动力，让故事有了活力，影片进而全盘皆活。

当然，简单的类比会让问题滞留在平面化状态。察及小说《奔跑的玉萍》中的人物，基本上是女角儿——玉萍、二萍、妈妈、奶奶、甄三奶、蒋大奶；待父亲出现时，小说已经走向结尾。先让我们来看看汤涛在作品中所作的人设：母亲卧床待娩，二萍娇憨懒动，奶奶和蒋大奶都裹了小脚，行动自然不便；甄三奶虽说不是小脚，也足够风风火火，但毕竟老迈年高。在这些女角中，玉萍只有八岁，还是个女童，却不仅要做饭喂猪、服侍母亲、照顾妹妹，还因为父亲的缺席，要将家中里里外外都打理起来……你看她切山芋藤做猪食，便知她心细；你看她"窖"弟弟胞衣时的考量，便知她周全；你看她为奶奶阻止蒋大奶抱弟弟的无理感到难为情，为"奔跑"前未能向甄三奶和蒋大奶道别而不安，便知她懂事；你看她愿意攒钱为妹妹买不是两块糖而是四块糖，便知她大方；你看她不接受奶奶建议她报"生女孩"来逗弄爸爸，便知她善良……爸爸是在小说结尾时出场的，他是玉萍"奔跑"的终点，人物设置的节点，是专门来接受好消息的，基本上是无所作为的。

由于玉萍的"奔跑"在汤涛笔下是常态现象，因此当她最终说服全家、获准向父亲报喜，便无由不用"奔跑"的方式——"玉萍突然觉得生活从来没有这么美好，浑身轻松，情不自禁地边跑边跳"。她的"奔跑"完全是内心喜悦的外在反映，因而是欢快的。这样，作品在塑造人物时，便遵循了动作揭示心理、心理反应性格、性格成就人物的规律；玉萍的"奔跑"，便具备了艺术逻辑的所有合理性。

最后来说说，玉萍的"奔跑"为什么虽然是欢快的，却也是沉重的。因为"奔跑"的过程和结果，都令人捏着一把汗。由于作品时代背景交代在先，是二十世纪六十年代末，"计划生育"政策基本成型，所以玉萍"奔跑"送达喜讯的结果，是否会让父亲因其地主成分被顶格处罚，被开除公职，并不难以预料。只是作品戛然而止，没有或不忍写出来而已。作家不写也罢，读者不知也好。需要解读的，是汤涛笔下的女童玉萍的"奔跑"过程，为什么是沉重的。

近四千四百字，只是玉萍单纯的"奔跑"行为，汤涛究竟写了些什么？为什么要那样写？

从"一路上，玉萍一想到……"开始，八岁的女童便在汤涛笔下"奔跑"起来。写小说的人都知道，单一的动作过程极为难写，最考验作家的文字功力和想象能力。汤涛的做法是，让玉萍"一路上"边跑边看边忆边想，差不多等于把她的"人生阅历"摇曳多姿地展示了一遍。主要桥段包括："窨"弟弟胞衣（生命意识）、"江猪过潮河"及沿途所见水鸟、蜻蜓、蝙蝠、燕子（自然生态）、水闸边小推车和男孩游泳（生产与生活方式）、烈士坟前割草（生存方式与社会形态）、路过大坟场见新坟与"哭丧棒"（死亡恐惧）、三条土狗的威胁和中年男女要抓她"领回家去"的动作（人身安全）……林林总总，玉萍用"奔跑"的线性方式，为读者绘出了二十世纪六十年代末的人与人、人与社会、人与自我的多维度中国屏风式图景。我们相信，那是一个八岁女童能够承载的最沉重的现实与精神图景了。汤涛曾说，他很喜欢契诃夫的《草原》，所以玉萍的"奔跑"最终能够被写得层次丰富、一波三折和扣人心弦，便一点都不奇怪了。因为那是作家赢得创作挑战的写作正途和最佳参照系。

　　最后要提及几点。一是由于汤涛熟稔苏北农村生活，他笔下那些密实而又温婉的生活细节，犹如涓涓细流般汩汩而出，令人信服。如写玉萍为母亲用古巴糖冲鸡蛋液时母亲的反应、姐妹俩喂猪时猪的感应，令人读后不由泪目，心生感喟。二是汤涛善于细腻准确地描摹女童的心理活动，如写玉萍擦火柴时的"心里默祈"、写她到邻村农户家抽枯杨树枝以便防身时的心理，写她到达父亲小学时的百感交集，都十分生动。三是汤涛的小说语言既生动又节制，且能够在生动中达至节制的至境。如他写玉萍终于抵达父亲学校，"爸爸抬头看向玉萍，好像没认出来又低下头去，过了两秒钟，再次抬起头，明亮的眼睛像一束光照向玉萍"；如玉萍向父亲报告喜讯时，她先"朝办公室里的老师望了望，爸爸会意，弯下腰把耳朵递给玉萍，玉萍双手拢成喇叭贴到爸爸耳边"。读者特别期望并在猜测汤涛到底会怎么写玉萍的报喜方式，他却用一个句号对此段作了了结。玉萍对父亲的耳语，他一个字都没有写，却另起一行，为整篇小说写了一个漂亮的结尾："此时，太阳正通红地落在两棵高大杨树的树梢之间，看起来像一只巨大的喜蛋。"以这个意象丰沛的句子绾结全篇，堪称惜字如金，几乎每个字都闪烁着金子般的经典光泽，让他笔下的小说文字真正抵达了"行于所当行，止于所不可不止"的艺术境界。

诗艺发微

解耦现代人的精神困局

我关注周庆荣散文诗,始于二十世纪八十年代中叶,那时候中国当代文学处于显而易见的黄金时期。周庆荣初登散文诗坛,便以富有影响力的《爱是一棵月亮树》,让读书界认识了玛丽·格丽娜。那部散文诗集高密度的转载率与托名的方式,不仅使"月亮树"一词进入汉语语汇,更让玛丽·格丽娜美誉加身。周庆荣隐身于荣耀背后,如父亲般默默看着自己创造的两个作品——爱意漫溢的散文诗著作及其"作者"——接受读者追慕。我曾力劝诗人在读者面前现身,但他对光环的归属无动于衷,继续在《飞不走的蝴蝶》里做着令人着迷的双重虚构,直到从情爱到母爱的主题在万千读者心里姹紫嫣红。也许诗人痴迷于爱的创造无暇旁顾,也许他胸臆中的爱并不包括爱的回馈,总之当《紫气在你心头》问世时,人们终于从周庆荣作品中领悟到,原来面对荣誉时的淡定,正是爱的范畴与要义。这样,关于爱的序列思考——情爱、母爱、友爱与自爱,使诗人在二十一世纪前以三部散文诗集完成了系统性构建。

　　二十一世纪对于周庆荣而言，不只是时光的演进，更是省察与探索维度的嬗变。链接两个世纪的散文诗组章《我们》及《我们》（二），是周庆荣超越爱的题旨，在爱之上，在未名湖畔建构散文诗群的文本宣言；而拓展这一矩阵新域的，则是他近年奉献给文坛的三部新著：《有理想的人》《有远方的人》和《预言》。在这些新作中，王光明认为诗人深度"关怀与辨认我们的时代"，因此你无法找到逃避现实的港湾以缱绻入梦；谢冕说他"除了注重题材的展开、内涵的充实，而且尝试着在抒情的体制内加重批判性以及他非常擅长的思考性"，因此你在认知的习惯和熟悉的范式中难以安然。要理解周庆荣散文诗的这些变化，必须把视野投向现代人生存的精神困境；而诗人以散文诗作为探幽入微的利器，不仅在现实沉疴中为人们的精神向度划开一片晴空，而且让散文诗这一艺术样式在当代文坛拥有了新的高度。

　　必须承认，延绵至今的历史不过是在证明，人类尚有力量使自身的欲望达到满足的最大临界值；而其全部活动合目的性的指向，则是走出精神的沼泽。然而如果允许做超验的抽象，我们几乎必须立即指出，这是神话。很明显，人类文明的过程始终伴随着难以至竟的反抗，而逼近逍遥游的尝试却永难临界。因为可见的参照系只能是留下种种遗憾的过去，遥远的焦虑却须臾没有淡化，即人类终将消失在茫茫宇宙的大尺度时空中。这当然不能成为现代人生存悲观的依据。西西弗斯的意义也许在于，即令命运难以改变，也不偃旗息鼓；而周庆荣散文诗近著带来的启示则更为警策：不仅要继续推石上山，还要检视思维的固有范式，是否已经构成了自身行为的反动。

　　前文所谓中国当代文学的黄金时期，已经渐成追忆。当时，人们的精神情感与价值尊严迫切需要辞别漠视，周庆荣以系列性的散文诗书写，系统地构建了爱的世界；如今，工具理性为人性欲望作伥，人间烟火为万丈红尘助燃，理想被遮蔽，远方被淹没。在诗人的视野里，"欲望高调出场"，浮尘、阴霾和噪声不仅使花不像花、麦子不像麦子，人更是非人，"蹚着浑水，似乎一直在浑浑噩噩"（《欲望》）。尽管"交易的方式日渐增多"，"而宗教，正越来越像理想集市"（《重提理想》）。在这样的背景里，周庆荣以压倒谨慎的大胆，重拾"理想"与"远方"这些迹近异化的概念，不仅在读者的熟稔之外带来了刷新认知的诧异，而且别具清新与质朴："不为别的，只为花像花、麦子像麦子、人更像人。"这样的清新与质朴，对于罹患现代梦魇、跌落精神泥淖的人们来说，难道不是错失已久的至情至境、具有正本清源的价值力量吗？唯其如此，周庆荣在多篇作品中发出的"让东风吹"的心声，才特别沁人心脾、铮然可爱。因为在诗人看来，吹去浮尘、阴霾和噪声，可以让世界纯净、人间光明、声音远播、亲人清醒。

　　但是，现代人类误入欲望的森林日久，渐行渐远，且"流氓仍未彻底消失"（《波德莱尔的理想》）。在这种情势下，要重拾理想，辨认远方，必须审视、擦亮乃至重释一些基本概念，诸如"英雄""仁""义""孝"……甚至一座肃立面前、难以移步的兵马俑。周庆荣为校正现代人与历史的关系、与自然的关系、与血脉族群的关系，重新构建了观照精神世界的坐标，在此基础上，从时间、空间与血缘的多维来确认自我，从而让远方清晰，助理想启程。

首先，诗人在时间维度上拂去疑似落定的尘埃，以当代意识与历史和历史中人对话，打通了现代人类与历史人物之间的泥幕，从而确立理想生成的远脉。在《尧访》里，我们从帝王身上看到的是素朴、谦逊乃至自责；在《仓颉造字》里，我们拥有了价值判断的文字尺度；在《女娲补天》里，我们读出了道德规劝的终极忧虑；在《夸父追日》里，我们知晓了逐日者的利他目的；在《三人剧》里，我们感受到了伍子胥的彻悟、岳飞的自省和袁崇焕的洪荒之憾；在《数字中国史》里，我们体察到人心如何超越了时光溶解的五千年。而对于历史参悟到极致并堪为当今预言的，是《老龙吟》。诗人以寓言的形式揭示了族群聚散、生灵存亡的千秋动因，为国人应当持有的"整体的意念"成功赋形。在这样厚重的人文后援里，被诗人重提的理想，必然抖落矫情，回归本源。以这样的理想为尺度检视"英雄"，人人都大有来头，农人、商贾皆可入列，即使他们普通如红红的高粱（《英雄》《我把兵马俑称为我们的军人》）。以这样的理想为愿景俯仰天地，天应为"义天"——行大义于天上（《义天》）；地当为"孝地"——纳族群于厚土（《孝地》）；"仁者"方可为人——"站起身子"之后，不再因"冲动和欲望"蜕变为"一个又一个新的野心家"（《仁》）。周庆荣的作品让我们相信，这样的理想因为源远，必然流长，如麦芒指向金黄、葵花朝向太阳一样自然而又正常。

其次，诗人在空间维度上有效拓扑，打通了自身与世界的连续性与连通性，即"世界＝我＋我之外"，让自己精骛八极，神游万仞，从而在精神空间里确立了远方的向度。需要辨析的是，诗人所说的"世界"，其所指与能指，无论"纵""横"，均为主客观的统一体："世界如果大，我就大；世界如果小，我也就小。"在以"历史的纵"校正理想远脉的同时，周庆荣开始从"空间的横"中探索现代人的"七桥问题"，即如何既不重走来路，又不偏离人类前行的初始目标。

让我们瞩目诗人两个意味深长的索解领域。先看"我之外"：一是在不背离文明方向的前提下，到大自然中探寻精神参照物。或者"学着成为山谷"，融入大地肌理，以澄怀观道（《我是山谷》）；或者"躺在山里的高地"，素面朝天，让阳光曝晒"生命里所有的阴暗"（《高地阳光》）；或者"步履沉重地走，想走遍千山和万水"，以求证漂泊或流放与大地的悖论关系（《土地》）。二是踏访自然与文明合力的遗存，从中梳理现代人精神方向的编码。诗人造访长城，为我们指认出川流不息的人与事物后面那块想家的墙砖（《长城》）；诗人徒步黄河，在"泪水涌动"中发现母爱的忍耐、包容与不思回报的宿命；诗人从井冈山归来，认为山就是山，竹子就是竹子，而映山红也"与人类的鲜血无关"（《井冈山》）。三是引入域外文明为参照系，以佐证现代人远方迷失的症结。在古罗马竞技场，诗人参悟到时间面对"人为的争斗"的无助；在华兹渥斯的湖畔，诗人心心相印，想的是"岁月不用争斗，全部的记忆装在鸽舍，外边是人间今天的夕阳"。再看与"我之外"相加的"我"。生于1963年的周庆荣，已逾知天命之年。大半生以来，诗人在祖国与世界各地行走,在哲学、文学与历史中优游。不管在山川中跋涉,还是在书房品茗,思辨与写作都是他精神生活的不变方式。这种"我思故我在"的习惯,使他无论面对一只釉罐、一截钢管,还是一只蚂蚁,都能进入沉思状态,解析时间与事物之间的关系,参悟历史与自然互动的玄机(《2010年最后与一只唐白釉盖罐》),洞察人类在生存场域中荣辱存废的密码(《一截钢管与一只蚂蚁》)。他甚至可以没有任何前提地坐在水池边的石凳上,"直到时间真正地成为问题",生成超越张若虚的天问(《时间》)。读他的《辩证法》时,你能够感受到激情中的理性深度;读他的《忧郁》时,你会体察到形象后的抽象旨归。当然,诗人世界的"我+我之外",从来就不是"A+B"的关系,而是圆心与圆幅甚至是太极图的关系,两者内外渗透、彼此互动,融汇成诗人的精神世界。正是诗人以内化外,在人格力量对象化的思辨与表达过程中,朴素的远方开始清晰起来,我们才会在诗人感召下一同向它眺望(《有远方的人》)。

最后,探测了理想远因,辨析了远方向度,周庆荣并没有揖别思考;因为拥有理想和远方后,现代人仍然可能在自己的精神困局里挫跌。所以,更深层面的制约不是来自他者,而是自我身份的认同。由此看来,找回本我乃至族群认同,是周庆荣散文诗近著中必然要深度触及的课题。

对于这一课题的探索,诗人先从血脉介入,并表达为一种递进式思考。来看血缘:在《片段:爷爷》里,我们看到身为"荣军"的木匠爷爷,如何对诗人的童年解读枪与笔的真谛,使得诗人最终握笔在手,枪、剑在心;而站在自己家的土坯老屋前,诗人即可找到"四十多年""一直坚强的理由"(《老屋》)。再看由血缘上溯至先人:诗人是"农民的儿子","农家的院落,边上没有祠堂",因此土地是先人"最好的祠堂"(《孝地》)。这样的理念,成就了诗人宽广的人格。最后,由血缘旁及族群也就顺理成章:在《深夜时望望故乡》中,我们看到别离慈母故土、移居都市的诗人,常常因为彻夜无眠,幻想自己为耕地播种的早起农人;在注目与怀想乡村铁匠铺的主人时,诗人感悟的是行走在消逝中的生命与时光(《乡村铁匠》)。当然,这样拘泥地纾解诗人对血脉与族群的身份认同,也许难以全息表述周庆荣精神世界里的本我。有时候,诗人也会有一念之闪:"刹那间,我希望自己出身于名门望族。"(《孝地》)。但实际上,在诗人看来,无论秦汉、盛唐还是道光年间的先人是否望族、有无祠堂,辉煌与屈辱的命运早已被历史定格;对于现代族群而言,"祖先们一定生活在不同的地方,他们埋在神州处处",因此,"所有的山河都是我的亲人呢,我敢不孝敬?"这样的血脉外延,不仅成就博大的人格,而且已经投射到广袤的幅员之上,使读者无由不生成亲切的代入感。饶有意味的是,诗人还有一篇作品《我是普拉斯》。在那篇俏皮其表、深沉其里的作品中,周庆荣"唯心"和"虚荣"地戏言自己有"前世",是美国女诗人西尔维亚·普拉斯。但我们知道,那是诗人在以瑰丽的想象表达自己对普拉斯的敬爱;同时表明,不仅血脉与族群,甚至东方与西方、男性与女性,也可以在诗人的精神深处因为爱而融通、传承。

现在,让我们回溯与绾结周庆荣散文诗近著的思辨序列。文本的分析使我们有理由相信,诗人在作品中以构建精神世界时空坐标的方式,校正了我们与历史、与自然、与血脉族群的关系。被校正的上述三个关系,实际上已经从形而上学的角度,对现代人的精神困局作了深度解耦,因为求索的正是"我是谁、我从哪里来,要到哪里去"的哲学命题。当然,我们知道《有理想的人》《有远方的人》和《预言》三部近著,探索与表达的不止于上述问题,而是更加丰富与多元。但是问题的关键不在这里,而在于以下几个方面:首先,当我们因为诗人对现代人血缘与族群的追溯而明白了来路,确认了自我身份,"我是谁"或将不再困扰自己;其次,当我们在时间的历史长河中游弋而上,知道了"我从哪里来",理想或许因为远脉的确证而不再受困于有无的问题,而是替换为该有什么理想的问题;最后,当我们在空间维度上知晓了"世界=我+我之外"的真髓,或许"要到哪里去"的问题所带来的迷茫,也将被清晰的远方所取代。这样一来,周庆荣散文诗近著对于现代人的自然生存、社会生活与精神生长而言,其价值意义便有了自明性。

尽管时间之水已经渗入二十一世纪的空间迷宫,但优秀的诗人一定会创造出属于自己的现在时态。周庆荣的三部近著,以洞见的深邃、哲思的体系化与文字的刺痛感,在当代散文诗界迎风而立,已经成为不争的地标。视野所及,"地标"至少应该具有这样两个特征:一是海拔高度不易遮蔽,二是特色鲜明难以混同。二十一世纪最初十年已近尾声,我们的时代依旧红尘滚滚。周庆荣与"我们"诗群的坚守,不仅使现代人精神困境的突围有了可能,而且使华夏族群需要诗的期待能得到回应。有了诗,我们的理想才能生成;有了理想,我们更需要远方。

一篇"宣言"的诗学建构

说起来匪夷所思,当代文坛有个现象几乎令人难以置信:由于某种体裁被人为小觑,以致钟爱这一艺术形式的作者不得不一边写作,一边为之辩护;这便是诗歌的亚类——散文诗。散文诗究竟是散文还是诗?如果是诗,为什么要以"散文"作为定语,并且不用分行排列的形式?如果是散文,为什么要用"诗"作为中心词,作者还有必要近乎执拗地追求诗意吗?除非达尔文关于自然界的进化论在艺术界也有援例,让散文与诗之间呈现出类似进化的序列性关系。这当然是一个冷笑话,但令人忧虑的不在笑话本身,而在发轫于鲁迅先生《野草》的散文诗,这种成长于中国现当代的体裁样式,如今在文学视界中竟被错置于吟风弄月地带,或干脆被"边缘化"了。谓予不信,文学杂志常见的"小说、散文、诗歌、评论"四大板块中可以觅见"散文诗"芳踪吗?由于误解是如此根深蒂固,以致不少散文诗作者也开始自斫其体,跌入自我构陷的沼泽。

这当然必须喝止。近年来，著名诗人耿林莽、灵焚、周庆荣和学者谢冕、邹岳汉等人对这一现象纷纷发声。其中，周庆荣的一篇重磅"创作谈"——《格物、及物、化物及其他》堪称"宣言"级文本。该文仅有 636 字，收录于诗人在四川文艺出版社出版的散文诗集《执灯而立》的压卷位置，时间是 2021 年 12 月；实际上它写就于 2020 年 6 月 23 日凌晨。三年以来，它光芒不减，熠熠生辉；而文坛也越来越意识到它那檄文般的力量，并视为散文诗界对中国诗学的重要构建与收获。

一、散文诗的根部属性

周庆荣这篇文章之所以被视为"宣言"，是因为诗人在《格物、及物、化物及其他》题下直接加标了副题"我的散文诗观"。该文从理论维度厘定和廓清了困扰散文诗界已久的诸多梦魇，并准确诊断了散文诗被"边缘化"的症结，同时对其痼疾与沉疴给出正告与建议，具有刮骨疗毒般的价值意义。

针对创作界与学术界缠斗不已的问题——"散文诗究竟是散文还是诗"，周庆荣在"宣言"中开宗明义地指出："散文诗的根部属性是诗，散文诗的写作者如何走出身份焦虑完全在于文本是否真正抵达诗。"这对于结束散文诗属性的无谓争论，无疑具有驱除脑雾的作用。诗人当然没有奢望这一见地会令有"身份焦虑"的散文诗作者醍醐灌顶、如梦初醒；因为周庆荣认为真正的考验乃在于"文本是否真正抵达诗"。换言之，当一个写作者笔下的文字无诗意可言甚至与诗无缘，那么无论他如何标榜自己，也是走不出"身份焦虑"的。

但是，作为当代散文诗界的领军人物，周庆荣并非将"宣言"旌旆高挂后便自己一骑绝尘，而是就文本如何"真正抵达诗"，以切身体会给出具体建议："走出对事物影像的过度描摹和轻易的抒情，以思想和本质的发现进行诗意的呈现。"信哉斯理。因为所有艺术最终和最高的锚铢，必较于"思想和本质的发现"。这也是文学艺术领域大家巨擘与普通写手的分野，古今中外概莫能外。当然，前提是对"思想和本质的发现"进行"诗意的呈现"；而文本"对事物影像的过度描摹和轻易的抒情"原本就很廉价与矫情，是"诗意的呈现"的赘疣，当不在讨论之列。

必须再一次确认，一个世纪前，白话文取代文言文，让汉语表达从文字到语言都获得了现代性的解放与高能释放。因而不必斤斤于散文诗这一形式是否要感谢波德莱尔及其译者，反而应该注意：中国原本就是诗与散文的古老国度，这就让发轫于《野草》的现代散文诗必然因渊远而流长，且无由不获得"叙述上的优势"。诗人周庆荣清晰地看到这一点："鉴于散文诗在叙述上的优势，写作者更要清醒自己在场的意义，让作品能够超越平均的立意，文字中料峭的部分便是你的写作价值。"这里，他除告诫写作者不要凭恃散文诗"叙述上的优势"而怠惰，以下两个关键词最为警策：一个是"在场"，另一个是"超越平均的立意"。前者针对作者，拒斥向空蹈虚与无病呻吟，因为那无疑会授散文诗以"边缘化"之柄；后者针对作品，拒斥司空见惯与平庸凡俗，因为那和"思想和本质的发现"无缘。倘若散文诗写作基于这两个前置条件，那么作品文字中当会出现"料峭的部分"；而"料峭的部分"弥足珍贵，正是周庆荣期望并嘉许的"写作价值"。

在从理论维度上廓清属性、明确尺度和给出路径后，《格物、及物、化物及其他》的文字随即转入欢欣与自信调式："我从未认为一种文本能被人为地边缘化，如同玉米绝不会被高粱覆盖，它们都是土地上美好的庄稼。分行或者不分行，只要是认真写诗，就把深刻的丰收写进粮仓。"这样的理念表达是意味深长的。因为温暖的比方是在参深悟透艺术形式与自然植被的相似机理后作出的，文体之间的区分度便形象地突显出来。尤为俏皮的是，用文字"分行或者不分行"来取譬庄稼在田园生长的行间距，可谓天然契合，令人忍俊不禁；而"把深刻的丰收写进粮仓"，则一语揭示出土地与粮食、生活与作品的双重母子关系。当然，写到这里，周庆荣依然不忘告诫写作者心态要沉潜，勿轻率行文："我们应该记住：散文诗是一种复杂的书写，是更加复杂和隐秘的诗。"而这也再次叩响了散文诗属性为诗的重音。

二、散文诗的方法边界

如果说周庆荣对散文诗作者的告诫需要一个支点，那么他个人的写作经验应该是最有力的支撑。细察《格物、及物、化物及其他》文本不难发现，前述部分大致为散文诗的本体论，而更为闪光的则是它的方法论部分。诗人这份"宣言"以个性独特、惜墨如金的文字，为散文诗在当代文坛的行稳致远给出了富有张力的启示。

"至于我个人的写作实践，"周庆荣写道，"近年来，我一直坚持对目标事物的本质进行诗意的呈现，充分发挥散文诗对未来时空的一种预言性的优势。"解释这里出现的"目标事物"一词，需要重提诗人前文的一个重要概念，即"在场"。显然，在主体与客体、精神与存在之间，所有的艺术创造都是艺术家审美后的产物。既然是否拥有"思想和本质的发现"是衡量一切艺术品高下的试金石，那么"目标事物"固在，作者"在场"与否就必然会成为一道分水岭。

当"在场"成为疗救散文诗言之无物、矫揉造作的必要心态与立场时，诗人需要回答的最具挑战性的问题，无疑是作者"在场"做什么以及怎么做。这一问题如箭镞抵眉，不容回避；而周庆荣给出的，应该是散文诗界迄今为止最有思辨力度的答案了——

> 从方法论上来说，注意"格物、及物与化物"。所谓格物，是指我们如何从所接触到的事物中获得自己所需要，同时也对他者有意义的启示；及物，要求我们的写作必须在场，必须食人间烟火，必须能够让我们的写作去唤醒更多沉睡的经验；化物，要始终清醒写作主体本身的情感和知性的转换贯通，不拘泥于典故和任何已有的出处。

这段文字言简意赅，却系统而又自洽，从理论维度上回答了散文诗作者应该如何处理创作主体与存在客体的关系；在生活与作品之间作者应该如何发挥主体能动作用；在作品与读者之间作者又该如何寻找并发现价值；在现实和经验、情感和理性、自我和他者之间作者应当如何转换贯通，从而由必然王国进入自由王国。

或许有人认为，就周庆荣散文诗观中三个核心概念的序列性而言，"及物"当在"格物"之前，所谓先"及"而后"格"。这当然不无道理。但在"及物"概念推出之前，诗人已经强调过关键词"在场"。它与"及物"近义同理，即欲"及物"必然"在场"；唯"在场"方可"及物"。"及物"之"物"，为事物或物自体；亦可理解为现实与精神、社会与自然。实际上，诗人文本中"物"的涵蕴指向有二：一是"人间烟火"，二是"沉睡的经验"。显然，关心民瘼与事物机理、少作或不作准风月谈，才是"及物"这一关键词的重心。

为什么散文诗写作需要"及物"？当年朦胧诗群捐弃质疑与批判精神、走向矫饰与自我美化后，诗人梁小斌敏感地发现，曾经的同道已经"躲进鼓浪屿的红房子里，墙上弹着吉他，经常怀念母亲。就是这样"。他感到很痛苦，但拒绝"强装健美，在舞台上混"，表示"为了能够看清，往往需凑得很近"。这与周庆荣痛苦反思后强调"及物"，应该说不谋而合。

不过，无论"在场"还是"及物"，都还只是诗人方法论中的起点、出发点，是态度、立场与站位。周庆荣散文诗观中的核心理念实际上是"格物"，它才是"及物"的目的、靶向与落脚点。不难发现，诗人视"格物"为"思想和本质的发现"的重要手段，显然是对西汉戴圣"格物致知"的礼敬；而作为主要方法，"从所接触到的事物中获得自己所需要，同时也对他者有意义的启示",更无疑是对明代王守仁"致良知"理念的脉承与光大。在这个意义上,"化物"所谓"写作主体本身的情感和知性的转换贯通",更多指的是内在自我的协调。因为众所周知,人们认知他人与世界的维度很大。与他人和世界发生关系,世界与他人就是自己的外化;与自己发生关系,便会产生主我与宾我、情感与知性的转换贯通问题。而"不拘泥于典故和任何已有的出处",则不止于摒弃冬烘与掉书袋,它看重和强调的是主体创作时的一种率真和轻飏状态,迹近鲁迅先生在《南腔北调集·作文秘诀》中所说的"有真意,去粉饰,少做作,勿卖弄"境界。

三、散文诗的思想范畴

提及"有真意,去粉饰,少做作,勿卖弄",自然会关涉近年来散文诗界踏入的写作误区。"说到散文诗走出多年来的唯美、抒情和密集修辞的误区,"诗人写道,"我一直坚持认为思想性是散文诗唯一的重量,也是这一文体所特有的优势。"回眸前文可见,周庆荣笃信的散文诗优势有三:一是"叙述上的",二是"预言性的",三便是散文的"思想性"了。而诗人对"思想性"的珍视与坚守,简直如同麦田守望者一般虔诚。因此以下问题必然会被再次提起——散文诗的思想性究竟需要怎样的条件?

诗人给出的结论是:"如果概括一个写作者重视思想性所需要的条件,这个条件便是:针砭、悲悯、热爱与希望。"

条件中所列的四个关键词,类似一个矩阵。诗人将"针砭"置于首位,应该是出于反拨散文诗近年来步入误区的考量,即扭正所谓"唯美、抒情和密集修辞"。散文诗当然可以适度唯美、合理抒情并恰当修辞；但当唯美失度、抒情过度、修辞密集到令人厌弃却又俨然以正统自居时，便走到了事物的反面。因为捐弃对民瘼的关注、放弃对现实的针砭，恰是将散文诗窄化甚至自我矮化的陷阱。人类要更好生存，就要推动历史进步；历史要进步，就要革除现实弊端；革除现实弊端，就要对现实针砭；而能够针砭现实，则源于人文情怀中的悲悯意识。在这个意义上，悲悯与热爱，在范畴上实为一体一魄。人类因热爱而悲悯，悲悯便是热爱的体现形式之一。鲁迅先生在《小杂感》一文中曾说过，创作总根于爱。然则无论针砭、悲悯还是热爱，都应该有希望的向度；希望便会成为人类在散文诗演进过程中的精神表达。因此，散文诗作者知悉这个关键词矩阵的机理，在周庆荣看来，应当成为作品思想性生成的基础性条件。

当然，诗人同时也坦承："达到这个条件，实属不易。它要求写作者压低并且节制无时不在的日常情绪，要铭记天地永远悠悠，人类永远生存。用自己的作品，唤起蒙尘的理想和人性的温度。"这段文字，信息量密集而又情义深长。周庆荣深知，"宣言"是严肃的心声而非高台教化。面对"天地永远悠悠，人类永远生存"这个最大的审美对象，散文诗创作界不食"人间烟火"是不行的，仅输出"日常情绪"又是不够的。因此，在即将结束整篇"宣言"时，周庆荣才会以至诚至善的心态，"要求写作者压低并且节制无时不在的日常情绪"；并在社会人文生态急遽变化的当下，"用自己的作品，唤起蒙尘的理想和人性的温度。"

在这篇纲举目张的"宣言"走向结句前，周庆荣用一句谨慎的话语绾结了全篇:"以上是我的散文诗观,更是我一生要遵守的纪律。"从而彰显了诗人推己及人的挚诚与反求诸己的自律。

四、诗人"宣言"的诗学构建

在用夹叙夹议的方式梳理过诗人的散文诗观后,有必要将"宣言"中的两个引人注目的逻辑思考点圈点出来——

第一,诗人认为"思想性是散文诗唯一的重量"。散文诗的"思想性"被诗人同文表述为"目标事物的本质",是"自己所需要,同时也对他者有意义的启示",它是散文诗"文字中料峭的部分",并且需要"超越平均的立意"。然则何谓"平均的立意"?或许可理解为诗人所谓"无时不在的日常情绪",它是必须"超越"的对象。

第二,"思想和本质的发现"又该如何做到?在周庆荣看来,一是要拥有思想性所必需的相关条件,即"针砭、悲悯、热爱与希望";二是获得"目标事物的本质"的方法,即"宣言"中的核心理念——"格物、及物与化物"。

清点上述逻辑思考点之后,便不难发现周庆荣对散文诗思想性的珍视,以及他为发现"目标事物的本质"力促写作者"在场"介入的心理机制;而这恰恰是诗人从散文诗"供给侧"对中国诗学有所建构的重要表征。

按照朱自清先生《论诗学门径》中的观点,"所谓诗学,专指关于旧诗的理解与鉴赏而言"。的确,沿《文心雕龙》至《人间词话》一路捋来,虽然时有吉光片羽,却很少见到创作者从"供给侧"发出强劲的建设性声音,足见中国诗学与亚里士多德"诗学"、贺拉斯"诗艺"之不同。朱自清先生的见地,远脉可以溯至《论语》中的"诗可以兴,可以观,可以群,可以怨"。因此说孔子一语道破诗用,并不为过。这便令人油然想起鲁迅先生《摩罗诗力说》中的"诗力"一词。或以为"力说"当为一词,谓鲁迅先生在奋力言说"摩罗"(梵语音译,即浪漫派)诗。其实不然,鲁迅先生说的是"摩罗"诗的力量。由诗用说到诗力,可以更清晰地从"供给侧"见出周庆荣散文诗观对中国诗学的建构价值。《格物、及物、化物及其他》一文中清点出的两个逻辑思考点,均关涉诗用与诗力,且无一不是从散文诗"供给侧"发出的金石之声。

但是,问题可能不会止步于诗人周庆荣提出的散文诗观,反而会抵近他本人有没有作品实绩来支持自己的观点。恰恰是这一点让人很欣慰。因为周庆荣的散文诗作品不仅优秀,而且无一不是自身观点的佐证。当然,不可以简单套用诗人给出的方法论,并因以得出胶柱鼓瑟般的结论。权且看他在《山谷里的黑》中如何"及物":"不是黑暗包围了我,而是我打入了黑暗的内部。"再看他在《向藕致敬》中如何对藕"格物":"仅仅是藕吗?/是真正沉默在泥土下面的生命。/仅是藕孔?/是它们必须学会不被窒息的关于呼吸的哲学。"还可以看他在《沙漠上的烈士》中如何对胡杨"化物":"认真地活,勇敢地死,然后,自己是自己的碑!"

应该明确,周庆荣散文诗观中的"及物",只是态度和立场,"格物"才是方法和目的,而"化物"仅是手段和方向。所有这一切体现在散文诗写作中,都是需要特殊的艺术知觉的。

"所谓艺术知觉，就是对艺术品的表现性的知觉。"苏珊·朗格认为，它"表现性存在于每一件成功的艺术品之中"。周庆荣深知"散文诗是一种复杂的书写，是更加复杂和隐秘的诗"，却也没有试图隐晦自己的思想。以沙漠胡杨为例，当它以烈士墓碑的意象在诗人心中激起类似埃兹拉·庞德式的电光石火时，你不得不慨叹，诗人作为"写作主体本身的情感和知性的转换贯通"已经在瞬间完美达成，这便是一种令人惊讶的"艺术知觉"。再以诗人名篇《沉默的砖头》为例，来看文字形象是如何让散文诗从思想的无形化为艺术的有形。这篇作品当然不只在写砖与墙的关系，而是通过砖的沉默、"不说话、更不说过头的话"，通过"它们讲逻辑"来透析基础元素（砖）与集合体（墙）之间的力学关系、历史关系与意识形态关系。该作品如同荆棘一般刺痛你，让你知道痛感犹在，血肉之躯尚存，自己并未麻木。

此刻，对前文所述诗人为发现"目标事物的本质"力促写作者"在场"介入的心理机制，需要稍作思辨了。诚然，在我们看来，周庆荣散文诗观的灵魂，在于面对"目标事物"时诗人不仅强调作者"在场"，还力促其介入；即不仅"及物"，还要"格物"与"化物"。但是对"目标事物"介入的深度与强度，实际上取决于所"格"之"物"本身。有时候，对于某些"目标事物"，诗人甚至认为"旁观的力量大于直接介入"，即以不介入的方式"介入"。如在《正确的观鱼态度——观戴卫国画〈观鱼图〉》中，诗人便不无幽默地写道："观鱼者的责任是：不能在别的场合别的时刻隔岸观火；不能有把水搅浑之心。"唯其如此，才能真正"化物"，达至"主体创作时的一种率真和轻飏状态"。

放眼当代中外文坛，散文诗创作的心跳声依然清晰可闻。这是因为波德莱尔、泰戈尔、鲁迅、冰心、刘半农、耿林莽、灵焚、周庆荣、谢冕、邹岳汉以及"我们——北土城散文诗群"与散文诗创作界的不懈努力。此间，殊为可贵的是周庆荣用他的"宣言"式文本——《格物、及物、化物及其他》，让散文诗脉搏的跳动更加强劲。诸多诗刊如《诗潮》《诗林》等杂志纷纷力挺散文诗，或开辟专栏，或发表"小辑"，或组织评奖以示嘉许表彰，从而有力彰显了散文诗的思想与艺术魅力。这对今年年初逝世的耿林莽先生来说，相信是莫大的告慰。

行文至此，必须得说，一直在为散文诗前行"执灯而立"的诗人周庆荣，若从他 1984 年发表处女作《爱是一棵月亮树》算起，从事该体裁创作也已近四十年了。四十年来，他有远方，有理想，有温度，一路走来，佳作迭出，有诗集与译著十数种行世，并频频获奖，先后两度获"可可托海杯"年度评论奖、海峡·两岸桂冠诗人奖、年度十佳华语诗人奖、第 11 届中国·散文诗大奖、首届"创造杯"散文诗双年奖……作为散文诗界领军人物，早在 2009 年，他便与诗人灵焚等发起成立"我们——北土城散文诗群"，并多次精选优秀诗人作品结集成册，以坚守散文诗体裁的"诗性"审美。十年后的 2019 年，他在全国诗歌座谈会上作《时代的场景需要自觉的发现及我的散文诗创作观》发言，相信那是诗人散文诗观"宣言"级文本的先声。要而言之，《格物、及物、化物及其他》一文从散文诗"供给侧"的角度，有力地证明周庆荣为中国诗学突破朱自清先生界定的"理解与鉴赏"范畴，做出了当代的切实贡献。

始于诱惑，终于和解

诗集本不需要什么"导论"。谁敢贸然给诗集做"导论"？尤其是著名诗人的诗集。但是，当徐明德先生坚持让我为他即将付梓的新诗集《一只蝴蝶飞进地铁》做个"导论"时，我竟然爽快地答应下来，事后自己也感到匪夷所思。

何以爽快答应后又自感费解，先按下不表；待践诺完成"导论"任务后，再说。

诗集《一只蝴蝶飞进地铁》被诗人分为四辑，分别是"诱惑""石火""足音"和"山居"。它们构建了一个完整的意义链，显现了诗人从个体角度对于人类生存走向的深度忧患与思考。有意味的是，诗集取名首辑"诱惑"中的同名诗，可见徐明德本人对此诗意象生成的喻意是重视的，并且愿意用它来统摄全书旨归。

一只蝴蝶飞进地铁，"叮上少女衣衫的花朵/衣衫上的花朵无粉无香/它又叮上缤纷的手机屏幕"，大约缘于诱惑。此事至此一切真实。只是对于蝴蝶来说，由于真假难辨，业已身入险境。读者自然不难判断，此情此景依然是形而下的。但是，当诗人用一个略带悲悯的桥段表达心忧后，作品立即跃入形而上的层面："蝴蝶似的人群蜂拥而出／到处都是炫目的色彩／满眼都是虚假的花朵。"全诗至此戛然而止，令人意识到蝴蝶瞬间妙譬人群，原来人就是蝴蝶，正被飞速发展的现代文明诱惑；而置身其中的整个世界正走向风险重重的未知。蓦然回首，适才诗人表达心忧的那个桥段，也迅即成为对人类自以为是的优越感的自嘲或反讽。

如果说庄周梦蝶的彼此莫辨在这篇作品中收获了遥远回响，那么必须承认，人类已经错失了道家所谓人与自然和谐相处的本义，正滑向被科技文明反噬的险境。谓予不信，马斯克以及千名科学家在 ChatGPT-4 问世后半年为其"踩刹车"的倡议可以佐证。而徐明德先生早在 2010 年，已经用一只迷途的蝴蝶为人类敲响了警钟。

当然必须明确，《一只蝴蝶飞进地铁》从具象到抽象的蜕变，只是"导论"的产物。这篇作品的高明之处在于，它通篇都在用形象表意，并没有刻意做形而下至形而上的转换。所以，这也许正是"导论"的可恶之处：因为"误导"的风险可能随时存在。《苏南的村庄》不就曾被误读为乡村城镇化的礼赞而在许多大型朗诵会上诵读吗？殊不知该诗表达的恰恰是诗人对工业及后工业文明渐次粗暴终结农耕文明的无奈叹息。

现在，请瞩目发表在《诗刊》2009 年第 7 期并获该刊"优秀作品奖"的《苏南的村庄》；自然，它同样摆脱不了关键词

"诱惑"的浸润。受到徐明德先生本人偏爱的这篇作品,确为一首一唱三叹的好诗。乍看该诗,貌似在彰显苏南村庄近年来的变化,那正是乡村被城镇化"诱惑"的结果——柏油大道、鸣号的汽车、诱人的霓虹广告……无一不在具象展示该地业已富成"一块块流油的蛋糕"。然而,如果用诗人在作品中构建的"过去—现在—未来"的时间矩阵来观照,便会发现在过去的维度上,苏南村庄"像一只只温暖的鸟巢/静静地躺在大地的怀抱",且有"袅袅炊烟/缠绕在黄昏的树梢";田间是沙土小路,能听见"叮当的牛铃",稻麦如"海浪般起伏",河塘可见"鱼虾的嬉戏",村落可闻"鸡鸣狗叫"和"蛙鼓蝉噪",更不消说还有萤火虫提灯夜行……重要的是,由它们表征的文明形态,是江水绿、稻花香、渔火烧,是木鱼在"江南四百八十寺"里敲……而在现在的维度上,则是田园被柏油大道贯穿,任由汽车鸣笛聒噪;是"原野,被钢筋水泥的利刃"切割,蛙鼓蝉噪不见,黑暗无处躲藏,任由霓虹广告闪耀;是江水不绿、鸟雀难跃、木鱼化身鼠标……完全是工业文明以降的物化形态。那么在未来的维度中,后工业文明状态下,江南村庄又"该是怎样的容貌"?无从设想,无法预料……

按文本对《江南的村庄》作语义剖析,本不是鉴赏诗歌的最佳方式,完全是叙事学方法作祟的产物。因为就像用"钢筋水泥的利刃"粗暴切割江南田园一样,这种方法对感悟诗歌的情绪意境会造成肢解般的伤害。但是,诗人在诗中布下的时间矩阵又确实为认知作品提供了某些方便,并清晰地揭示出了诗人的情感向度——对过去的追怀、对当下的叹惋以及对未来的忧虑。读者深读细品,当会在首段中发现曾经"像一只只温暖的鸟巢/静静地躺在大地的怀抱"且"袅袅炊烟/缠绕在黄昏的树梢"的苏南村庄,是被"不再像"和"不再有"这样的动词性词组被动牵入的,此为一叹;即是说,本该温婉宁馨的田园画面入诗时却像牛被鼻环牵拽而来,虽不情愿,却又无助无奈。如此这般,首段便为作品铺就了一层叹惋的底色,并让这种情绪弥漫全诗。第二至六段是在今昔对比中彰显城镇化建设的所谓效应,但那不过是人为之甚,是人类近现代以来工业化与资本合谋的产物。第七段是全诗忧患意识抒发的顶点,因为曾经的江南村庄由于诸多"不再"而只能入书入纸入画甚至入梦,那么"明天/该是怎样的容貌"?是为二叹。最后看末段:"能不忆江南/何处忆江南?/哦,江南好/江南好……"说这样的吟哦为三叹,相信任何人都不会持有疑义,却极有可能会与诗人一样掩面长叹。

需要思辨的是,农耕文明究竟有什么好,以致总是让文人墨客眼里常含泪水?《苏南的村庄》表明,那是因为他们对人类爱得深沉。据诗人说,该诗部分诗句是江苏作家参观苏南途中由诗人赵恺和作家王振羽等共同创作而成,可见诗人之间共识多多。因为从大尺度时空来说,一方面农耕文明经过千年积淀,敬畏自然,讲究人与自然和谐相处,甚至追求天人合一化境;另一方面,历史进入工业及后工业文明不过几百年,却将地球环境搞到濒临崩坏,将人类不断物化并捆绑于欲望战车朝着未知狂奔,常人尚且细思极恐,敏感的诗人当然会要表达忧患。要而言之,农耕文明在人类集体无意识中早已演化为精神家园,断难贸然归零;况且人类不是无机物,仍是生态链中的一环,生态学家正在不断呼吁人类回归常识。南京大学社会学系从事环保研究的专家与教授们，十几年来一直把《苏南的村庄》作为干部培训教材引入课堂，确实不失为明智之举，也佐证了该诗思想与情感的力道。

流连"苏南的村庄"已经够久，让我们暂时揖别她来到苏北马陵山，看看徐明德怎样继续演绎"诱惑"。《醉眼读马陵》其一是《有眼难识马陵山》，诗人在书写该山"碧水抱青山／繁花掩山石"的魅惑后，直揭了庞涓未能识破"沟壑纵横 城府难测／犬牙交错 暗藏杀机"的马陵道诱惑而遗恨千年的真谛。其二《窑湾绿豆烧》更饶有意趣，写的是这种烧酒"喝到嘴里甜""摸在手上黏"的诱惑；但它"一如马陵山／满面秀色 暗藏杀机"。不过，徐明德先生给人们的劝慰却是"醉就醉吧／倒就倒吧／人生苦短／焉能时时理智？"这组诗两首互映看似矛盾，实则互补：庞涓嫉贤失智，只能饮恨；而友人之间对酌，已无须心计。

当然，在人类演进（诗人对此处的"演进"一词想必未必能够认同）过程中，各种"诱惑"无处不在，而最令徐明德感到忧虑的，莫过于所谓现代化给人类的"诱惑"了。在诗人眼睛里，鳞次栉比的高楼是插入大地母亲怀里的"芒刺"（《芒刺》）；君临都市、俯瞰大地时感到的是"烦躁不安"，看到的是"欲望蒸腾"，只因视野里失去了田野和森林（《80层楼上的俯瞰》）。这不禁令我想起三十年前拜访徐府时，见主人用木板装饰了几乎所有水泥墙体，听到的解释是"比钢筋水泥来，人最亲近的还是树木"。所以当我们看到诗人用《大地的忧郁》来为首辑压卷，便无法不为诗人的忧患意识动容。

然而，徐明德先生虽然心怀忧患，并非只会叹息。作为军人出身的诗人，他作品中的哲思时常发出强光，如电光石火般击穿长空、照亮浊世。这也许是诗人将第二辑命名为"石火"的心理动因。"石火"的旨归有四个维度：一是以讴歌英烈、礼赞先贤来彰显情感向度，如《英烈辞》（三首）和《李香君妆楼》。二是告诫人类警惕历史阴魂借尸还魂把世界重新拖入灾难（《蘑菇云》）；因为诗人"痛彻骨髓"于侵略者挑起婴儿的刺刀和中东小姑娘为随时玉碎而挂上脖颈的手雷（《不忍打开的惨痛》）。三是对现代化进程发出科技向善的规劝，皆因人类被"一只鼠标／搅得世界异常烦躁"（《鼠标》）；而挂上树梢的塑料袋不啻"一条条白色的幡"，更疑似"招魂"或"哭丧"（《幡》）。但是诗人虽然拒斥科技垃圾，却并非绝望一族，仍在表达祈愿："发明造纸术的后代／大脑里依然生长柔软的藤蔓／／或许有一天／藤蔓的柔软／最终能分解溶化／这个坚硬的世界"（《重金属与纸》）。四是对历史与现实生活的思悟或警策，如《江南贡院》《酒宴》等作品，都令人吟罢掩卷，良久沉思。

第三辑"足音"，书写的则是徐明德的"大我"情怀。诗人在军旅生涯中曾写下《我站了一千公里》等代表性作品，在那篇令公刘先生激赏的名作中，"战士诗人"为解妇孺之困而选择了永恒的"站立"军姿。而第三辑呈现的，却是徐明德作为诗人行走时的"足音"——那正是诗歌给予探索步履的回声。该辑中有诗人走进汶川为"5·12大地震"实时挥就的《生命的色彩》——给解民于倒悬的"橘红""草绿""天蓝"与"洁白"等色彩的颂词；有震后一周年重入灾区，用组诗《把和谐留给川西》书写的弯曲的河流、低垂的星星和因眷恋而流连震址的爷爷，读后令人感动到泪目。因为诗里有诗人倾情表达的对生命的珍惜、对大爱的礼赞、对亲情的眷顾和对自然的敬畏。走出汶川，诗人的足迹可谓遍布大江南北甚至古今中外——或马来西亚，或西夏王陵，或虞姬故乡，或幕府山，或柴米河，或开山岛……但无论走到哪里，诗人都踏雪有痕，或咏叹自然，或吟哦历史，或沉思生命，或眷恋故土，或称颂人间烟火，或礼赞大国重器……甚至一个哨所、一辆平板车都会让诗人抒喉高歌，只因哨所里的一对夫妻能够寓非凡于平凡，在天海间铸国魂；拉车的众姐妹能够示壮举于琐屑，未以善小而不为。

诗集第四辑被冠名"山居"，此题虽出自该辑同名诗，说来也事出有因：在意义链上，它恰好构成了对前三辑作品的价值缩结。因为无论徐明德对现代科技的失控状态如何忧虑，对历史与现实中的沉疴如何痛疾，最终也只能披发行吟，化剑为诗。然而大江歌罢，挥斥方遒，社会依然拜金，物欲仍在横流。不知读者在第一辑中看到《苏南的村庄》中的无奈叹息，到第三辑《柴米河》中对"梦里的一湾净水，心中的一条圣河"那跨越时空的忧虑，是否感到诗集的意义链已经草蛇灰线地通向了诗人晚年"山居"的理念？

不过在我们把目光投向"山居"之前，必须得说，前三辑作品业已表明，徐明德作为军人，他战斗过；作为诗人，他歌唱过，而且歌喉从来没有，也"永远不会沙哑"。这是问题的一个方面。问题的另一个方面，是人的精神世界原本多维，有金戈铁马，也有儿女情长；有穷年忧黎元，也有采菊东篱下……在这个意义上，开辟新的诗歌向度，对于诗人来说不仅是必要的，而且是可喜的。因为田园不仅是个人情怀的一维，更是人类世界的一维。问题的区分度仅仅在于：徐明德的"山居"生活，是精神层面的还是现实层面的？有趣的是，答案是后者；只是前者被他成功"逆袭"，从而达成了本辑"山居"的冠名。

在徐明德看来，田园固在，山居可期。他退休后真的在离六朝古都不远的邻省山湖间置业买房，开辟菜园，过起了"归去来兮"的陶潜式生活。翻开"山居"，读者会发现这也许是徐明德新诗集中最有意趣的诗作了，形式摇曳多姿，内容姹紫嫣红：他赋予畦中时蔬以歌喉，策动林间云雾来绕梁；让膝下顽孙登山犁雪，看结发妻子身后撒豆；呵护株株蔬果的生命，尊重每朵花开的尊严；探究人类与大地的依存矩阵，重铸精神与自然的文字关系……读者当会蓦然发现，该辑除《我的菜园我的歌》外，诗风似乎为之一变：前三辑中自由体诗如长江大河般的汪洋恣肆（当然，某些作品也许源于朗诵体式需求）不见了，举重若轻的奇谲句式（如《有眼难识马陵山》："沂蒙山脉一伸腿／脚，便蹬到骆马湖底"；再如《芒刺》："一幢又一幢高楼／如一根又一根芒刺／硬硬地插入／大地的肌肤"）也不见了。取而代之的是四言古风、五七律言乃至楹联式，似有汉魏风骨附体，犹如晋唐诗风加持。

五言古风《山居》被冠以辑名，自然是其中的代表性作品，它既是诗人心迹写照，又有庭院实迹支撑，可谓妙语连珠，出典频仍。再看此辑中的楹联，诗人在庭院种了几株黑松，又因锄禾日当午而面如重枣，便得句"黑松黑面老不死"；他年逾古稀满头华发，又缘热情好客会须一饮，又得句"白发白酒少年狂"。他属牛，园里前面开墒；老伴属兔，跟在身后点豆：遂得句"老牛犁春春来早，玉兔撒豆豆成金"。他在厨房砌了个土灶，支起一口大锅，用湖水煮饺子、蒸馒头，更得句"笼屉蒸日月／铁釜煮山川"……这些富含奇思妙趣的诗句，幽默、率性、达观，绝非吉光片羽，而是俯拾即是，令人读后会心，击节称赏。

当然与此同时，过着"山居"生活的徐明德作品写得少了，甚至到了惜墨如金的地步，自谦"老来知笔重"以致"不敢轻言诗"。其实，诗人并非不再对社会律动"感时花溅泪"，亦非不再为人际去留"恨别鸟惊心"，而是更注重精神颖悟，应手必先得心，从而进入了一种禅境或哲思状态，若用他自己的楹联描述，可谓"身如织机穿梭／心似静鸭浮水"。

行文至此，是时候对这本诗集四辑作品何以构成完整的意义链作个说明了。首辑可以认为思考的是个体面对现实存在"诱惑"的风险；第二辑表现的显然是个体面对现实存在的如"石火"般的应激；第三辑展现的应该是个体面对现实存在的探索"足音"；最后一辑，表达的大约是个体面对现实的"山居"式和解。它可能涵盖个人的一生，也可能涵蕴人类的历史——这当然需要人类的自省与自警。

在完成上面的文字后，我想腾出一点篇幅来说说何以爽快答应徐明德先生写这篇"导论"后又自感莽撞。此事的令人费解之处，在于徐明德先生本是我的文学引路人，自二十世纪八十年代初走上文学创作道路，我既受他影响，又蒙他垂顾。作为中国人民解放军"新八家"诗人之一，当时他在诗坛的名气已经很大:《解放军报》曾发过他的专访,称赞他是"战士诗人";他的代表作《我站了一千公里》和《祖国,我没有学历》等作品,早已享誉大江南北。公刘先生甚至视他为忘年之交,亲自在《解放军文艺》撰写评论推介他的作品。徐明德转业后来到江苏省作家协会,先在《雨花》杂志做编辑,后在省作协办公室做副主任,继而在创联部做主任,最终在《扬子江诗刊》做了执行主编。此间他佳作不断,获奖频繁,让诗界前辈贺敬之先生对他赞赏有加,同侪赵恺先生对他推重备至,文学史家董健先生更是从学界高度评价他的诗学观念。就是这样一位文学师长,忽然一日嘱我为他的新诗集"导论",令我答应之后无法不汗流发背浃衣。

但是,即使惶恐,我也在细思自己迅即应承的原因。徐明德先生比我大十岁,在我心里一直处于亦兄亦父的位置。他生性乐观开朗,热情善良,睿智豁达,向来拿得起、放得下、想得透、看得开。他与家父关系甚笃,彼此引为同道,有点类似我与他的关系。也许父兄之命不可违也,才是我立即答应写下这篇"导论"的心曲;又或许继续提携后进,才是他嘱我作文的初衷。倘若如此,那么,上面的"导论"就算是我向先生交上的一份答卷,同时也祈愿读者可以接受这篇拙文。

诗人的"说话"方式

诗人孔灏，为他在《诗刊》上所发的组诗冠名为"小情怀"，并约我撰写当期评论。"小情怀"组诗有 16 首，可命名却有点怪怪的，为什么叫"小情怀"？诗人的"创作谈"或许可以解疑释惑。但我感觉，组诗中《会有很多理由让我们记住很多事》里的某些诗句，还是谨慎地透露出了他试图与当下宏大叙事对峙的意思，并且显现了可爱的自信。而诗人《长相思》中的自嘲况味，显然更接近"小情怀"题旨。因为情怀，首先是个人化的，其大小并不关乎价值判断，更多的是审美判断。其次，情怀的主体性规定了它只能是一己的；而与之对应的客体，则可以很多：恋人、亲族、师友、同胞、祖国，乃至人类、自然……这样也就不难感知，面对喧嚣的尘世，孔灏的"小情怀"确是"比欲望更加清晰的大自在"。深入体察，读者会发现，组诗中的作品大多是恋人情感的诗意表达。

按孔灏的理解，"诗歌就是好好说话"。那么，汉语诗歌的话语方式，在他这里，便是"说话"的方式了。而诗歌怎样"说话"才算"好好说话"？诗人自己又是怎么"好好说话"的？他的"说话"方式，对于当下的汉语诗歌又意味着什么？寻找答案的路径，也许就隐现在《小情怀》里。只是，在对组诗探幽入微的时候，我告诫自己不去触碰它的主题系统，只小心翼翼地探寻诗人的"说话"方式。

首先，我感觉，《小情怀》中的许多作品，打通了中国古典意境、意象、音律与现代诗歌情愫和形式之间的壁垒，使中国古典诗歌的精神得以有效传承；也可以说，组诗在"说话"时熔铸了深厚的古典意境。在《从此醉》《长相思》《风吹》和《前朝月》等恋人因故别离后相思、相忆、守望、祈祷、孤寂甚至买醉的诸多诗篇里，你能体会到诗人有中国诗歌源远流长的后援，你会感觉《诗经》、汉乐府、唐诗、宋词的意象在暗香浮动；你能体察李白、杜甫、张九龄、杜牧、孟浩然、刘禹锡、苏轼、辛弃疾、柳永、姜夔、元稹，甚至海子的情绪随风潜入；你能聆听到"小雅"或四言诗音律随古风吹拂到诗人作品里的风铃声。如果我没有搞错，《小情怀》差不多笔笔有出处；如果我没有搞错，它们笔笔都出自孔灏。正像博尔赫斯所说："事实是每一位作家创造了他自己的先驱者。"可以认为，是孔灏创造了他自己的传统和先驱，才给我们带来了可资识别的视网膜效应。需要辨析的是，诗人这种"说话"方式，与传统意义的"用典"不同。"用典"往往是用典故佐证或类比，而孔灏则把中国古典诗歌意象作为抒情元素加以变幻与再造，使每篇里照耀在自己作品中的"太阳"都是新的。正如"希腊神话不仅是希腊艺术的武库，而且是它的土壤"一样,源远流长的中国古典诗歌便是诗人孔灏的武库和土壤。水土肥沃的中国诗歌,土壤固在,孔灏的诗歌生于斯、长于斯,令人欣慰地传承了中国古典诗歌的精神。

其次,《小情怀》在"说话"时链接了显在的现代意识。现代意识,并非生活在现代,就自然自明与自备。但你会看到,虽然诗人作品的根系已经伸进了中国诗歌的古典土壤,但其诗歌生长出来的,依然是繁茂的现代枝叶:《从此醉》里,有现代时空观与相对论;《风吹》和《其实》中,要么关乎佛教轮回,要么显现了现代人对自我难以确证、身份无法认同的困惑;《把你的笑声比做银铃》除却轻松、俏皮地嫁接了网络中的无厘头语汇,还旁及了现代人精神与人格的分离。当然,此外,诗人的《长相思》和《喜欢在喧嚣之中保持沉默》等作品,更有机融入了现代科技语汇,读起来感觉并不"夹生",顺带把当年困扰胡适先生的问题解决掉了。上个世纪初始年代,胡适先生为了与古典意象相匹配,将"飞机"嵌入自由体诗歌时,硬说成"大铁鸟",令人为之惋惜了近百年。与此同时,必须承认,《小情怀》中能够离析出的滚滚红尘中的民歌与民俗元素,表征现代生活已经如阳光、空气和水分一样,以全息方式注入了孔灏的作品。

最终,《小情怀》在"说话"时,呈现了诗人鲜明的风格特征,这便是孔灏在"创作谈"中所说的"耳语"和"悄悄话"。"创作谈"中告诉我们:"小情怀的诗歌就是好好地悄悄说话,就是好好地耳语。""悄悄话"与"耳语"的方式,或许可以从以下四个层面来认识。其一,是轻轻地说,是耳语,是喁喁情话。《远方》和《会有很多理由让我们记住很多事》,让我们细微体察了诗人如何浅浅地触碰人性中最柔软的部位。其二,是睿智地说。《不在你身边的秋天》和《把你的笑声比做银铃》中的诗句,让我们对诗人善意的机智无法不会心一笑。其三,是幽默地说。《喜欢在喧嚣之中保持沉默》和《前朝月》,使我们在辛弃疾《西江月·遣兴》之外,对恋人百味杂陈的醉态有了真正富有诗意的认知。最后,诗人在组诗中巧妙布设了许多密码,诸如"那谁""那场微雨""旧长椅"以及"十七楼的阳台"等,不仅是诗歌情愫生成的基础,也给了读者以充分的阅读与省察信赖,正所谓"你懂的"。这些"说话"方式,铸成了孔灏"好好说话"的风格特征,让我们想起科林伍德的一个极端说法:"艺术家力图做的事情是表现一个特定的情感。表现情感和把情感表现好是同一个事情,把情感表现坏了并不是一种表现情感的方式,而是没有表现情感。"这与诗人秉持的诗歌观点异曲同工。如果孔灏的"诗歌就是好好说话",可以理解为只有"好好说话"才能恰好地表现情感;反之,如果把情感表现坏了,即意味着没有"好好说话",也即没有表现情感,便不会是好诗,完全顺理成章。

汉语优异,汉诗优美,在很大程度上赖于写诗"就是好好说话"。在这个意义上,孔灏的《小情怀》带给诗坛的,除却情怀的大小之辨,理应还有"说话"的诸多方式。我知道为诗人做诗评,是一种冒险。因为在《小情怀》面前,任何说辞都有可能成为霜打的茄子。但愿孔灏《小情怀》中的奇妙创造不被拙文萦扰,款款走向深爱汉语、钟情汉诗的读者。

终极关怀的三个界面

虽然我们知道,人作为被认知与表现的客体,并不外在于主体,而是内植于主体之内,但是,人能否同时获得一种视角,即从外面来审视自己,认识自己,表达自己,并且不失激情与理性,这的确是一个问题。蔡骥鸣以他的诗歌探索成果表明,这种关系的形成,不仅是可能的,而且其界面可以是多元的:人与自我、人与人、人与自然所构成的终极关系,显示为一个涵蕴丰富的矩阵,在当代诗坛注视着我们。

第一个界面,是人与自我的关系。诗人把其表达为披枷戴锁、抗拒孤独。在蔡骥鸣诗歌中,人与自我的关系,常常表现为对于命运的思索。命运是宏大主题,但诗人并不取宏大叙事角度,不选择神话或英雄范式,而恰恰选取现代社会中并不引人注目的角色,比如说,秘书。秘书们著作等身,但他们往往是"大马虎",行文后"忘记"署名;又是"小谨慎",行文时如走"在悬崖边的小径"(《秘书生涯》)。他们的快乐是有限的,调侃式的；他们的命运却是悲剧性的，形同"木乃伊"，徒具人形，没有生命迹象。在诗人笔下，秘书成了曲柄，任由别人画圆；成了拐杖，即使走路，也走不出别人的手掌。诗人在《生日》中，也表达过类似的感慨："最起码的自由／都无法实现。"作为诗歌形象，秘书是形而下的，但蔡骥鸣从秘书的不甘来关照人的命运，便趋向于形而上了，因为按照卢梭的说法："人是生而自由的，但却无往不在枷锁之中。"秘书作为"曲柄"与"拐杖"，都已不是简单的喻体，而是诗人对人类的某种命运抽象后又还以具象的结果。《诗人与酒》，则是蔡骥鸣对于人的另一种命运的深入思索。就表象而言，诗人作为角色，魏晋以降，行状狂放不羁，几乎与酒同质，可以达致物我两忘或两宜的境界；但是，作品告诉我们，那不仅是一种"错乱"状态，实际上也是一种"不能自已"的状态。这样，在蔡骥鸣的诗歌视野中，诗人的命运就与秘书命运在两极之间相反相成，殊途同归，构成了人类命运的一幅太极图。

为什么狂放如酒，本质上仍然与曲柄或拐杖趋同，这源于蔡骥鸣对于人类命运的一种终极性认知。诗人在《悲剧的生存》中，以宇宙大爆炸取譬，将人类生命的本源、诞生、存在状态及其归宿，作了双重界定。情感上，人类日趋远离本心而又不能自已，"想抚摸一下心脏／重新找回自我／已不太可能"，确实让人扼腕唏嘘；理性上，周而复始、真假莫辨的人类轨迹指向的终极目标，却是生命的最终消失，又令人必须接受。正是由于这样的理性认知，诗人在《生日》中不无悲愤地直抒胸臆："人是个没意思的东西"，为稻粱谋，不过是像河里游鱼面对钩上鱼饵；摆脱被钓的命运，只能靠运气。运气是什么？诗人在《无题》中告诉我们，"天气和命运一样／只是一个随机过程／明天是晴是阴，一切／掌握在抽签人的手里"。这种对于命运的顿悟，由小人物而及于渺小的人类，在诗人笔下"像一张纸／薄得透亮／轻轻一戳就破了"。

　　由于蔡骥鸣诗歌的后援意识中更多的是现代科技理论诸范式，因此当他将自己对于人类命运的思考诉诸笔端时，不仅视界是开阔的，而且表现出一种冷酷的逻辑力量。《孤独是一种物质形态》，在诗人思考人类命运的作品序列中，是最有分量的篇什。在他看来，人在特定时空中的生灭过程，是随机的；但人类在大尺度宇宙中的存在与毁灭过程，又表现出必然性。从这个角度也可以说，人类的存在过程是一个"个案"、孤例，所以，人类的孤独感，既是个体的人对于主体与客体之间关系的感觉与认知，也是人类自身在宇宙中存在的真相。作为一种主观体察，人们可以感觉孤独；但它看不见，摸不着，在表达上就具有了难度和挑战性。蔡骥鸣赢得了挑战。他以反证入笔，首先确认孤独是一种物质形态，而后从温度、质量、色泽、形状和感觉等五个方面来界定或描述它，使孤独成为看得见、摸得着的"物质"。饶有意味的是，诗人对孤独五方面属性的认知，几乎都是负面的，这样，应付甚至抗拒孤独，在诗人笔下就有了拖曳而至的历史感，演绎出诸多悲喜剧。作品以一种高度的辩证理性启示我们，如影随形的孤独，"像一个事物的阴阳两个面／谁也无法舍弃"，于人类乃是宿命，抗拒的结果只能是抗拒者"最后淡化成一颗遥远的星"。

第二个界面是人与人的关系。诗人表达为忧惧隐痛，乃至永失所爱。在人与自我关系的界面，蔡骥鸣审视了人的主格与宾格之间的矛盾，从而透析出人的悲剧性命运。而在人与人关系的界面，诗人着墨最多、开掘最深的，是表现两性情感的作品。古往今来，两性之间，聚散其表，爱恨其里，可谓云蒸霞蔚，气象万千。在涉人蔡骥鸣这一领域的作品时，诗人有一首题为《红酒，慢慢地品》的诗歌，应先稍作辨析。因为这首诗在观照题旨时所构建的向度，呈现出一种颇有深味的序列性：红酒被红唇品鉴，红唇品鉴红酒的同时被"我"品鉴，"我"对红唇品鉴红酒的品鉴，最终被读者品鉴。在这个品鉴的矩阵中，有一个外聚焦的角度，意味深长，即男性文化本位的角度。正是在男性视界里，红酒的优雅与女性的细腻，才会在品质上融为一体，从而谨慎地透露出诗人对于异性探幽入微的蠡测与猜度。在这种蠡测与猜度中，诗人对两性情感迷宫所作的探索，就变得多维而又非同寻常了。

以爱情为主要表征的两性情感，之所以能够成为文学艺术的永恒母题，在我看来，大多缘于爱而不得其爱。如果爱得其爱，必然止步于婚姻——"他们组成家庭，过上了幸福的生活"，这是童话常有的结局。而"幸福的家庭"，托尔斯泰告诉我们，其生活"是相似的"，作家与诗人开始失去创造激情，想象力已经没有用武之地。因此，蔡骥鸣在诗歌中探索的两性情感，要么是跋涉在婚姻之前，要么是徘徊在婚姻之外。这样，我们也就不难理解，为什么诗人为两性情感刷上的基本色调，是忧惧和隐痛了。《把一颗心放到另一颗心里》，或许可以理解为诗人爱情观的写照：唯有两心相印，才能相谐，确为至理；但细察之后，你会发现作品的重心不在这里，而是爱情需要呵护与培植，因为"稍有不慎就会碰伤或感染／最后大面积地坏死"，由此表达的是诗人对爱情的敏感与脆弱不绝如缕的忧虑。有时候，不只忧虑，更近于恐惧："我悲哀地想起了你／巨大的恐怖／正在把我包围／这真是一个危险的游戏。"（《在高空缆车中思想爱情》）爱情使人命悬一线，爱情也会制造出"累累的尸骨"（《爱情是一场漂流》），无法不令人忧惧。但是，蔡骥鸣抒写忧惧，不是为了劝诫裹足，恰恰是为了与裴多菲构成遥远的呼应，向读者展示为领略爱情风光置生死于度外的惊心动魄的现象。爱情的形同漂流、使人甘冒风险，在诗人看来，这既缘于迪奥尼索斯解放生命的酒神精神，还因为无爱的生命，无异于"行尸走肉"。

除了对于爱的忧惧，诗人作品传递的要义，还有爱而不得其爱的隐痛。《矜持是爱情的杀手》，是诗人表现两性关系的上乘佳作。文本上，蔡骥鸣将读者关注的重心引向喻体——两只暖水瓶，它们包裹很严，内里温度尽管临界沸点，但却因为彼此间"一厘米的距离"，在等待中"一点点的凉下去"；"希望"中的"意外"爆炸，最终没有发生。虽然作品理念被诗人在题中一语道破，但诗歌通篇却节制有度；对于事物肌理的敏感发现，准确涵盖了作品所要表达的情感理念，两者形成了一种令人击节的天然契合。有时候，"爱情的杀手"不只是矜持，还有命运的交错："既然已经错过月的中秋／谁还指望再度重圆。"（《半个月亮》）这里，不妨"花开两朵，各表一枝"。先来看看难以"再度重圆"的心态，为诗人表现两性情感的纠结提供了怎样的背景。《你不是我的主妇》借助心理上的错位，将痛失伉俪缘分的酸楚，表现得令人感喟不已："我"十年前的恋人，已经嫁为人妇，出于一片真情，盛宴款待于"我"；而恰恰是宴席的丰盛与精美，反而令"我"心痛，因为"你不是我的主妇"。抒情主人公的深爱，是用怨的方式来表达的，爱的排他性被表现得淋漓尽致。其次，来看"错过月的中秋"之后，两性重逢命运又会如何："两只羊一样命运的男人和女人，皮毛般的性格曾逗引了多少狼群呀！"在这首题为《重逢》的寓言式作品中，蔡骥鸣以疾风般的长句，抒写了一段男女主人公由重逢而狂欢，由狂欢而被觊觎，终至离别，复归于寂静的童话，见出了诗人汪洋恣肆的激情与不失理性的思考。诗人认为，在道德羁绊和狼顾虎视的世俗环境里，爱得其爱，简直就像高原想靠近雪山一样无望（《你说，不要哭》）；爱而不得其爱，却呈现出一种必然性。

既然爱如两山相峙，难以走到一起来，接下来便只有思念与守望了。这一脉作品，诗人写得尤为摇曳多姿。《半个月亮》重拾月亮圆缺反照人间悲欢的经典原型，开掘出月亮不圆、人亦可圆的意念——"只要各自珍藏一半的月亮／心里总会洒满／月的光辉"。这首诗，称得上"两情若是久长时，又岂在朝朝暮暮"的现代版，而"守着半个月亮／就足以让人了望一生"，无疑使全诗走出了苏轼的祈愿式窠臼，延展了中国美学精神里望月思人的理念。望月思人，重心在思，属于精神层面的东西。在诗人笔下，精神层面的东西可以静谧如月，也可以如洪水滔天、暴雨倾盆（《如果不想你，我就无所事事》）。属性对立的意象，虽然处于两极，却可以统一于诗人的形象体系中。不惟形象，意念也是如此。守望是苦涩的："脚下的土变成了沙漠／眼泪流进心里"；但这种等待同时也是幸福和美丽的："心中就有充沛的雨水／滋养出绿油油的果树"(《守株待兔》)。等待的指向和守望的对象，如果不是像"戈多"一般模糊不清，那么，其行为本身虽令"人比黄花瘦"，却也可以衍生出许多有意义的变体；而如果不等待，人就只有"脑满肠肥，泯然行尸"了(《你没有来，而我依旧等你》)。等与不等，不仅是生命历程的不同形式，也是生命存在的高下区别。这样，《庄子》中"常存抱柱信"的意念延绵千年而来，在等待与守望中，又被诗人皴擦出一种情感与理性的辩证色彩。

第三个界面是人与自然的关系。诗人理解为互为因果、相生相克。人存天地间所构成的终极关系，除了人与自我、人与人，第三个界面，便是人与自然的关系。这一界面，在中国传统文化中，已经生成了若干经典范式。蔡骥鸣的诗歌，无意在旧有领域盘桓，诸如怡情山水、天人合一之类，而是直取生态理念来表达自己的忧患意识，以此接通古训，警戒当代。

在《高温随想》中，蔡骥鸣出人意表地放弃了寓言式思维，或许缘于酷热的难耐。作品所表达的对于高温的愤懑，其程度堪比《尚书·汤誓》中"时日曷丧，予及汝皆亡"的咒语；而诗人的想象力更进一步，不只"皆亡"，而是临死也要"掉转箭头／射死那些放出太阳的人"！沿着这种不满于后羿作为的"随想"，人们也许会联想到杞人。在国人的集体无意识里，"杞人忧天"是可笑的。而两千多年后的现在，"天空其实早已决堤"(《暴雨随想》)，反证了可笑的未必是杞人，倒可能是那些讥笑杞人的人。从这个角度来看诗人的《暴雨随想》，会觉得作品写得更有层次和机趣：一方面，天空本来为空，终将为空；另一方面，人类给予天空什么，天空便会还回什么。这种对于天空之"空"的辩证认识，揭示了人与自然之间因果相生的关系，从而印证了《尚书·太甲》所谓"天作孽，犹可违；自作孽，不可逭"的古训。对于那些"扬言人定胜天的"人，诗人深感忧虑，知道他们"扮演了不光彩的角色"（《沙漠》）：正是人类的无度妄为，使得"五十年或一百年的南方 / 养成的冬日性格就这样被改变了 / 夏天的时候我们就遇到过这样的事 / 谁知道下一个春天或秋天 / 会不会也乖戾无常"（《2008 年的第一场雪》）。当一年四季都有可能"乖戾无常"的时候，高温、暴雨和"三千里的大雪"所带来的一系列社会学困境，无法不使诗人愤怒地表达出关于自然生态的忧患。事实上，在诗人看来，自然不是无机物，而是具有真实生命的客体。它需要的是尊重，不是君临，更不是坑蒙拐骗。《沙漠》告诉我们："沙子和水原是一对夫妻 / 他们的恩爱结出了绿油油的后代"，正是人类的离间和诱拐，才使沙子与水闹翻，让"绿油油的后代"匿迹；所谓大自然的沙漠化，不过是"沙子鳏居 / 把孤独和郁闷漫溢到 / 一望无际的地步"而已。必须承认，这是当代诗坛对于自然生态变异现象最为生动的表达。

当然，在蔡骥鸣抒写的人与自然的关系中，《春天随感》属于"另类"，进入了王国维所谓"有我之境"。众所周知，一年四季中，人类的最爱，莫过于春。然而，诗人笔下的春天，却令人隐隐感伤，因为她来得快，去得疾，稍纵即逝。不仅如此，《春天随感》里的四季，也仿佛被作了加减乘除和重新组合，在盈缩之间，折射出一种相互渗透的玄机——"带着不惑之秋看春天的美景／春天的飞白里透出几分秋意"，从而使全诗呈现出一种思辨色彩，审美意象中融合了诗人诸多生命的体验与人生的感悟。

　　蔡骥鸣诗歌中关于人的三个界面的探寻，时或交融，在终极意义上，体现了对于人本体及其命运的思考，在当代诗坛影响渐著，并开始形成自身的风格。他的诗歌率真，理性；取譬成意，富有激情；不事矫饰，直抒胸臆。诗人在物象、意象与象征之间，转换自如；常常于幽微细致处，曲尽其妙。内在结构，讲究起承转合；情感理性，注重双向构建。虽然偶尔用典，诗人却不掉书袋；他还敢将"QQ""东东"等网络流行语入诗，自然而然地糅入作品话语体系，读来时常令人会心。我也知道，从人与自我、人与人、人与自然三个角度探析蔡骥鸣的诗歌，是无法尽述诗人作品的蕴涵尤其是艺术探索的成就的。理论观照的任何切入角度，都意味着对审美客体的割爱、舍弃乃至牺牲。人不是上帝，无法获得全息视角。在这一点上，我同样逃不出蔡骥鸣对人自身局限性的探索、认知与界定。这是我，也是人的宿命。

"个体生命宇宙"的书写

桂花盛开的时候,我敬重的一位老师荐来麦阁的诗集《自我影像》。读罢"自序"后,我似乎明白了空气中馥郁氤氲的缘由,知道必须调整呼吸、抚平心情,才可以继续读诗;甚至意识到手中翻开的诗集,也要轻拿轻放才好。因为诗集所收的198首作品,宛如麦阁从诗的天空撒向世间的花瓣,缤纷的落英中有愁思,也有悲伤;有欣喜,也有感恩……可瓣瓣皆是诗人心香。

《自我影像》中的作品被诗人按照意群编为五辑,分别是"青草童年""旧信""飞驰的月亮""是否,这是爱……"和"自我影像"。五辑之间的关系,既不完全遵循时间的线性序列,逻辑上呈示的亦非递进或因果关系,而是诗人用五个维度构建的一个矩阵,俾使读者能够多角度观照作品的全息影像。不过通读《自我影像》后,我觉得有一个关键词有必要得到强调,那就是"旧信",因为它谨慎地透露出了诗人创作的心理生发机制,并且可能是打开《自我影像》这部诗集的密钥。

我很喜欢麦阁为自己的诗歌创造的"旧信"这个词,而《自我影像》也的确是一部复活少女记忆的诗集。"旧信"之所以剀切,是因为诗人的童年和少女时代从记忆中向她走来,宛如逝去的时光投递过来的一封封旧信,拆展开来,里面是长江中下游平原东氿湖边"那个微小的村落",诗人似乎听见"槐花"用"柔白而润亮"的小嘴唇告诉自己:那青青湖岸边,她的"童年还在"(《五月槐花》)。因此,《自我影像》大致可以视为诗人童年和少女时代记忆的产物。从表象来看,它们迹近泰戈尔的《新月集》《飞鸟集》和冰心的《繁星》《春水》风格,但是由于创作心理动因不同,便不是受他们影响的产物。说到影响,麦阁在"自序"中坦承她受意大利作家切萨雷·帕韦塞的启发更大一些。因为正是《月亮与篝火》中那句"昔日丰富而持久的秘密其实正是童年时的自己",唤醒了麦阁的诗歌创作,并为她注入了动力源。这样,才有了她对"江南之美、童年与少年、丰沛的植物、有关故乡人事的情感、个体生命的宇宙、对自然与生死的认识、对爱的体验、对时间与故乡沦丧的痛心与怀念"深情而灵动的书写。

现在,来具体谈谈麦阁的诗歌。前面说过,《自我影像》中的五辑作品实际上是用五个维度构成的一个矩阵,一个意群与旨归互映的矩阵。"青草童年"书写的是像青草一样自然而又秘密生长的童年,那里有貌似宫崎骏动画电影《龙猫》或《千与千寻》中那些可爱的"微物之神",甚至还有"不醒的种子"——它暂时是那样"宁静、完好/永远也没有生长的苦痛/也没有可能遭遇危险、幻灭";"旧信"是出人意表的唯一没有以同名诗作命名的小辑,是诗人为命名诗辑特意创造的一个词语,是往日时光投递过来的少女成长的片片珍贵记忆,它们从读者角度终结了"独自摘凤仙花的女孩/听到了河岸枣树下的一缕寂静/和自己的兴奋心跳"却"无人分享"的寂寞;"飞驰的月亮"既是换位和移情的产物,也可以说是成长速度的暗喻,如果人生即是一场旅行的话;"是否,这是爱……"书写的——我愿意用压倒谨慎的大胆来相信——是爱,当你轻盈和纯净地、几乎无来由地"向着一个地方,一个人"悸动、哭泣或歌唱;"自我影像"所书写的应该与一段伤痛有关,虽然诗人宁愿使用省略号来表达,但它关乎"个体生命的宇宙":"天蓝色的衣裙上/夜晚的星星银白开放",那样的意象,应该是一个十一岁少女在父亲去世后忧伤的心像……

　　我承认,这些按题解耦式的文字令自己也十分不满,因为它们对《自我影像》中的每一首诗都可能有误解,而误解会造成"误伤"。读诗是一种"胸有猛虎,细嗅蔷薇"的审美,而麦阁的作品是微妙的露珠,只能感应,不可触碰;是雾,是风,是时光本身,拒绝言说,不可方物。以诗人《逝去的所有时间……》为例,当你试图剖析这样的诗时,你会觉得自己几乎是在犯罪,因为少女已经轻声告诉你:"逝去的所有时间里都有叹息/都存有一位少女以及/她的村庄"。如果你已经读过她另外的作品,你会发现东氿湖畔"那微小的村落"生长着梨树和楝树,飞翔着白蝴蝶和红蜻蜓,黄昏后面是月光,一位少女充满樟脑味道的童年正行走在消逝中,那正是她在"自序"里所说的"对时间与故乡沦丧的痛心与怀念";而且,回到《逝去的所有时间……》里,少女正在分享给你她的"独自发现":"四月的油菜花丛住满小小的神 / 这些花蕾的众神 // 年年打着小鼓 / 护佑少女成长"。这样的诗句如此纯净和明晰,是一位少女在忧伤中感恩,在感恩中向上,且"不相信凋零",还需要谁来分剖和解析吗?所以,面对麦阁的诗歌,我很厌恶自己是一个评论者,这情形像极了当你走入一片花海正打算凝神沉浸时,身边忽然冒出一个植物学家,告诉你眼前花海里每朵花的拉丁语名称、植物的科属甚至花谢的周期;或当你仰望中秋满月正在畅想嫦娥、玉兔和桂花树时,一位天文学家在耳畔理性地向你指出那里除了岩石、沙砾和尘土外,什么都没有,甚至风。那时那刻,你除了愤怒无语,或出离愤怒后的叹息,还会有别的反应吗?事实上麦阁的诗歌并不远人,在对她用198首诗歌描绘的诗的星空的凝望中,你一定会一次次感动、感念、感悟甚至治愈。麦阁的诗歌语言有令人惊讶的灵动、纯净和幽妙,只需要平心静读、沉浸其间,你一定会立刻被感染,感应和感受到诗人那独特的"个体生命的宇宙"在逝去的时光中业已如何微妙地演化过;她在诗作中曾经数十次使用"寂静""寂寥""寂寞""沉寂""静默""沉默""缄默"等词语,相信那正是"个体生命的宇宙"演化过程的真实状态,就中充满了令人感喟的瞬间与永恒。

最后,我想就"个体生命的宇宙"再说几句。"个体生命的宇宙"是诗人在"自序"中提到的一个令我怦然心动的词组。众所周知,中国诗歌进入新世纪后,前行轨迹中有一脉摆脱了与社会进程黏滞过紧的关系,更多地走向了自我,走向了个体生命体验的向度。这一脉作品注重个人或自我对外界的感知与体验,看重生命的记忆和表达；不再刻意追求"小我"与"大我"的互喻，而是沿着个体生命的向度深耕细耘、以小博大，最终以惟真实、去矫饰拓开了诗歌创作的新维度。麦阁的诗歌当属此脉，但走的绝不是残酷青春或春愁闺怨路线。作家张炜认为："麦阁心里一直藏着一个属于自己的世界，这个世界独特而寂静，秘密深藏。某种不易察觉的洞察力、最终找到的打开世界的方法，使一本书和一个人独自拥有。"这样的说法不仅适配《自我影像》，用来描述麦阁诗歌所表征的诗坛创作现象，也是富有见地的。个体生命对诗歌创作而言究竟如何重要，请允许我稍加辨析。诗人周庆荣曾说："在我活着的时候，我只能把自己与之外的一切之间画上等号。世界＝我＋我之外。"这既是一种写作姿态，也是一种创作观念。世界博大，但生命高贵，哪怕你是一株青草、一只白鸟或"一个弯腰除草的女人"；甚至一个"颜面普通／坐在喧闹车站长椅上的女人"，因为"她胸脯上的婴孩""满足、宁静、安详"，包括但不限于麦阁本人也"丝毫没有敢／小瞧她"（《母亲》）。如此一来，实际上必须承认，所有高贵的生命只能由个体（即"我"）来承载：说个体生命之"大"，可以"至大无外"，构成"个体生命的宇宙"；说个体生命之小，也可以"至小无内"，还原为"我"。因此是否可以这么说，对于诗人麦阁而言，"个体生命的宇宙"足以成为她创作的最初原点和最佳起点；当《自我影像》走向读者后，诗集中的198首作品也同样会以每位读者的个体生命作为最终落点和最佳归宿。

他就是时间应该有的样子

诗人孙夜让我为他的诗集《今夜把事物分开》写点文字，说是作为序或跋来使用。我答应后，才意识到这件事情的危险性。因为于读者，孙夜的诗我无须多说，爱的自然爱死；于作品，我说的已然滞后，它们早就是白纸上的黑字了。我能说说的，也许只有孙夜本人了——在诗集付梓前很多年，我和他就是朋友。这有可能帮助我脱险，如果读者开恩的话。

孙夜这个人，我得说，整个就是个诗的存在。换言之，他是以诗的方式出现在朋友间的：一是令人费解，或者叫耐读；二是他如诗一般涵蕴丰富，却很难确定那蕴涵是什么，就像神龙见首不见尾；三是知音不多，一如佳人难求，总在寻寻觅觅，却从不把"路漫漫其修远兮"放在心上；第四，放在心上的，永远是那些写不完的"个体"冥思……嗯，这差不多就是我的孙夜，朋友间的孙夜，我们大家的孙夜了。

现实中的孙夜，并不在现实里；或者说现实在他眼里不是现实,而是诗歌——他是用诗歌和现实发生关系的。现代诗人朱湘曾说,朋友、文章和性是他人生的三大主题。孙夜则认为,友情、诗歌和爱是他一生所重。他若能果腹,朋友定不会挨饿;他有心向诗,文字必耀如月辉;他如果示爱,异性应很难招架。因为诗歌,三十多年前他执教高校时,有个女生宁愿做他女友,女友后来成了未婚妻,未婚妻后来成了妻子,妻子后来成了前妻……盖因孙夜视界里极少人间烟火,常见的是"帝王的纽扣""落日的手指"或"可以背着行走的空房子"……他甚至执意要"把寒冷从雪里拿开",把"黑暗从疼痛中分离出来";即使"要专注地画蛇",也"只是为了添足"。你指望世间为人妻母者如何理解他?尽管他知道"牛羊要活下来/一生都要向草原低头",但当你"要走向纳兰的草原"时,却被要求"得先是一曲长调"。正是这些匪夷所思的执念,导致他蓦然回首时,只见到妻儿日渐淡远的背影;同时看见自己也像漂流的"一片黄叶子","特意准备的黄"对河流没构成任何意义。记得他婚礼时,我们一众朋友前往贺喜,在洞房里面、婚床上方,赫然看见的是等人尺幅的安格尔油画《大浴女》。那就是孙夜的画风,万丈红尘淹没不了他,他飞升起来,翱翔在精神的世界里,视野里只有艺术。这样的朋友的婚礼,让我们无法不酩酊大醉,以致错过了回程班车,在夜风里跋涉了三十多公里才回到老巢;其时,鸡们在星空下已经叫了三遍。

但是对于孙夜,我们永无怨言,只因他写出过《把我的烟斗拿来》这样的好诗,让你每读一遍,都会感动到泪目。他在南京师范大学读书时,我们还不认识;后来缘于诗歌,我们便"多年的朋友成兄弟"了。1986年,他让我到他任教的高校做文学讲座。那是冬季,雪下得很大,锦屏山下的一座高等学府里脚印杂沓,人狐莫辨,像极了孙夜笔下的诗行。讲座之后,不消说,便是煮酒论诗。当时的我们都是文学的"发烧友",自以为天下如帛,任由剪裁。在他任教的那座沿海城市,我一口气编了十二年文学杂志。某天他来到编辑部,拿出一组名为"蛙"的组诗(见集中《声之蛙》《逃遁之蛙》等)。诗中表达的人与自我、人与自然、人与现实的矩阵关系如何诡异且不说,单是其荒诞的剧情性,就足以令人惊艳。要知道当时"朦胧诗"还因为"朦胧"备受攻讦,只能倔强地隐忍着,更多诗人还在现实主义的泥淖中跋涉,直到"老木"编选的《新诗潮诗集》悄悄刊行。倘说当代"新诗潮"滥觞于那部1985年初的"未名湖丛书",未必会有人同意;但说它代表了中国诗歌精神的真正回归,却几乎没人反对。翻看诗集便可知道,当时引领诗坛风骚的是上册中的北岛、舒婷、顾城、江河、杨炼和芒克们;但浏览到下册的韩东、海子、于坚、摩萨、黑大春和梁小斌们,孙夜便会像"白狐"一样出没在他们中间。我这样说,是想为孙夜的诗歌寻找一个起点,作为诗人,他发轫于"新诗潮",写作的行为也在时间之内。

既然在时间之内,"新诗潮"自带的节奏,如质疑与批判的理性,反思与启蒙的使命感,是否与孙夜的作品如影随形?细察孙夜这部《今夜把事物分开》,似乎并不明显;反而是赵目珍所说的"个体"经验的传达,与自我意识的强调比较清晰。在这个意义上,孙夜的作品又像在时间之外。这便涉及对时间的基本认知。霍金说的"时间箭头",或许便于我们理解某些现象。但我还是很喜欢刘卫国为《新诗潮诗集》设计的"双封面"。封面与封底装帧的同一性，象征着事物的无前无后、无始无终。这种情形或许适配孙夜作品的考察，即当代中国诗歌的时间线在他的诗中呈现出某种空间性。如他写《我想要的房子》，折射的是人性与历史媾和后非现实层面的奇妙幻想；他写《我的马匹》，透析的是工具理性与合目的性之间的荒诞关系；他写《索马里海盗》，文字尽管灵动有加，却突然跌落到形而下的层面，咏叹起现实的沧桑老调；他写《到明孝陵乘凉》，表达的虽然是真的乘凉，却又开启了虫的视野与触觉，在时空跳跃中组接联想，以此产生历史中人性渊薮的价值意义……这种现象，也许源于他执意让自己异于同侪的固执，让创作摆脱线性的序列而呈现为范畴的多维性，以便使他的作品溢出时间之外。

从《今夜把事物分开》所收作品中基本见不到社会性的粘连来看，他几乎得逞了。阅读诗集可以发现，比较常见的是阳台上"站着枯死"的花、"情人柔嫩的肌肤"或倏忽闪过的"白狐"；如果借他一双慧眼，还可见到"黑夜中杯子的光亮""满手的黑暗"或"被忽略中的黑色部分"，甚至听见他"在深夜里弄出的响声"，却不容易见到社会学的征象。格非和西川对他2010年出版的《我需要的七》、杨争光和李云雷对他2013年出版的《新地址》两部诗集的评介，都鲜见地提到了他的作品被打上的"时代烙印"。也许需要极为沉潜的心态，才可以在他作品中探测到"兴修水利""赤脚医生"与"食客三千"等历史概念，缉捕到"海州古城""面对盐河"与"洪泽湖西岸"等故乡物事，从而鉴证诗人根脉所系的蛛丝马迹，察知时间在他作品中的飞痕。

不过，当我们读到《散步》等作品时，必定会感到释然。因为时光在作品中已经不是被表现，而是被打量，这是一；第二，诗集《今夜把事物分开》是孙夜最晚近的作品选，这是他一再向我强调的，大有"收官"的意味。也许他是想暗示我，通过他的严格筛选，作品中的时间线等无谓的东西，已经被他打碎并稀释掉了。这让我愿意相信，这部诗集所呈现出来的，也许反倒恰恰是时间应该有的样态。写到这里，我忽然理解了为什么涵蕴丰富的孙夜总是令人费解，或者叫耐读，并知音稀少。那是因为，他的情感与精神世界，也许就是时间应该有的样子。

影视探幽

男人心里有个"夜叉"

男人心里有个"夜叉"。是不是这样?让我们复盘三十八年前"河岸"上那个叫修治的男人的故事后,再做判断。

"河岸"是个地名,修治是个人名,他是渔民。他的妻子叫冬子,绝色不说,还育有三个孩子:太郎、花子和次郎。他们生活在日本电影导演降旗康男的作品《夜叉》里。

1985年,降旗康男导演了故事片《夜叉》,高仓健主演。这并不意外,作为世界级的男人偶像,他配;而后来名满天下的导演北野武,当时在片中也只演了个配角。女主角萤子的扮演者,曾经风靡中国;她是田中裕子,演过青年阿信。老年阿信的扮演者乙羽信子,在这部影片中饰演了修治的岳母。

当然,这些并不重要;重要的是,修治这个渔民,十五年前有另一个身份:大阪南区黑社会"夜叉组"最强悍的战将,江湖上称大哥,可谓头号"夜叉"。"夜叉"一词源于古印度神话,是梵文"Yakṣa"的音译。百度释为民间传说中的"捷疾鬼""能咬鬼""轻捷""勇健"。确实，修治身材剽悍，动作轻捷、勇健、出手稳、准、狠，能在乱战中手起刀落，将对手一刀毙命。他的刀是武士刀，只要出鞘，总是寒光闪闪，就像死神手中的镰刀，令人胆战……

果然不出所料，修治夜行，路遇一个青年女子，并护送她回家。那个女子就是冬子，不消说，她爱上了修治。由于冬子是淑女，可想而知，家里自然顾虑重重。这就很麻烦。最终是，冬子父亲下了决心，要求修治"重新做人"，便可嫁女。修治承诺改恶从善、淡出江湖。他放弃了黑帮身份，和冬子隐居到一个渔港小镇，就是"河岸"。他们在那里结了婚，以打鱼谋生。

在河岸小镇，修治默默劳作，谨言慎行，深得渔民信任。他甚至成了渔民启太的儿子英志的人生导师；启太出海犯了心脏病，也是他带人攀崖驰援，救回一命。

如此这般，"夜叉"变身渔夫，洗心革面，过上了普通人的平静与平淡的生活。岳父去世后，妻子冬子把岳母也接到河岸，带着三个孩子相依为命。可就在此时，河岸又来了个神秘的大阪女子，从她的朋友忍子手里接手居酒屋，将其改建成了"萤火虫酒吧"。

"萤火虫酒吧"新任女老板萤子小姐——扮演者就是田中裕子，颜值略逊于修治夫人冬子。但她小鸟依人，美目盼兮，颇有男人缘。甚至修治出海归来，有时候也会顺手扔条新鲜的马林鱼给她。

天寒地冻时节，河岸的酒屋"京"与"朱"先后关张，只有改建的"萤火虫酒吧"在营业，那里自然成了渔夫们消夜的好去处。但是不久，镇上众多渔妇们发现，男人夜出不归的次数多了，交给家里的钱却少了。这还了得！结论是确定、一定以及肯定的：是"萤火虫酒吧"的"狐狸精"干的好事！启太的太太更是火冒三丈，当即决定出马"开撕"。

萤子小姐实际上是无辜的。所以，她对付启太太太的办法只能是不睬。她从酒吧躲开，来到河边；又从河边躲开，回到酒吧。此间，启太太太追着缠斗。萤子小姐猛一回身，直视对方；刹那间的那个眼神，有大千世界，有女性几千年的精神进化史。如果让我评选电影史中女性回眸的精彩瞬间，这个经典镜头永远排名第一。启太太太崩溃了，躺倒在地，委屈地哭起来：你凭什么那么清高啊？

启太家存折空空荡荡的问题，根在萤子小姐的男友矢岛身上。影片中的矢岛可以算得上是一个人渣，北野武扮演此类人物，可谓入木三分。某天他从大阪悄然溜到河岸，来到"萤火虫酒吧"，只为一件事：贩卖毒品。当然他是用打麻将输钱的方式，先把渔夫们吸引过去，再推销他的"营养剂"；而充当运输毒品快递小哥的，是"夜叉组"的喽啰俊男。这让想过平静生活的修治愤怒了。作为曾经的大哥，他狠狠地修理了俊男。

但只修理俊男是没用的。矢岛才是祸根。萤子小姐的这位男友，虽是那种扶不起的"猪大肠"，却敢于对萤子大打出手，而且是当着女友四五岁孩子阿弘的面。修治很快明白了矢岛是个什么货色，劝他不要和渔夫们彻夜打麻将。但矢岛并不把一个渔夫放在眼里。修治只好转劝萤子，把那些毒品扔了吧。这让毒瘾发作的矢岛失魂落魄，丧心病狂，竟然操起短刀，满大街逮谁砍谁。剧情到这里，必定如你所愿：修治出手了。他表现出过人膂力，以外衣为器与矢岛对决；虽然夺下了利刃，却也被矢岛短刀划破上衣后背，将一个惊人真相大白天下：原来他有文身！原来他身上文的是"夜叉"！原来他就是传说中的"黑社会"！

  修治在镇上失去了信任。人们议论纷纷，戳戳点点。他不再被信任，不再受欢迎；连本来与太郎要好的启太女儿美香，也有了看法。要继续过平静的生活，看来只有迁居别处了。

  且慢。夺刀事件后失踪的矢岛，又回来了。这个行踪诡秘的人渣，将河岸的渔夫们拉进"营养剂"的烂泥潭后，忽然神龙见首不见尾……这更加剧了那些染毒渔夫对修治的怨恨。但此人此次回来，却成了彻头彻尾的可怜虫。他在大阪摊上了事，而且是大事：如果不能按黑帮设定期限还清巨额赌毒债务，他必须以命相抵。人渣的路，算是走到尽头了。

  不能见死不救，即使男友是个人渣。萤子应约赶到矢岛躲藏的海边仓库，把自己的全部积蓄给了他。但人渣却说："就这些？这怎么够？……萤子，帮帮我吧；不然，我可能要被杀掉的哦。"

  萤子这个可怜的女子，开始上演"红颜薄命"的戏码。绝望中的矢岛能够求助的，只有她；而陷入深渊的萤子能够求助的，只有修治，也只能是修治。她径直走向修治的家。冬子喊出丈夫，修治去了；良久，又回来了。冬子自然要问："萤子找你有什么事吗？"

  修治向妻子冬子和盘托出了萤子的困境。

  "萤子小姐还真可怜。"你看修治的妻子冬子如何理解和支持自己的丈夫，她说："我们把船卖了吗？卖船的钱借给他们。"

请务必相信，那是任何做妻子的能够为丈夫的义气付出的最大代价了，因为渔船是他们一家谋生的全部资产；何况，丈夫还是为与自己关系暧昧的女子卖船。

但是修治说："把船卖了以后，我们怎么生活？"这是很关键的一句。修治想到了以后，想到了冬子和孩子们的生活。但此时冬子却在为萤子着想："那怎么解决？人家是特地找你帮忙的。"

修治决定用自己的方式。

"我到大阪去一趟，"他说，"我还是用我的方法去解决。"

冬子的眼睛急出泪水，红红的。因为她听明白了丈夫所说的话。她知道丈夫的"方式"意味着什么。她想起母亲临终前对自己说的话——"他背上的文身是永远去不掉的。那个夜叉会不会埋于他心中呢？心中要是有夜叉，是件很可怕的事。不管怎样，你的命运已经和他连在一起了。"母亲阅人无数，是看透了人生与人性的人。

本文题目所说的，男人心里有个"夜叉"，不是我的发现，而是一个阅世深甚的老妇——冬子的母亲的论断。必须承认，她揭穿了所有男人内心的终极秘密。

冬子当然不愿意修治重回"夜叉组"，重拾杀人刀："难道，还是忘不了从前？这种事，你不能再去插手了。我求求你，不要去！"

"我已经决定了。"

"要知道我才是你的妻子！"冬子喊道。请相信那是一个女子为自己、为孩子、为家庭——同时也是为丈夫——所发出的最合情合理的提醒；也是一个为人妻的女子赖以要求丈夫的最后呐喊了。

但是，修治说："对不起。"

冬子哭了："为什么？为什么你要这样做？为了那个女人？你怎么不为我想想？我们在这里生活了十五年，我们已经习惯了平静的日子。"

但是，修治站了起来。这时候，饶有深味的是，影片安排了一个闪回场面：新郎官修治在船队上迎亲，新娘子冬子在河岸的桥上向修治的船队欢呼。

闪回并没能阻止修治。他翻出了原来在"夜叉组"时穿的黑衣，把一只盛武器专用的小黑皮箱夹在胳膊肘下——原来昔日这些行头，大哥您一直留着呐——出发了。

冬子奔出家门，焦虑的眼神没能够拖住修治前进的脚步，接着，她又追到巷口。修治拉了拉自己的衣服，将背影留给冬子。不过，从背影可以看出来，修治的步履有些迟疑，走得很艰难。这就是人性的外露。

冬子站在原地，心都碎了。

修治走了。他跳上了开往大阪的火车；火车在风雪深处消失了。

此时的萤子，彻夜未眠，一幅醉眼惺忪的样子。她面前摆了不少清酒瓶。显然，从头天夜里到清晨，她一直在喝酒。她抬起头，不难想象，正好看见了修治离开河岸走向火车站的背影。

"夜叉"重出江湖……

写完上面这句就戛然而止，按我的叙事理念当然是可以的。但是，一个幽灵，好莱坞的幽灵，在全世界游荡。它让降旗康男明白，人们的审美趣味是会左右电影情节走向的。他屈服了。因此，这里我得理理清楚，渔民修治是怎样一步步又变回"夜叉"的。

萤子不是曾为矢岛向曾经的"夜叉"修治求助吗？修治当时沉吟了一下问："救了他又怎样？"

你如何理解修治的问题？难不成他在跟萤子讨价还价？可是他为什么要沉吟一下？萤子的回答是这样的："然后我跟他分手。"

萤子是什么意思？是说和矢岛分手后，愿意和修治"在一起"吗？这样的对话组合，很容易构成一个鄙俗的意群。如果是这样，影片的人性格局就不大了。且慢，降旗康男是在考验我们理解的襟怀吧。也许萤子说的"分手"，只是说如果修治救了矢岛，便为她和矢岛就此情缘两清创造了条件，然后大路朝天，各走一边。这样，矢岛你呢，以后好自为之；萤子我呢，从此就是自由身了。

修治沉默着。

修治为什么沉默？是在顾虑妻子和孩子，觉得与萤子"在一起"有羁绊吗？应该不是。他沉默的潜台词是，萤子的想法失之天真；与矢岛分手又怎样？矢岛会痛改前非、脱胎换骨吗？如果不会，分手与否会有区别吗？果真没有区别，修治也只有沉默了。因此，他沉默着。

但是，情势不允许修治沉默下去。萤子接着问："你可以帮我吗？"

萤子的问话，其实是恳求；她在等修治答复，也在等修治承诺。她仰望着身材高大的修治，感受到他身上的男人气息。像大山一样伟岸的修治，曾经是"夜叉组"的大哥啊。

修治看着几乎依偎在自己怀里的萤子。他不会忘记，就在不久前，矢岛被他制服的次日，风雪交加中，他看见穿着木屐的萤子吃力地走在河岸街道上。他停下卡车，提议为萤子代步，不料却遭到冷冷的拒绝。

萤子的心情，糟糕得像当时的天气一样。原来在她藏匿了矢岛的毒品，致使他心理失常满街砍人这件事后，她绝望地到医院做了人工流产，把腹中男友的孩子打掉了。你能指望刚刚从自己身体里摘走一条小生命的女子会有什么好心情？

修治就是修治，他坚持着，并拽了萤子一把；不料萤子挣脱开，倒在地上，恨恨地用雪掷他。镜头暗示出，修治不由分说地来了个"公主抱"。萤子自然是幸福地反抗着，幸福地失去了反抗，坐上了修治的小卡车。卡车来到海边。两人坐在驾驶室里，望着海面。海浪汹涌，就像他们心情的写照。默契就是在那时产生的吧。

修治的文身曝光后，没了"营养剂"提神的矢岛，为了嗑药又溜回大阪；而修治也被河岸的渔夫日渐疏远。他很郁闷，来到"萤火虫酒吧"买醉。

"跟你在一起喝酒，"修治说，"是很快乐的事。"

"比在家快乐吗？"这是萤子听后所接的话。你看她接得多有方向感啊，字面上却天衣无缝。"为什么？"

"不知道。"修治木讷地说。

心烦的修治也许真的不知道该说什么。他有个妹妹夏子,也曾像矢岛那样染上毒品,经常皮下注射。修治为此挥拳打了夏子。"你打我,痛快吗?"夏子没有躲开,捂着脸说,"因为哥哥你是黑社会,所以我们也过不了平静的生活。"

深度染毒的妹妹,不久莫名离世。

"原来你也是黑社会的,"矢岛曾对他叫道,"装什么蒜!"

启太的女儿美香,看上修治的儿子太郎。但太郎从学校得知父亲文身曝光后,感觉给自己带来困扰,很有情绪。只有妻子冬子在维护修治:"你爸爸做错了什么吗?就算背上有文身,又怎么样呢?"

越是这样,修治越觉得,在家里面对妻子和岳母,面对孩子们,很惭愧、很自责。那样的话,又怎能快乐起来呢。但是能告诉萤子小姐这些吗?

再说冬子,听罢母亲所说的"不管怎样,你的命运已经和他连在一起了"的话,凭着女性的直觉,披着风雪走向"萤火虫酒吧"。果然,修治在那里与萤子喝酒呢。冬子脸上洋溢着笑容,说:"也喝一杯吧。"她是真心感谢这个女子能在丈夫心情不好的时候,陪他喝一杯。

萤子、冬子,两个女人在修治面前说笑着,都希望能够给眼前的男人一些宽慰。你能感受到她们彼此间努力掩盖着的内心纠结的激烈程度吗?

萤子开口了,说听说大阪南区有个"夜叉",是为了女人,一个他很喜欢的女人,放弃了"大哥"身份,来到海岸隐居了。

她进一步谈出看法，说其实不是为了那个女人，是为了大海吧。以他的性格，会很喜欢海，便不顾一切地到海岸去了。她又倒了一杯，看着冬子。

传说是真的吗？冬子似乎听得入迷。几杯饮罢，她笑盈盈地领回了自己的丈夫。萤子送走他们夫妻，回到房间，坐在修治刚刚坐过的位子上。那里或许还有修治的体温。她拿起修治刚才使用过的筷子，送进口中，嘬着。看上去，她有些落寞。

也许，该行动了。在一个风吹晴雪的下午，萤子买了把红伞打着，自己也穿得红艳艳的，在河岸走成了一道亮丽的风景。修治对萤子新买了红伞感到匪夷所思。一阵风来，吹走了萤子手中的红伞，让她下意识地偎靠着修治。皑皑白雪里，那把红伞被风吹得飘向空中，看上去美得有些凄凉……

在镇上的温泉房间里，修治给萤子看了自己全部的"夜叉"文身。

好了，我已经基本理清了修治与萤子的关系。现在，你不认为修治答应萤子求助、为她远赴大阪解救矢岛几乎是必然的吗？

如此这般，修治来到大阪南区，见了"夜叉组"的"大姐"；但"大姐"冷言冷语，并不待见修治。不知道片中曾经闪回的被修治击毙的那个发号施令的矮瘦男人，是否是"大姐"的丈夫？不知道是不是他们为了控制修治，让妹妹夏子染毒以致身亡？……

还是言归正传、突出主体吧。修治在某个娱乐场所找到被黑帮挟持后缩成一团的矢岛，并救出了他。接应修治的，正是俊男。他将矢岛带入一片建筑废墟,却在那里给了后者致命一刀。修治脱身后来见俊男,对方只好坦白交代,说自己为了活命,背叛了昔日的大哥……

这算是什么结局?修治再次沉默了。他看着伏地谢罪的俊男,黯然离去。

且看修治回到河岸后,怎么向萤子交代大阪之行。他对萤子小姐说了三个字:"对不起。"

就三个字?就三个字。但言下之意你知道:他尽力了,还是没能救出矢岛。原因是出了叛徒;而叛徒,就是以前"夜叉组"的喽啰,曾经给矢岛送毒品的俊男……但修治没说那么多,只有三个字:对不起。

这就是修治,这就是男人,这就是高仓健的角色风格。

"为什么?"萤子说,"是因为我吗?一直住在河岸的夜叉,竟然为了我到大阪去了。谢谢。你竟然为了我……我很开心。因为你重视我……"

我一直以为,这些话语是降旗康男的败笔,因为似乎言不及义。实际上,那是萤子为与不在场的冬子争夺修治作铺垫。因为冬子竭力想把修治拉出心魔,为他文在后背的"夜叉"披上外套;而萤子却把修治推向心魔,扒下他遮掩"夜叉"的外衣。因此,她要说的重心在这里——

"'夜叉'适合生活在大阪。这里不适合你。"她说,"我也一样。"

修治一言不发。他坐了下来。

"真实英俊的'夜叉',我永远不会忘记你。"萤子只好说,

"我应该回去了。回到原来的地方去。在河岸这里,我再也没有什么好留恋的了。在这里只有痛苦。我不想再这样下去了。"

修治继续沉默。沉默是一种力量。这就是高仓健创造的沉默美学。

萤子伸出了她的手。修治伸出手接了,握在自己的手心里。但他们的肢体很僵硬,别扭着。"把那个小烛人拿来,"萤子最后说,"去把它拿来。"

小烛人是萤子的吉祥物。她想,该离开了。

不久,萤子带着阿弘,出现在火车月台上。她不停地向某个方向张望着。当然可以认为,她只是在张望火车啦。火车终于开来了。火车终于开走了。萤子还在张望着。

火车开走后,修治夹着一只玩具礼品盒来到了车站。但他没能赶上给萤子母子俩送行,原因不详。

事情结束了? 怎么可能!

坐在火车上的萤子忽然出现了恶心的征候。她奔向火车盥洗间,呕吐起来。她抬起头来,看见盥洗间窗帘上的图案。那是修治文在背上的图案,一个"夜叉"……

萤子流出了幸福的泪水。请展开最富有人性深度的想象吧——她是怀了修治的孩子吗? ……

且说冬子。她来到"萤火虫酒吧",看见了贴出的停业告示。她转过身,看见晴雪下,修治正从巴士上下来,向她走过来。冬子笑了。她知道一切都结束了。在她的理解、想象和愿望中,平静的生活又可以开始了。

好像是的。影片结尾,我们看见,英志给启太来信了,说他在外面,一切都好,就是忙。启太自豪地读着;修治欣慰地听着。他们俩正在出海打鱼的同一条船上。

只是,不知道重回大阪的萤子腹中的孩子,是否在持续健康发育着……

可以做个初步结论了。"夜叉",就是心魔;反过来说,也一样。对于修治来说,心魔不是重拾武士刀,而是他割舍不掉的男女情义,或是男人对女人的一个承诺。那样的承诺,是男人的气概,是悲剧的根源,也是所有男人心中的"夜叉"。

谓予不信,我要说降旗康男《夜叉》里的修治,不是孤证。戴维·克伦伯执导的《暴力史》,让我们看到了又一个"夜叉"。

在美国印第安纳州的小镇米尔布鲁克,一个老实巴交的餐饮店伙计汤姆·斯道尔,因为一次情急之下的见义勇为,摆平了两个劫匪,遂成为小镇英雄。被媒体广泛报道后,一些身份不明的人便盯上了他,称他为"乔伊"。为了让他们认定的"乔伊"就范,汤姆的小女儿开始被一个疤脸男尾随,令夫妻俩莫名恐惧……

可想而知,危险正渐渐逼近,全家人神经都很紧张。某天汤姆正在咖啡店上班,家人忽然被几个黑道杀手围困。眼看大难临头,汤姆忽然像在餐饮店那次一样,又大展身手,最终令杀人者纷纷倒地毙命。原来,他真是乔伊·库萨克!原来,他是个隐姓埋名的顶级杀手!

一个男人想要洗心革面、重新做人,为什么就那么难?!答案只能是这样:他们的心里,活着一个"夜叉"!极端情况下,"夜叉"一定会从他们心里跳出来。那是掩饰不住的。他们只能恢复本来面目。

汤姆前世身份的暴露，不消说，给家人带来了深重的误解。原来丈夫或爸爸，是个谜雾重重的人。他为什么要隐瞒身世？他隐瞒了多少？他哪些话是真的、哪些话是假的？今后，还能信任他吗？……

为了摆脱危机，《暴力史》中的汤姆与《夜叉》中的修治做出的决定如出一辙——采取自己的方式，了结这一切！

问题是，汤姆还能够重新回到家庭，获得妻子与孩子的理解、谅解、接纳和信任吗？——嘿嘿，看电影吧。

不止日本电影《夜叉》与美国电影《暴力史》，十二年前，由张嘉译和宋佳联袂主演的谍战剧《悬崖》，曾经风靡中国，好评如潮。

剧里的主角叫周乙，是中共地下党的顶级精英。在观众面前，他用四十集的篇幅与汪伪警察、国民党军统、日本特务和宪兵周旋，做了大量谍报工作。他历尽艰险，最终成功脱困，可以带着受尽委屈和折磨甚至九死一生的老婆、孩子远赴苏联，回到自己的队伍这个大家庭了。观众为他们全家的团圆，都松了一口气。

不料此时的周乙，却做了一个令人无法理解的决定——重返伪满洲国，再入虎狼穴，为的只是这样一件事——用自己交换已被汪伪警方诱捕的"假妻子"，那个曾经与他并肩战斗的顾秋妍。那是怎样的一种交换，想必连最愚笨的人都清楚：飞蛾扑火，有去无回。因为对手是老谋深算的高彬，他曾经常令周乙在噩梦中惊醒。他吃定了周乙的心理特质，设计了一个完美圈套：

顾秋妍的孩子在我手里,你曾答应顾秋妍找回孩子。你来还是不来?来,你自己就此踏上不归路;不来,孩子下落不明,顾秋妍望眼欲穿,你还算是男子汉、"纯爷们"吗?

在这一点上,高彬确实看透了周乙。那是周乙跨不过去的一道坎。他一定会回来帮顾秋妍找到孩子,并用自己换出顾秋妍。他的方式是,从高彬手里要回孩子后,让顾秋妍举报自己,以"自首"获得释放;让自己成功被捕,以证明顾秋妍的举报与"自首"是可信的。这显然是下策,但强于束手无策。只是他无从预料,如果到了二十世纪六七十年代,顾秋妍该如何洗清自己的"自首"。当然,此为后话。

如此这般,周乙只能对发妻孙悦剑和孩子一再食言,因为他的"夜叉"在心中复活了。他离开了她们母子,走了回头路,自蹈死地,去换顾秋妍一条生路。那一刻,起决定作用的,已经不是敌我斗争的铁血法则;那一刻,起决定作用的只能是男人心里的"夜叉",即一个男人对另一个女人的承诺。

周乙去"找死"了。而我们,也由此看清了男人心里的"夜叉",或许也会看懂了吴三桂为什么会"恸哭六军俱缟素,冲天一怒为红颜"。

谁不曾如有神助

一、如有神助

有神吗？这事儿挺悬。子不语怪力乱神，况我等凡夫俗子。但细思孔子原话，你会发现他老人家并未否定神怪的存在，只是"不语"而已，即不提倡拜神罢了。扯这么远，是想扯出一个成语，叫作"如有神助"。谁不曾如有神助？你考驾照，一次通过；你写文章，文思泉涌；你投篮命中，而且是个空心球——这种情形，谁又没有过呢……

且说五年级小学生阿光，因为历史考了8分——是百分制，零花钱被家长扣了。穷则思变。他带着同学小明溜到爷爷家，在阁楼的储物间乱翻一气，发现一张蒙尘的小围棋桌，貌似挺不错，便想搬出去变卖零花钱。

就在此时，说出来吓你一跳，小棋桌忽然浮出一个魂灵——就像阿拉丁神灯里跳出一个精灵，他还有名有姓，叫藤原佐为。他舒展广袖，泪洒半空，感谢神明赐他与阿光结缘，让他重返人间。阿光当场吓傻，晕倒在地。幸亏小明在场，及时送医，不然事儿就大了。

事儿其实大不了。有人在背后控制着发展方向呐。谁？堀田由美。熟悉这个名字的人不多。据说她成名之前，只是个家庭主妇。她编了个叫《光的棋》的剧本，后来由漫画家小畑健绘成漫画，出了23卷，不消说，出版后顿时风靡。后来拍成75集动画《棋魂》，更是席卷日本乃至亚洲，魅力经久不衰，日本和中国甚至还都先后拍了真人版影视剧。

按照编剧堀田由美的人设，阿光姓进藤，十来岁的样子，正处于"小小少年，很少烦恼，眼望四周阳光照"的年纪。他除了体育课成绩不错，其他无所用心，因此学习上可以说乏善可陈。

且说这个进藤光，苏醒后第二天来到学校，又倒霉地碰上了历史课考试。正在一筹莫展，那个魂灵——就是藤原佐为，又开口说话了，让阿光莫名惊诧。好在按照剧情人设，佐为只与阿光有缘，他的话别人听不到。简单交流后，阿光得知佐为并非一般人物，是日本"平安时代"专门教君王下棋的"棋待诏"。不过这个"棋待诏"身世有点"悲催"：超群棋艺接近"神之一手"，却被同事构陷，投水而死。约千年后，他附身在一个叫虎次郎的神童身上，大放异彩，让他成了"江户时代"最伟大的棋士——本因坊秀策。

但是，阿光对藤原佐为的身世与辉煌并不感冒。因为让他头痛的历史考试，他就要不及格了。眼看交卷时间将到，"如有神助"从成语走进了阿光的现实：藤原佐为出手了。他可是日本千年历史的"活字典"啊。

阿光以神的速度答完考卷，成绩自然好得"不要不要"的。就像中国张天翼笔下的王葆一样，阿光有了藤原佐为，等于有了自己的"宝葫芦"，历史课真正实现了"如有神助"。问题是藤原佐为重返人间，并非只为帮助阿光应付历史考试来的。他有自己的梦想：与世间围棋达人过招，从而颖悟"神之一手"，抵达"神乎其技"境界。他很想像上次附身于虎次郎身体那样，通过阿光完成心愿。

阿光当然不乐意。他对围棋压根不感兴趣。但藤原佐为软磨硬泡，阿光又觉得"这家伙在历史作业上还能帮点小忙"，最终答应"偶尔下一下"围棋，条件是"身心还是自己的，不可以随意受控制"。

好了，阿光在围棋上"如有神助"的人设已经完成。他要怎么下他的第一局棋？那就是出门便撞上真正的"围棋神童"——塔矢亮。这里又用得上一个成语，叫"命中注定"——其实是堀田由美在搞事啦。

小亮是日本围棋界顶尖棋士塔矢行洋的儿子。他从两岁开始，即在父亲教导下学习围棋，十岁时已达到职业棋士水准。在围棋会馆，成年围棋爱好者们都以小亮能与他们下"指导棋"为荣。这天小亮正在围棋会所摆谱——不是端架子，而是按棋谱复盘——阿光来了。

好了，阿光 vs 小亮。小亮当然不知道阿光"如有神助"，结果完败！这让会馆里所有人大跌眼镜，更让小亮百思不得其解：一个从未与人对弈过、执棋手势都很幼稚的小孩怎么那么强大；强大到就像一座高山挡在面前，任凭他怎么努力也跨不过去？——嗯，成语"高山仰止"，就是这个意思。

阿光知道藤原佐为赢了。他走出围棋会馆，却对小亮棋艺如何高超、佐为如何强大一无所知。是的，正如剧情台词所示：当你不够强大时，你甚至连鉴定他人如何强的能力与资格都没有。这事儿有点残酷，但是事实。神灵一掺和凡间事，事情往往就会超乎常规：高手塔矢亮也会输棋。

但是小亮不知道阿光真有神助，困惑欲死；并且，他把阿光当成了劲敌，不清楚真正的对手是藤原佐为。他要怎么办？他能怎么办？他会怎么办？他该怎么办？……阿光呢，"如有神助"当然很爽。可真相是他对围棋一窍不通，出手却能"独孤求败"。那么，笼罩在神灵光环里的阿光，还是他自己吗？他会不会觉醒呢？……

事情就此变成一团乱麻，开始有趣了！

二、问题是该如何面对"神"？

神，如果是指"神秘强大的力量"，是有的，证据是我们都曾"如有神助"。问题是，究竟该如何面对"神"？堀田由美和小畑健在《棋魂》里给出的两种答案，都很开脑洞。

第一种：从敬畏到挑战。这与塔矢亮有关。

小亮在围棋界当然是个"狠角儿"。他两岁就跟老爸塔矢行洋学围棋；而塔矢行洋，那可是日本围棋界顶尖高手，最接近

"神乎其技"的人。小亮的围棋自然下得超好，人见人夸，说有天赋。小亮听后曾向老爸求证。塔矢行洋说："天赋吗？你有没有，我不知道；但你有两个很多人没有的特点：一是热爱围棋，二是坚持这份热爱。"

塔矢行洋没说爱子更多的特点，但我们知道小亮至少还有一个优势：名人指点。

"名人"正是塔矢行洋葆有的日本围棋界至高头衔之一。作为"名人"之后，小亮自幼习棋，虽然还是个小学生，便已具备了职业棋士的棋力。

这样的塔矢亮，忽然某天遇到了同龄男孩进藤光。进藤光，我们已经知道他"如有神助"，因为被"江户时代"最伟大的棋士本因坊秀策灵魂附体了。本因坊秀策乳名虎次郎，按照剧情人设，他很有来头，乃是日本"平安时代"专门教君王下棋的"棋待诏"藤原佐为，因蒙冤而沉湖，因不甘而转世。

好戏开始了。小亮面对的实际上是藤原佐为，曾经的本因坊秀策。对小亮而言，佐为当然是"神秘强大的力量"，是神一样的存在。不必饶舌了，就是"神"！小亮面对"神"，一战而败；再战，再败。他困惑欲死。对手明明是个执棋稚拙的小学生，怎么就像横亘在面前的一座高山，令自己寸步难行？

我们知道小亮遇到了"神"，问题是他不知道。那么，该如何面对眼前这尊"神"呢？小亮的心态是，从敬畏到挑战！

敬畏，即懂得举头三尺有神明。神明莅临，一般人为示礼敬，要么匍匐在地，要么退避三舍。但小亮不是这样。看到从未下过围棋的同龄人如此强大，他被迫承认了这份强大；虽然不免痛苦，并心生敬畏。不过这份敬畏不是放弃自我，自馁并且臣服，更不是无所作为，而是鼓起勇气挑战。即使敬畏，也要挑战。

在获得第三次对弈机会后，小亮不免战战兢兢，两手哆嗦，连棋盒盖儿都拿不住；但是，害怕也不退缩，也要挑战，也要"与神对决"。这样的心态，不说是缘于日本民族"菊花与剑"特质中"剑"的一面吧，单说少年不甘雌伏的心理，就出色榫接了"自古英雄出少年"的民谚。因此每当看到小亮与阿光在"三将"对弈前紧张到颤抖也不言退缩，我都会禁不住全身一麻。

第二种：从依赖到觉醒。这与进藤光有关。

阿光并没有让小亮敬畏到浑身颤抖的棋力。不但没有，他甚至没有和后者对弈的资质。他只是"如有神助"而已。一般人碰到这种情况，出于新奇，为求刺激，常会滥用"神力"；但用得久了，有时难免生出错觉，以为自己就是"神"本尊了。就像有些人光鲜一时，会误以为自己是"无所不能"的；只有"离庙"后"念经不灵"时，才会明白，自己当初的成功缘于所在平台等多重因素的集合。让堀田由美和小畑健警觉的正是这种心理。因此《棋魂》着力表现的进藤光面对"神"的态度，便是从"依赖"到"觉醒"。

有依赖，的确是很"爽"的。阿光赖有佐为，以至嘻嘻哈哈地对小亮说，做一下职业棋士，随便拿几个头衔，也很不错嘛！

在小亮看来，这种说法如果不是轻浮，便是无知。至于进藤光是因无知而轻浮，还是因轻浮而无知，小亮无从判断；但对方的言行已经足以让自幼磨砺和苦心孤诣的他，愤怒到泪目。

塔矢亮如此认真严肃，如此勤勉执着，让并不走心的阿光感到愕然，还以为对方开不起玩笑。但是渐渐地，他开始感到被罩在佐为的光晕里，有些"找不着北"。那种无我的感觉，初始不觉，觉而不快，最终让阿光明白了，要找回"自我"，做回自己，就必须走出"神"的光环，甚至要对已有的虚荣清零。

觉悟后的阿光告诉小亮：你追赶的，是我的幻影；如果继续追赶，迟早要被我追上的。阿光的话，听上去多么玄乎、多么令小亮费解啊。但真实情况就是这样。因为阿光不想继续依赖佐为了，他的"自我"已经苏醒。他开始正视现实。可现实却是，他对围棋还处于懵懂状态；而塔矢亮，已经达到职业棋士水平。

两者之间差距究竟有多大？在中学围棋联赛决赛的"三将"对决时，一知半解的进藤光下出了他与塔矢亮的第一步棋；接着，是第二步、第三步。他下出的每一步，都让塔矢亮目瞪口呆。因为"神"不见了；与他对弈的是个真正的菜鸟。小亮终于忍无可忍，拍案而起："请别再胡闹了！"

进藤光下的每一步棋，都被塔矢亮认为在"胡闹"。那是他与小亮原本就有的差距。

因为阿光的觉醒，小亮追赶的幻影破灭了。而阿光因为这件事，开始反过来在佐为的指导下潜心研习棋艺，他要追赶小亮。可对于阿光来说，小亮就是高山，而他差不多是从零海拔起步⋯⋯

长话短说，进藤光历尽艰辛，终于悟道、出道，成为一名职业棋士。尤为出彩的是，在网络撮合的塔矢行洋与藤原佐为的巅峰对决中，他看穿了两位大神级的棋圣都没意识到的"神之一手"。也就是说，在围棋技艺上，少年进藤光已经臻于"神乎其技"的境界了。

究竟该如何面对"神"？要么，从敬畏到挑战；要么，从依赖到觉醒。这就是堀田由美和小畑健在动漫中推送的两种心态。如果你已经足够强，可取前者；如果你还不够强，可取后者。当不够强的你主体意识开始觉醒，请务必摆脱对"神"的依赖，走出"神"的光影；在这个意义上，如果你能够抵达巅峰，你也可能成"神"，或与"神"同在。但这个过程艰苦卓绝，不设捷径；除了磨砺，别无他途。

需要说明的是，摆脱依赖，没有觉醒是不行的；仅有觉醒又是不够的，还要在心理上"断奶"。阿光在心理"断奶"的过程中，曾多次泪奔。在他看来，佐为身为魂灵，不老不死，因此拥有大把时间。但随着时间的推移和自己的成长，他发现不知何故，佐为变得脾气有些乖张，一会儿任性，一会儿伤感，还经常走神。直到某日佐为从他的视野里彻底消失，他才恍然大悟：棋神已经不辞而别。他不安，他自责，他愧疚，他忏悔……可这些都已无济于事。他几乎遍访列岛想要寻回佐为，重建那份依赖关系。毕竟他们亦师亦友，朝夕相处，情感深笃……

但是，堀田由美和小畑健决意将两个曾经形影不离的人分开：除了梦境，永不再见。这不仅让阿光痛苦，也让观众感伤。因为佐为引领阿光，指导他，培养他，锻炼他，尽心尽力；直到天赐缘尽，才被迫离去……

由此看来，"断奶"不仅有生理与心理两个层面，还是施与受两个向度：一方面佐为要舍得，要忍心，阿光才能从心理上"断奶"，真正成长起来；另一方面阿光也必须接受"神助"不再的现实，才能最终成就"自我"。

但是，问题还没完。"神"啊，到底该怎么认知您呢？……

三、到底该怎么认知"神"？

"神"的认知问题，理应在面对之前。但这个问题在《棋魂》中的塔矢亮和进藤光那里，似乎具有了"自明性"，因而他们直接进入"如何面对"的层面了。这里说的认知问题，实际上不是指剧中人，是说堀田由美和小畑健两位编导，或是我们这些剧外人的事儿。

进藤光和塔矢亮没的说。作为少年偶像，他们曾经风靡亚洲。我们知道，那主要是他们对"神"的心态——从敬畏到挑战、从依赖到觉醒，特别可贵可取。而堀田由美和小畑健在《棋魂》中表达的对"神"的认知，让这部动漫更是可圈可点。

看看下面的两个观察点，会不会让你觉得它们特别有意义？

第一个，当然是魂灵式人物藤原佐为。这位棋神的"来"与"去"表明：首先，"神"也是"人"。就是说，佐为不过是一个姓藤原的"棋待诏"。他有自己的个性，也会闹情绪，也有冲动的时候，还会失误，甚至有那么一点可理解和可原谅的小自私。其次，"神"也有无奈的时候和无助的地方。这个佐为，受制于上苍给他附体阿光的固定时间；当离去的临界点越来越近并开始倒计时的时候,他也束手无策。我们看见,没有阿光给他摆棋子或翻期刊页码,作为魂灵存在的他,既下不了棋也看不了杂志。还有,他想与绪方过招,一直难得机会;最后只能在那位十段醉酒的状态下凑合一局。他从"平安时代"穿越而来,虽然在当代日本发现很多看不惯或不理解的现象,可如果不借手阿光,也是束手无策。比如阿光的小学老师从他身体里穿行而过,他觉得很没礼貌,却无可奈何。

第二个观察点,就是塔矢行洋。他是日本围棋界的国民偶像。不仅门下强手如林,令其他棋士羡慕嫉妒恨,而且他下的每一局棋都会被关注,甚至举手投足都会被人模仿。他在棋坛的行止去留,更会引起震动。但就是这样的"大神级"人物,也有判断失误的时候。他不相信进藤光或他的"朋友"具有自己无从取胜的实力。基于这个基本判断,他曾对阿光表态,说如果输棋就宣布引退。虽然他的认输告诉我们,他有输得起的精神,但这一桥段表明,即使英明神武如塔矢行洋,也有千虑一失的时候。更何况,随着时间的推移,他这个"神"也会变老,也会晕倒,也得住院。

这两个观察点给我们什么启示?

——没有"神"。所有的"神"都是人。正如古希腊、罗马神话中的神们,经常闹别扭、打群架,也有七情六欲、喜怒哀乐一样,中国古代神话和神魔小说中的神们,也有小心眼儿,也会争风吃醋,还会彼此较劲……所以哪里有什么"神"?!写到这里,我发现不是上帝模仿自己创造了亚当,而是人类模仿自己创造了神祇!

堀田由美和小畑健在《棋魂》中表达的，正是这样的理念。

可是，想到这一层就够了吗？貌似不行。因为我们的联想好像还停不下来，还会向着自己与父母的关系的方向翱翔。我们从小都曾仰视过父母。那时候我们觉得父母不仅高大，而且强大，强到无所不能；而且，他们从早到晚可以不停地干这干那，似乎不用睡觉，也永远不会生病。那时候我们并不明白，其实父母也是人，也有无奈处，也会失误，还会变老，并终将离世。当我们看见他们不再高大时，我们成长了；当我们不再依赖他们时，我们觉醒了；当我们理解了他们的无奈之处，我们成熟了；当我们知道他们终将离去，我们已经成了他们，开始为人父母，并被自己的孩子仰视了。

从这个角度来说，人对"神"心态的演化过程，不只是哲学或神学问题，也是个成长心理学问题，还是个族群心智水准的人类学问题。

可惜的是，遗憾的是，无奈的是，我们都像阿光，我们都是阿光。因为我们都曾"如有神助"，都曾与"神"（父母）共处，都曾对"神"（父母）体察不深、珍惜不够。如果仅止于此，倒也罢了。我们有时还很过分，依赖、任性，甚至出言不逊……直到"神"（父母）离开我们了，只能在梦中相见了，我们才愧悔起来，开始在思念中以泪洗面，逢年过节跑到墓地焚烧纸钱，有时不慎还引发火灾……够了。你以为他们愿意看到的是你在人间纵火，哪怕是无意的？

进藤光是怎么做的？佐为走了，离开他了。这让阿光魂不守舍，痛苦伤感。他找了所有能找的地方。但是，上穷碧落下黄泉，两处茫茫皆不见。在佐为因为行将离去而言行异常的时候，他是多么迟钝啊，那时他做了多少让佐为伤心的傻事啊。

该怎么办？进藤光想到，也许是自己固执地想要下棋，让佐为失去了对弈机会，棋神才会不辞而别。他要怎么办？他能怎么办？他想，佐为的离去也许只是在闹情绪，只要他不下棋了，再也不摸棋子了，把更多对弈机会让给佐为，问题就会解决吧。想到这里，他决定放弃围棋，即使已经取得了职业棋士身份。

这种天真的想法的确符合少年心理特征与思维方式，但却与佐为的心愿背道而驰。在编导的剧情设计中，佐为没有再回到阿光身边。堀田由美和小畑健真是忍心啊，真是狠心啊。我们观影时，时常会听见自己这样的心声。可是坐在电脑前写这篇文章时，我仿佛又听到编导这样的声音：不忍心不行啊，不狠心不行啊。因为剧情到这里，离作品想要表达的理念只有一步之隔了，只剩一层窗户纸了。

是怎样的一步之隔？是哪一层窗户纸？

进藤光失去了佐为，泪水也流干了，对围棋心如止水了。他缺席了所有新晋棋士应该参加的比赛，让很多人费解：先是塔矢亮、合谷、越智、三谷这些小伙伴们，接着是棋院的棋士和老师，继而是妈妈、爷爷，还有他的小青梅——那个在他骑着竹马时要好的叫小明的女同学……真是虐心啊，编导要折磨我们到什么时候呀。

沉住气。剧设在等一个人，一个在中国研习围棋的人——伊角。

伊角回来了。他从中国深造归来。在别人看来，阿光太不正常了。经历了那么多的磨砺，终于梦想成真，做了职业棋士，并被棋坛一致看好，这是多么难得，应该正是"春风得意马蹄疾"的时候，忽然之间，棋，说不下就不下了！可面对进藤光罢棋这样的异常行为，伊角看上去还算平静，他是能够理解阿光的。因为他也是个有特殊经历的人，有故事的人。他的经历和故事，就与阿光有关。所以伊角没有刨根问底，没有质疑和指责，只是恳求阿光陪他下一盘棋，为的是疗救他职业考试时的心理创伤。职业考试时他与阿光的那次对弈中，由于刹那间的私念，让自己输掉了关键一局。

面对伊角的恳求，进藤光万般纠结。最终，他答应了伊角。他一面在心里祈求佐为原谅他又重拾棋子，一面与伊角对弈。在中国围棋院深造后的伊角，果然身手不凡，太难对付了；但是下着下着，在最困难的时候，阿光忽然看见佐为用折扇剑指棋盘。佐为！佐为回来了！他转身抬头，巡视全屋，没有佐为。他低下头，看见了自己下了与佐为极为神似的一步棋。那一瞬间，他无声地流出泪水。他曾经梦绕魂牵的佐为，日思夜念的佐为，寻遍列岛也没能相见的佐为，回来了；不是在现实中的房间里，而是在幻觉中的棋盘里……

我曾N次看过《棋魂》。每次看到这里我都会泪奔，难以自已。《棋魂》中令人禁不住热泪盈眶的这个桥段，我坚信是全剧的高潮，并且是最见编剧功力的情节。进藤光泪水流过脸颊时，是无声的。流泪，自然缘于再见佐为的幸福；无声，是因为伊角就坐在对面，使他无法像孩子一样用号啕来宣泄那种幸福。而我泪目，则是感喟于堀田由美的编剧情怀，惊艳于她对剧情的完美创造。因为那一刻，进藤光终于理解了佐为的离去与归来，以及其中的原因。原来棋神的期许，不是要阿光放弃围棋，恰恰是要他下棋，持续地下，一局接一局地下，成千上万局地下；只要阿光以一颗热爱围棋的心坚持下棋，在那条看似永无尽头的围棋路上，棋神就会与他同在，并永远与他同在。

　　写完本文上面这一段，我长舒了一口气。自己多年来对《棋魂》的喜爱，终于有机会用文字作了表达。我知道这部日本动漫作品的蕴涵远非我几篇文章就能搞定；实际上它比我所作的解读要丰富得多。比如剧中塔矢父子表现出的那种职业自豪、敬业精神，和对于师承的重视；比如阿光"如有神助"时也不有恃无恐、沽名钓誉；比如他在职业考试时力劝自己临大事要心静，不应受偶然事端扰动，更不应在心理上自扰；比如充满竞争的世间免不了生成悲剧，因为某些淘汰制天然残酷，发生悲剧不是因为个人不努力，而是上苍不眷顾；比如即使处于低谷，也不应甘于蛰伏；比如帮助对手，在令别人进步的同时自己也会进步，因为强者的精神境界是吸引更强的对手竞技，而不是让对方变弱就高枕无忧；比如在追求进步时，既要追前也要惕后，因为后浪往往会推前浪，背后追来的人有时会出乎意料地超越自己……

　　除了作品蕴涵的理念异常丰富，《棋魂》在画面叙事上也有挑战和难度。因为围棋在一盘盘下，比赛在一局局进行，静静的执棋博弈看似无硝烟，却被堀田由美和小畑健表现得无处不风云。他们以各种方法克服难度，赢得挑战，把人物与剧情表现得错落跌宕、波澜起伏、意趣盎然、令人惊艳。

　　最后，忍不住想说一下阿光的金黄发饰，实在是太"跩"、太炫酷了。小亮的"三面旗"发式也超靓,令人不禁想起宫崎骏《千与千寻》里的赈早见琥珀主——就是人见人爱的小白龙,还有《哈尔的移动城堡》里女巫萨里曼身边那四个皇宫侍童。不禁感叹,真的是太漂亮了!

宫崎骏的奇幻世界

一、有些年份是会发光的

2023年,对于"宫崎粉"们来说不是个普通年份。因为7月14日,82岁的宫崎骏先生推出了他历时十年导演的第12部长篇动画电影《你想活出怎样的人生》。据悉,该片在没有宣传造势情况下,四天总票房突破了21.4亿日元,已超过了票房神话《千与千寻》当年的同步票房纪录。因此毫无疑问,2023年在"宫崎粉"们眼里是熠熠生辉的。

有人认为,成为某某人或事的"粉丝",是因为对其总是狂热或非理性的。这话放在别处,我不说什么;放在热爱宫崎骏先生作品这件事上,恕难苟同。宫崎骏先生的存在,可以类比为人类的心灵之光;对追求心灵之光说三道四,就是对美及热爱美的双重亵渎。

宫崎骏先生在古稀之年说:"与其碌碌等死,还不如在工作中死去呢。"所以，他决定食言。食言在人类史上，是最令人不齿的；但是宫崎骏先生的食言却让全世界欢呼雀跃。因为他"食的"，正是他的"引退宣言"。2013年9月6日，在《起风了》首映式上，宫崎骏先生宣布"正式引退"。那一刻，全世界宫崎骏先生作品的影迷都泪目了。

为什么？看看宫崎骏先生的长篇动画电影清单吧——

1979年,《鲁邦三世：卡里奥斯特罗之城》；1984年,《风之谷》；1986年,《天空之城》；1988年,《龙猫》；1989年,《魔女宅急便》；1992年,《红猪》；1997年,《幽灵公主》；2001年,《千与千寻》；2004年,《哈尔的移动城堡》；2008年,《悬崖上的金鱼公主》；2013年,《起风了》……

哪一部你会不喜欢？哪一部不令你难忘？哪一部没"治愈"过你的特殊情绪？谁的童年、少年、青年、中年乃至老年，没有宫崎骏动画电影的心结？谁的动画电影，能做到男女老少"一网打尽"？

但是，天下没有不散的筵席。尽管大家都盼望宫崎骏先生晚年身体倍儿棒，吃饭倍儿香；但他说"引退"，谁好意思说"不"。除非宫崎老爷子自己说"不引退"，然后让全世界"喜大普奔"。可是，他会说吗？

不会吗？他不是已经有六七次"食言"的纪录了吗？《天空之城》后，他就暗示"将退"；《红猪》后，他表示"自己的动画完结了"；《幽灵公主》后，他又在首映式上宣布"封笔"；《千与千寻》后，他明确表示"打算退休"；《悬崖上的金鱼公主》后，他再次宣布"退休"；《起风了》首映式上，他正式宣布退休，表示"这回来真的了"……

是的,他经常"引退",又经常食言,经常"复出"。

果然,2014年2月24日,吉卜力社长铃木敏夫宣布,宫崎骏先生又在制作他的第12部长篇动画电影了。次日,东方卫视自以为迅雷不及掩耳,报道说他的新作品2019年完成——为了迎新东京奥运会。当年5月19日,吉卜力工作室的官宣也出来了:"为了完成这次的动画制作,我们需要新鲜血液的注入。制作时间大概在三年左右。"可是,又另据日媒报道,说该长篇动画电影三年内恐难完成……

真是虐心。但是,除了期望、等待、祈祷、祝愿,这个世界还能做什么吗?2019年到了,宫崎骏先生的长篇动画电影没能出来。2020年到了,全世界的"宫崎粉"没有等来他的第12部长篇动画电影,却等来一场波及全球的新冠肺炎疫情。世界沦陷了,东京奥运会自然也泡了汤。好在2021年,奥运会在东京艰难开幕;但宫崎骏先生承诺献礼的第12部长篇动画电影,却没有露面。2022年,全球经济低迷,谁都不好受,也包括宫崎骏的长篇动画电影制作团队。度日如年啊。正如宫崎骏给他的最后一部长篇动画电影起的名字——"你想活出怎样的人生"?……

二、你为什么相信宫崎骏?

没人知道宫崎骏的第12部长篇动画电影什么时候公映。但人们依然在期盼,并且不放弃期望。为什么?

答案是:宫崎骏——日本符号,"宫粉"——遍布世界。宫崎骏不论表达什么，人们都愿意信从他。2013 年，宫崎骏宣布揖别动漫长篇电影，令亿万"宫粉"伤心欲绝，但也只能尊重他。不然你还能怎么办？他过了"古稀"，精力、体力都大不如前了；他又那样自警、自省，不愿让一个不符合他严苛标准的画面或镜头，从他的近视镜前溜过去。挂名找枪手、"放水"、粗制滥造，那就不是我们熟悉的宫崎骏了。

自从宫崎骏先生宣布不做长篇动画电影后，我也只能在课堂上和学生无数次重温那些经典旧梦了。好在他作品的题旨极为丰富，以至无论从哪个角度来分解，都有很多话想说。此番想说的是宫崎骏动画电影最突出的特点——奇幻。

宫崎骏的幻想太奇丽、太可爱、太令人迷醉。它们突破了人们想象的极限，令人时常怀疑自己是不是真的有过幻想的能力。可令人纠结的是，明明知道那些幻想是假的，为什么我等宁愿选择相信，而且不思自拔？

琪琪飞上天，角野荣子功不可没；角野荣子的想象，当然离不开中世纪传说。是谁让魔女胯下有了把扫帚，源头已经难以稽考，但我们几乎无师自通地明白，骑上扫帚后，魔女便可以在天上自由飞翔。那样的认识自然而然，让我们心甘情愿地放弃了追问，并且给了自己一个"合理"的解释：扫帚本无魔力，它能够驮着魔女飞行，是因为她对它施了魔法。这样，我们也就不再奇怪片中的情节，也可以接受扫帚在我们胯下终究依旧不过是扫帚，充其量只能用来扫地的现实。

我们至多会想，魔女骑的为什么是扫帚而不是拖布，抑或是一条长凳、一只飞鸟？我们甚至会自我安慰：魔女也不是万能的,她们虽然会魔法,但一定要借助某些东西,才能达成愿望,比如骑上扫帚才可以在天上飞行。我们和魔女的不同,也因此变得不那么巨大和可怕了,因为区别仅仅在于,她们骑上扫帚可以飞天,我们骑上扫帚可以重温儿时的游戏——郎骑竹马来,绕床弄青梅。然后呢,我们便自动熄灭了疑问的火苗。

如此这般,我们离大师的距离始变得越来越远。宫崎骏的想法也许是:魔女骑的是扫帚,而扫帚在生活中随处可见,是必不可少的日常用具。普通人对扫帚的熟悉,使宫崎骏可以在普通人与他们陌生的魔女之间,楔入一个不陌生的中介,就像在河流的两岸之间架设起一座桥梁,或撑来一条摆渡的船只。有了这种桥接的媒介,比如一把扫帚,我们对魔女们的完全无知,便会被部分地溶解掉。扫帚这个中介所生成的感应力量,正是我们宁愿选择相信宫崎骏的密码和原因!

沿着这个逻辑,可以由宫崎骏为我们安排的那个阴风飒飒的门洞,推演《千与千寻》中千寻的"神隐"。门洞,便是现实世界与幻想世界的中介。宫崎骏使我们相信,那个门洞既是现实世界止步的界限,也是步入幻想世界"油屋"的通道;千寻救父母重回现实后,他又让我们看到了落满轿车的灰尘,以暗示出"神隐"所经历的时空性。

类似的桥段,在《悬崖上的金鱼公主》再次出现:当波妞随宗介走向被海水覆盖的向日葵之家时,也要通过一条幽暗的隧道。波妞走着走着,便开始脚软,因为只要通过那条隧道,她将从人类变回金鱼,亦即从现实重回魔界。

门洞和隧道,具有同一种功效:它们既是连接现实与幻想的通道，也是分开两者间的界域。借助它，宫崎骏为现实世界与幻想世界划出了可见的界域；有了它，我们便不会将其混同起来，并愿意相信两个世界彼此相望，在各自的区域存在着。

基于同样的原因，我们在《龙猫》中看见了更加有趣的一幕，并且再也不愿植入理性的质疑，即体形庞大的龙猫，何以能够在月明星稀的夜里，载着月和梅姐妹俩飞上天去兜风。

有人说宫崎骏选择通过孩子的视角看世界，是儿童的天性和幻想，使龙猫的出现只能被月和梅姊妹俩看见，这有一定道理，但还不够。龙猫的体形太庞大了。那样的庞然大物，要在天上滑翔绝非易事。它甚至不能够像"猫巴士"那样飞奔，因为"猫巴士"不仅腿脚健硕，而且数量众多。

龙猫是靠什么飞起来的？原来它随身带着一只陀螺。当着月和梅姊妹俩的面，龙猫猛一发力，陀螺便开始旋转；它随即踏脚而上，并撑开月和梅在雨夜借给的伞，从而打造了我们愿意相信的它所拥有的飞行动力源。带着两个小姊妹，龙猫开心地飞起来了，越过田野，飞上山岗……稳稳地降落在那棵大樟树的树冠上后，大家怡然地吹起了陶笛。

伞在日常生活中随处可见，它可以挡雨，可以遮阳，还因为结构的原因而具有空气浮力——降落伞即因此而创制；而陀螺的快速旋转，更是抛物以自转维持公转运动的强烈暗示。靠着这两个中介，宫崎骏让不可能变成了可能：龙猫飞起来了。

在创设心理机制上，这与魔女骑着扫帚便可以飞翔是无比相似的。既然我们毫不怀疑魔女能骑着扫帚在天上飞，那么为什么要怀疑拥有提供动力的旋转陀螺和具有空气浮力的雨伞的龙猫能够飞上天呢?

魔女你不熟悉,扫帚你熟悉;龙猫你不熟悉,陀螺和雨伞你熟悉;幻想世界的"油屋"和海底世界你不熟悉,门洞、隧道你熟悉。凭着熟悉的媒介,你便拥有了进入陌生的幻想世界的通行证或入口:由于向往和喜欢,你会不选择相信?

那么,临了,请允许我引用一句网络流行语作结:"至于你信不信——我反正信了。"

三、猪为什么会飞?

有媒介桥接,确实会降低你对宫崎骏叙事策略的质疑。但是如果有人问你是否见过会飞的猪?你若不是"宫崎粉",可能会一脸懵。只有他们会大声喊出——我们见过!

是的,他们不仅见过,而且早在三十多年前!推算下来,见过的也已过而立之年了。如果他们反过来问你,城堡怎么会移动?猫怎么成了巴士?送快递的怎么飞上了天?城市怎么能够在天上飘?……你如果不知道宫崎骏,又会傻半天。但是"宫崎粉"不傻。他们不光告诉你确有此事,而且劝你选择相信。因为人们深陷生活泥沼,灵魂渐趋窒息,需要清新奇幻。

继续来说宫崎骏动画电影的奇幻。看看他的奇幻王国里有什么吧:一个烧锅炉的爷爷长着六只长臂,同时做工;一个蠕动的"巨神兵"口吐核打击烈焰,横扫大如山包的"王虫"群;一个半人鱼,能让玩具船膨大后航行海上;甚至一块小石头,也可以吊起一座城市飞向天空……

怎么会这样？更不可思议的是：魔法与源于科技理性的工业文明本不两立，但宫崎骏可以将其并置在动画电影里；异次元的幻想世界与现实鸿沟不再，开始平行存在；人与灵异界的动植物无法语言互通，但他让两者沟通无障碍；远古传说与未来文明也实现了无缝对接；特别是，咱们得说说前面那个话题了——猪为什么会飞？……

猪为什么会飞？让他开飞机不就结了。难道飞机也傻瓜化了，连猪都能开了？当然不是。飞机还是飞机，甚至还是水陆两栖的，叫作飞行艇，据说一战时就有，开起来稳定性比较差，很考验技术。再加上还要装上机关枪，又要塞进"实际上比看上去还大的"女人的屁股，这架飞行艇就更难开了。但是，宫崎骏让一头猪把它开起来了，飞行姿势优雅，射击准确流畅，打击空贼给力，专门保护弱小……你信不信？

你有兴趣了，看了，就信了。因为那头猪，不是一般的猪。他是一战时意大利的空军英雄马可·帕哥特，因为厌战被降咒为猪，自称波鲁克·罗梭（意大利语"红色的猪"），不再为法西斯政府效力，去亚得里亚海域做了赏金猎人。作为赏金猎人，波鲁克·罗梭不仅技艺娴熟，业务量大，而且非常有女人缘。且不说吉娜这朵"亚得里亚海的玫瑰"从小心仪他，留美的意大利年轻女飞机设计师菲奥，也对这头"红色的猪"一见钟情……

不可思议吧？看来，即使我是头猪，也必须努力了。因为波鲁克·罗梭说："如果不会飞，一头猪就只是一头猪。"他说的很有道理。让我们记住这个励志的道理吧，只需抹去他的昔日战友菲拉林的话就可以："会飞的猪也还是一头猪。"

什么话！一点都不励志。一头猪怎么了？有的年份就是猪年！在猪年，如果所有的猪都努力到会飞的程度，哎，如果实现了，那将是多么壮观的景象啊！为了那样壮观的愿景出现，我决定选择相信宫崎骏！前面我曾说过，说人们愿意相信宫崎骏，事实上是他选择的叙事策略所致。这里再强化两点——

1. 生活经验的介入，在"不可能"与"可能"之间，为宫崎骏的叙事策略做了衔接。但是你会说，经验因人而异，而且有限，怎么办？宫崎骏有办法：他用各种现实媒介进行桥接，极大降低了人们的理性警觉，令你不再抗拒。

2. 当你的理性与宫崎骏的幻想缠斗不已时，审美的愿望最终会让你倒向他的幻想，令你放弃理性质疑。既然这样，那就选择相信吧。嗯，用我的好朋友——先锋作家张亦辉的话说：情况差不多就是这样。

四、宫崎老爷子到底要"搞哪样"？

关于宫崎骏动画电影的奇幻，到此暂时告一段落。现在来说说他动画电影中的爱情。

当然，没人会说，宫崎骏先生的婚姻有过什么波澜。1963年，22岁的他揣着东京学习院大学文凭，到东映公司入职。去东映的原因，是他上高中时暗恋东映动画电影《白蛇传》的女主角。上班后，他认识了同事太田朱美。朱美可是实力派画师啊，经典台词也随之而来："我是宫崎骏，请多关照。"朱美关照了他，关照了一辈子：两年后，他们结了婚；又两年后，他们的长子宫崎吾朗出生；又三年后，次子宫崎敬介出生。你看，宫崎骏恋爱、结婚、生孩子的经历可谓节奏平缓、无波无澜。

生活中，这样的爱情当然是美满的，可在电影里，就没看点了。宫崎骏先生过着婚后的幸福生活，把两个孩子交给宫崎朱美，却把他作品里的爱情弄成这样——

少年哈尔出于好奇，追随荒地魔女学习魔法，被她乘机收了童贞，她还意犹未尽，穷追不舍，欲噬其心，令长成帅哥的哈尔避之犹恐不及；哈尔邂逅苏菲小姐引得荒地魔女嫉妒，致使苏菲被施以难与人言的魔法，从十七岁少女变成九十岁的老太婆；苏菲对帮自己摆脱士兵纠缠、领她在空中共舞华尔兹的哈尔一见倾心，却只能在自己被变成老太婆后，以最不堪的形象进入年轻魔法师的城堡；明知移动城堡的老女佣就是少女苏菲，哈尔却让老情人荒地魔女与她同住舍内——这是嫌不够乱吗？答案是"确定、一定以及肯定的"。不只如此，他还让苏菲照顾因失去魔法而现出衰老原形的老情人呢。形如赘肉的荒地魔女终日大抽臭气熏天的雪茄，老滋老味地享受着被自己施咒变成老太婆的苏菲的照顾，却还觊觎着身边的"小鲜肉"哈尔的心脏……关系之复杂，简直让《哈尔的移动城堡》成了宫崎作品的"爱情宝典"！

关系复杂？还没完呢。"亚得里亚海的玫瑰"吉娜和意大利妙龄女飞机设计师菲奥，同时爱上了波鲁克·罗梭那头"猪"；继承父亲帽子店的长女苏菲爱上的哈尔，是个会飞的"鸟人"；五岁小男孩宗介喜欢的波妞，是条深海里的人面鱼；阿西达卡爱上的小桑，是母狼喂大的"狼少女"；"不良少年"蜻蜓追求的琪琪，与常见的小女生也不一样——那是个骑上扫帚就能飞天的魔女……爱情,好像已不止于人类,而是在人与"半人"之间产生了。

爱情,大约基本上应该在人类、在两性间生成,且年龄相仿是常态吧。但是宫崎骏偏偏喜欢把年龄差距拉开:十七岁的少女菲奥爱上的波鲁克·罗梭,是个如假包换的油腻大叔;二十多岁的魔法师哈尔倾心守护的苏菲,则是个九十岁的老婆婆;这还不算,据吉卜力的社长铃木敏夫透露说,宫崎骏曾经想做一个六十岁老爷爷爱上十八岁少女的电影——《画烟囱的小玲》,被他否决后,宫崎骏恼怒地将画了一年、贴了一墙的画稿付之一炬,才去做的《千与千寻》……

除了这些让人咋舌的,再细看一下,还有更令人唏嘘扼腕的——美军空中英雄卡迪士爱着亚得里亚海的玫瑰吉娜,吉娜却不爱他,而是爱上一头"红猪";当他转身去爱菲奥,菲奥同样不爱他,和吉娜一样去爱波鲁克·罗梭;而这头"红猪"竟然谁都不爱,只爱能让他飞翔的蓝天。无独有偶,加美爱着阿西达卡哥哥,阿西达卡却不爱她,爱上了小桑;但小桑并不接受,义无反顾地走向了丛林。卡里奥斯特罗伯爵这个坏蛋,对公主克拉莉斯垂涎三尺,克拉莉斯爱的却是鲁邦三世;而鲁邦三世呢,这家伙爱的,永远是冒险的游侠生涯……

宫崎骏幻想出的爱情类型,真是气象万千啊。为什么?或用四川话说,他这"到底要搞哪样"?……

五、宫崎骏不是一代"食草男"教父

宫崎骏的动画电影里,爱情模式气象万千,恋爱形态每每逾矩，不仅人与"半人"在一起、爱而不得其爱俯拾即是，而且有不少老少配、多角恋的"奇葩"现象，令人咋舌。可奇怪的是，日本文部省对他老人家的作品却一向免检。为什么？

因为"奇葩"只是表象，在这些看似荒唐的桥段背后，是他心中的大善。他讴歌爱情，并且持有人类最美好的爱情观：珍惜女性，倡导平等、自愿原则，希望有情人终成眷属……来看看他的"爱情观"是多么端正，令人心悦诚服吧——

先看"爱而不得其爱"，虽然令人感伤，但他想说的是"爱而不求占有，可以改变人生"。《鲁邦三世·卡里奥斯特罗之城》中的沃尔弗，婉拒了克拉莉丝公主，是因为自己身为侠盗，"不是她可以和平相处的那种人"；《幽灵公主》的姗姗，婉拒阿西达卡时说"我喜欢飞鸟，但讨厌世人"，是因为她有被亲生父母遗弃的阴影，需要时间来疗伤；《红猪》里波鲁克·罗梭婉拒吉娜和菲奥，并托吉娜把菲奥"带回正常的世界去"，因为拥有猪头的自己过的是赏金猎人的动荡生活……这些"爱而不得其爱"所表达的真谛，是爱并不意味着占有。

细说一下"帅呆了"的红猪——波鲁克·罗梭吧。他变身前，是意大利空军英雄马可·帕哥特，因厌战并看透生死，宁可被施加魔咒让自己变为猪，也不为法西斯政府卖命，参加荼毒生灵的战争。变身后，他选择的生存方式是做赏金猎人，是只适宜独往独来的"独行侠"。因此，他对"地中海的玫瑰"吉娜保持着骑士风度，对意大利的妙龄女飞机设计师菲奥也不动凡心。因为他的生活方式与常人不同，极不稳定，充满危险，虽然片尾他在菲奥的一吻中可能恢复人形，但旁白告诉我们，吉娜或菲奥最终都没有与他"在一起"。

很多人都说美军王牌飞行员卡迪士也挺不错,不仅飞行技能过人,善于空战,还颇有才华,会写剧本,被好莱坞看好,有望成为明星,还做着竞选总统的"美国梦"。这样的男士,可谓"男神"了吧。为什么他追求吉娜,吉娜不为所动;追求菲奥,菲奥避之犹恐不及?难不成她们也被施了魔咒、迷了心窍?

不是的。宫崎骏另有人设。一方面,波鲁克·罗梭太有"范儿"了。他虽然顶着一只猪头,可里面却生长着一颗高洁的灵魂,有着现代男人所稀缺的一种精神——骑士精神。骑士精神虽然曾经在塞万提斯笔下经常出糗,笑料不断;但在中世纪的骑士文学中,却光彩照人。比如说,他们骁勇善战、珍重女性、保护弱小、敢于牺牲,从不恃强凌弱,拒绝蝇营狗苟……

再看他的"爱若不持偏见,则可缔造新人"。《悬崖上的金鱼公主》里,波妞向往人类生活,爱上了小宗介。她克服千难万险来到宗介身边,甚至引发了大海啸;而宗介也喜欢波妞,无论她"是鱼、半人鱼或人",都毫不犹豫。不只是宗介,他的妈妈理莎也毫无保留地接受了将来要与儿子"在一起"的这个"人面鱼"。正是宗介和理莎不持偏见的纯真的爱,使波妞最终变成了人类,成就了新生。

三是他的"爱若能仁勇,可起死回生"。《哈尔的移动城堡》里,制帽女苏菲是家中长女,父亲去世,她因此要继承父亲遗留下的社区帽子店,只因被年轻魔法师哈尔救助引发荒野女巫的嫉妒,而被后者变为90岁的老太婆。但她善良、勤劳、勇敢、待人真挚,不仅善待对自己施以魔法的荒野女巫,更用真爱拯救了垂死的哈尔，解除邻国王子、火焰之魔卡西法和自己身上的魔咒，并结束了战争，最终拥有了圆满的爱情——与世界上最帅气的年轻魔法师哈尔，终成眷属。

四是他的"爱若修心自省，可以激活新生"。《魔女宅急便》里的13岁魔女琪琪，要在晴朗的满月之夜，离开父母，到另外一座陌生的城市修行一年，否则就不能成为一名合格的魔女。她勇敢地出发了，来到南方一座漂浮在海上的城市——当布市。她主动帮助"真好吃面包店"的老板娘索娜将奶嘴送还顾客，赢得了索娜的好感和信任，得以寄住在面包店，以送快递谋生。她做事认真、责任心强，并结识新朋友蜻蜓，却因妒忌他与女生的交际而失去魔法；经好友乌露丝拉的纾解，在蜻蜓危难之际，她抛却成见、勇敢施救，终于恢复了飞行的魔法，不仅营救了蜻蜓，而且赢得了市民的赞扬，融入了新的城市生活。

五是他的"爱要身心相许，便无憾生命"。《起风了》是宫崎骏最晚近的一部动画片。这是一部颠覆他以往风格的作品：片中没有奇幻色彩，却有女主角死亡。这两点很重要。因为第一点很出乎大家意料。回顾宫崎骏自《风之谷》以来的所有动画电影作品，无一不显露着"奇幻"这一他的个人风格。那么《起风了》何以没有任何奇幻，充其量只有梦境与现实的交集呢？第二点更加有趣，就是宫崎骏前十部作品中，男女主人公无一死亡。为什么会是这样的剧设？原来宫崎骏有自己的想法。他早年间很反感漫画家手冢治虫一定要让男女主人公死一到两个，认为这样有利于煽情的说法，所以他会让男女主人公无论怎么艰难也要活下来，作为对手冢的反抗，而这也正好符合他的动画电影作品一直以来"活下去"的主题。但是在《起风了》中,男主人公堀越二郎知道自己热爱的菜穗子患病将不久于人世,毅然在车间主任黑川家与菜穗子举行婚礼,娶了她,让妻子的生命之花最终凄美绽放,无憾谢世。菜穗子为爱而逝,片尾叮嘱二郎要"努力活下去"。据称,宫崎骏在首映式上曾为此落泪,坦承这在他的首映式上还是第一次。

六是他的"爱要扛起责任,可以延续人生"。日常家居,总有困难。但缺席者表达歉疚,当事者扛起责任,则生命健康,人生延续。这样的理念,是宫崎骏所理解的婚姻家庭应有的常态。所以观众在《悬崖上的金鱼公主》中看到,船长耕一对于家来说,一直是个缺席状态。他很歉疚,任凭妻子理莎如何怼他、发脾气,他都一味道歉。其实这是宫崎骏的自况与写照。为了动画电影事业,他在家里就一直是缺席的状态,内心深处对太太朱美和两个儿子非常歉疚。而在《龙猫》中,妈妈被设计为缺席状态,因为她生病了,在住院。那也和宫崎骏童年记忆有关。在宫崎骏很小的时候,母亲就一直生病,患的是当时在日本很难治愈且会传染的肺结核。在宫崎骏的童年记忆里,他曾经渴望要妈妈抱一抱而被无情拒绝,这让他幼小的心灵很受伤。母爱的缺位,使他在《龙猫》里用幻想出的龙猫去加以填补,令人观之动容。

铃木敏夫曾经这样评价年轻导演米林宏昌的《借东西的小人阿莉埃蒂》,说它是吉卜力史上"第一次这样描写爱情":有恋爱互动,感情有微妙的发展。并拿它和宫崎骏作品作比较,说宫崎并不擅长恋爱戏码,他所有的作品中,男女主人公交际,两人都是瞬间就会百分百互有好感，并且一定会有肢体接触。《天空之城》里，巴鲁与希达一上来就拥抱；《哈尔的移动城堡》里，哈尔与苏菲一见面"马上就勾肩搭背了"；就连《千与千寻》中也是，千寻与小白龙明明是第一次见面，然后就牵着手到处跑了。这样看来，喜欢跟肢体上的接触，一定会同时进行。统观宫崎骏所有的动画电影，果然概莫能外。

有趣的是，男女主人公的肢体接触，没有过渡期，却为什么不让人觉得过分或涉嫌色情？那是因为宫崎骏内心纯洁，真诚率性。同时，无论是英雄救美，如沃尔弗里克拉莉丝、巴鲁求希达、飞鸟求小姗、哈尔救苏菲、白龙救千寻、堀越二郎救小卷、宗介救波妞，还是美救英雄，如娜乌西卡救阿斯贝鲁，他所设计的男女主人公的初见，一定是处于危急情势；后来魔女琪琪飞起来救蜻蜓有了肢体接触，也是如此。救命要紧，哪里还来得及有什么非分的想法。

前面说的宫崎骏的内心纯洁、真诚率性，也可以用铃木敏夫所做的另一组比对来说明。铃木曾经将宫崎骏作品与近藤喜文的《侧耳倾听》做过比较。那部也被翻译为《心之谷》的电影由宫崎骏担任编剧和分镜，导演是近藤喜文。由于人设意见不同，宫崎设计的女孩往往是边跑边想事，但到了近藤那里，就变成想好后再动，因而月岛雯就有些文静，宫崎不是很喜欢。两人时常争执，闹得很不愉快。铃木敏夫发现，在地球屋门外等人的月岛雯"是个自我意识过剩的孩子，明明周围没有人，还要在意别人的目光"。因为她下意识地先拉了拉自己的裙子遮住臀部，才蹲下来。"小近可能完全没有往这方面想，但是看起来就是有点色情,这一点非常有趣。要是宫先生制作的话,她就直接爽快地蹲坐下来,内裤被看到就看到了。宫先生的感觉很随意,这就是两个人的区别,而且是很大的区别。"有人把宫崎骏作品中的女主角,特别是那些行动型美少女拿来比对,果不其然,这也诠释了所谓"不遮不色,一遮就色"。按日本学者稻田丰史的说法,用弗洛伊德精神分析方法来看,宫崎骏的动画电影中也时见性的隐喻。如波鲁克·罗梭和龙猫的老巢,一望而知。

宫崎骏动画电影涉爱不色、健康美好、老少咸宜,给色情、暴力泛滥的日本动漫界吹来清风,也让日本文部省对其"免检",最终得以影响几代人。但有人说他的动画电影有爱无性,是日本一代"食草男"的教父。莫非"食草男"的出现,真是缘于看了宫崎骏动画片?

何谓"食草男"?动物按食物链分类,大致可分为"食草"类和"食肉"类。食草的,如兔子、羊、牛;食肉的,如豹、狮、虎。或许有人说,食草动物不是很好嘛,进食不伤其类,对其他动物也不造成损害,与世无争,还默默为人类做着贡献。其实,这是从人类视角看问题的说法,并且带有道德评判色彩。也是从这个角度,豹、狮、虎等食肉动动便会被贴上凶恶、残忍、暴力、血腥等标签,在人们的道德判断中处于负值状态。

既然这样,秉性远离豹、狮、虎的凶残暴戾,而像兔、羊、牛那样善良温顺,岂非一桩好事?可问题恰恰出在这里。在日本人看来,二战后他们主拼经济,民族性中的虎狼之气却衰弱了,甚至出现了一代虽为男性却不尚阳刚、全无血性,反而脂粉气四溢的"食草男":这样的社会风气,确实令人忧虑;但是只要是

"宫崎粉",知道波鲁克·罗梭、哈尔、阿西达卡、阿斯贝鲁、巴鲁、尤巴、达非这些人物,是怎样被宫崎骏浓墨重彩地塑造出来的,就知道说他是一代"食草男"教父的说法,不过是胶柱鼓瑟之论。

六、瞧,行动型美少女!

行动型美少女,是宫崎骏为日本动漫贡献的靓丽形象。

有人说行动型美少女貌似不是宫崎骏的专利。庵野秀明《新世纪福音战士》中的凌波丽就足够炫酷,而且富有行动力。可是,凌波丽不只是第三新东京市市立第一中学二年级A班学生,还是EVA第一适格者,驾驶零号机迎战使徒的专职驾驶员,真嗣母亲唯一的半复制体,体内拥有第二使徒莉莉丝的灵魂。这些异禀,足够让你目瞪口呆,她与你的距离,远得"不要不要"的!

实际上的情况不是这样。宫崎骏动画电影里的行动型美少女——娜乌西卡,火红的短发,蓝色风衣,米黄色紧身裤,蓝色长靴,浅绿色腰带斜挂短刀,持单发自动步枪,那才是一等一的炫酷!她来自1984年公映的《风之谷》,比1995年才诞生的凌波丽们,早了十多年,是如假包换的前辈。

并且,娜乌西卡好像也不是半人半神。她虽出身高贵,是风之谷族长基尔的公主,也是继任族长;可她却并不高冷,非常亲民,甚至亲爱虫子,喜欢狐松鼠,能够听懂幼虫语言,可以用虫笛和王虫交流……嗯,这些好像也不是你我能够做到的。

当然，我们做不到的可能还有成为驭风者，驾驶喷气式滑翔翼；长于剑道，可以剑挑数倍于自己的敌人。特别是，在隐居风之谷的艾弗达鲁族面临毁灭时能勇敢地站出来，以一己之力阻挡足可并吞八荒的王虫。为此，她献出了自己的生命。如果不是王虫们感受到了她的善良、她的牺牲，口吐金色触须为她疗伤，让她复活，风之谷被救的百姓，包括我们，可能再也见不到她了。她是个英雄，救世主；而我们，是凡人。

但是，她真的与我们有很大区别吗？看见父亲被欺负，她也会愤怒到失去理智；跌落腐海，她也会遍体鳞伤，昏迷过去；被王虫撞击，她更是会摔倒在地，失去生命体征……究竟是什么，让她与我们这些凡夫俗子有了区别？

答案就是，行动！

娜乌西卡在行动！

……连思考，也是她行动的一部分。当腐海产生的孢子有毒，她积极进行科学实验，培育无毒孢子；当多鲁美奇亚王国的独臂公主库夏娜试图消灭族群时，她主动请愿做了人质；陷身培吉特后她又能够伺机脱身，抓住战机，部署营救风之谷村民；当培吉特王子跌落腐海，即将被巨型蜈蚣剪成两片时，她又飞身援手；当巨神兵口吐核烈焰激起群虫愤怒，使人类面临灭族时，又是她主动站在了王虫群的面前，舍身救世……

与她对比鲜明的是，我们见过太多耽于幻想的人，患有拖延症的人，坐而论道的人，纸上谈兵的人……很可能我们就是这样的人，为拖延找借口，为不行动找理由，为自己成为凡人找台阶；而台阶自然也很动听——平平淡淡才是真，真水无香，冷也好、热也好，活着就好……

只是，我们还没繁华过，就平淡了；还没灿烂过，就寂灭了；还没奔跑过，就蹲下了。也许我们还会就势躺下，蜷缩起来，很舒服，越来越舒服……渐渐地，我们成了沙发的一部分，或者就是沙发，开始供别人坐或躺下……大家混成一堆，彼此难分……我们唯一做的，充其量只是按一下遥控器，面前的显示屏亮起来了——

娜乌西卡在行动，珊珊在行动，苏菲在行动，菲奥·保可洛在行动，荻野千寻在行动，草壁皋月在行动，波妞在行动，甚至小月也行动起来了……

我们欢呼起来，哇，行动型美少女！

是的。那是宫崎骏为我们创造的。本来，做个行动型的人，你也可以，我也可以，他也可以，我们大家都可以。本来，宫崎骏老爷子已经在2013年9月6日宣布正式引退。可他又第七次复出了，并且说："与其坐着等死，还不如在工作中死去呢。"

啥都别说了，得干活去了。

七、《千与千寻》的问题都解决了？

2019年6月21日在中国大陆公映的《千与千寻》是宫崎骏的神作，不用我多说；它曾创造日本乃至世界电影史上多项纪录不是新话题，也无须赘言。这里想说的是，这部动画电影提出那些问题，现代人类都解决了吗？

第一个，父母应该怎样做父母？这个问题，二十世纪初鲁迅曾在《我们现在怎样做父亲》里提过，是冲着新文化运动背景下的父权去的——所谓"革命要革到老子身上"。二十一世纪初，宫崎骏用《千与千寻》把这一问题扩展到了父母双方身上。显然，荻野明夫两口子做得都不好。身为老爸，明夫手握决定方向和路线的方向盘，自恃开的是奥迪四驱，到处乱闯，把蛮干当成勇敢；误入神仙们消遣、沐浴的灵界后，看到满街美食垂涎三尺，未经许可，立马邀老婆暴食起来；老妈悠子更不消说，整个就是老爸的附庸。夫妻俩被女儿救回人形后，还懵然不知，对千寻的"神隐"现象不闻不问，一副依然故我、我行我素的老样子。其实不只他们夫妻俩，千寻出场时也一点都不可爱。她慵懒、漠然、撅嘴、胆小、心不在焉，却又依赖感很强……儿童这种常见的共性现象，正是父母行为失范的结果。那么，千寻父母身上的问题，如今我们做父母的都解决了吗？

第二个，**"妈宝男"**问题。汤婆婆将也不知是儿子还是孙子的坊宝，密藏在装饰豪华的儿童房里，理由是外部世界充满细菌，太险恶；密室里昼夜可以自由交替，日月星辰都为人工擘画，垫枕遍布，玩具管够，吃喝拉撒都不用出门。这种环境下成长的宝宝，体形必然硕大无朋，喜怒任性，把哭叫当成支配大人行动的最有力武器。这样的孩子，不敢涉足外界，没有行动能力，只能演变为啃老一族，最终成为巨婴。这样的问题，如今减少了吗？

第三个，**自我迷失**问题。荻野千寻被父母引领误入汤婆婆的"油屋"后，忽然失去了血缘依赖：父母不再是父母，变成了贪吃贪睡、口不能言的肥猪；不仅如此，她的名字也被汤婆婆剥夺了四分之三,从"荻野千寻"变成了"千",只能叫"小千"。如果不是小白龙藏匿了她的花束卡,悄悄保留了她的名字,恐怕她迟早也将像赈早见琥珀主一样,因失去名字而失去记忆,因失去记忆而失去来路,忘记自己是谁,从哪里来,要到哪里去。而这类问题,不恰恰是现代人面临的终极精神困局吗?但是我们是否能说,现代人已经成功走出了这一困局?

第四个问题,你是否有勇气承认错误并真诚道歉?在影片中,千寻的父母自始至终都没意识到自己哪里有什么不对,身为父母却行为不检,对引孩子误入歧途带来灭顶之灾懵然无知,更别提什么承认错误和真诚道歉了。这里要说的,是千寻自己为小白龙做的感人至深的事情。当千寻知道白龙听命于汤婆婆干了"坏事",因盗窃"魔女之印"而被钱婆婆的纸片刀攻击得奄奄一息时,她勇敢地承担了向钱婆婆归还印玺、承认错误并真诚道歉的重任。她是否意识到,小白龙正是因为此举复活,并可能从此走向了属于赈早见琥珀主的新生?

小白龙做了错事,有懊悔过吗?你看他遍体鳞伤、痛苦万状的样子,不能说没有。他犯错是因为少不更事,受迷恋魔法的欲望驱使不惜失去自我,向汤婆婆交出了姓名权。但他的内心还是善良的,对身陷"油屋"、茫然无助的千寻,一直在倾力相助,就像千寻小时候为了捞鞋子失足跌落琥珀川,他及时施以援手一样。因此,受困的小白龙确实值得千寻为之涉险。可令人遗憾的是,在现实世界中,不管是自己还是亲朋做错了,真诚道歉仍然是稀缺现象。

第五个,欲望克制问题。这似乎仍是老话题。但并不是说,朱熹理学中所谓的"存天理灭人欲",就是正确的;因为在阳明心学里,同样有"人欲即天理"的精彩思辨。

这里,是在说荻野明夫两口子面对美食,不经同意即刻饕餮;是在说"油屋"一干人等面对无脸男抛出的沙金,无一不表现出的贪婪欲望;是在说无脸男面对酒池肉林时的不加节制、照单全收;是在说赈早见琥珀主驾驭魔法的欲望胜过持有姓名权的理念;甚至是在说小煤灰们见有懒可偷时对千寻撒娇撒痴、赖在地上不去干活儿……

谁能克制自己的贪欲?答案不是我们,而是千寻。面对父母招呼自己对满街美食大快朵颐时,她闪避了;面对无脸男为报答她给出的大把沙金时,她拒绝了。虽然她只有十岁,不像"从不犯错的小月"(铃木敏夫语)那么优秀,却做出了常人很难做到的事情。那么,我们呢?

第六个,自救与救人的问题。这本来并不矛盾,也不互为前提或条件。但在宫崎骏笔下,千寻要救出自己的父母,必须先得自救。这也就是说,自救,成了救人的先决条件。这是个令人担忧的条件,因为误入"油屋"前,千寻还是个胆小、慵懒且很自我的孩子。那么她要如何自救?答案是:劳动。宫崎骏设计的剧情是,你不能对"油屋"的主人说你想家或想回家;如果说了,你不但回不了家,反而有可能被汤婆婆的魔法变成猪。那么,如何才能不被变成猪?只有争取工作机会,并拼命工作。也就是说,只有工作,才能让人不变成猪;只有人不变成猪,才有机会让变成猪的父母做回人。原来这些"只有……才能……",都是一环扣着一环的呀!是的,"油屋"里的法则,就是这么残酷！

令人揪心的自救与救人开始了。荻野千寻被变成"小千"后，在小白龙帮助下，逐渐战胜了自己的懦弱和恐惧，开始自立，继而自强——做那些青蛙侍者不愿做的最脏、最累的伺候"腐烂神"沐浴的工作，并好心拔掉后者身上一根"刺"，从而让河神爽快卸脱满腹的工业与生活垃圾。此举不仅获得汤婆婆表扬，还让她获赠了河神奖赏的一枚功效神奇的苦药丸。靠着勤劳与忍耐力，千寻被"油屋"主人认可了；她站住了，从而具备了救人的条件。她开始拯救生命垂危的小白龙，不惜为他踏上没有返程车票的海中电车。她想过自己可能一去不复返吗？但她没有犹豫。因为她知道，不管是自己还是亲人，做错了事，就要改正，就要道歉，即使为此要付出永无归途的代价。由此我们也就可以理解，为什么宫崎骏会说千寻坐上海中电车的桥段，是全剧真正的高潮。因为无论她开启自己抑或亲人的新生，全赖此举。这需要勇气。因此我们说，小千寻不仅是勤劳的，更是勇敢的；不仅是善良的，而且是诚信的。她踏上了海中电车，并带走了被钱婆婆变成小仓鼠的宝宝和苍蝇的伴鸟，以及无家可归的无脸男。

有观众发现，千寻在电影中很长一段时间里，似乎忘记了自己自救后救出父母的使命，而一味地和小白龙纠扯在一起。这就错怪这个十岁的女孩了。要救出父母，必先自救；自救后，自然必须救出白龙，因为只有白龙才知道千寻的父母在哪里以及如何施救。否则，即使她再勤劳、再忍耐，充其量也只是"油屋"里一个小员工而已。千寻克服了自己的恐惧，战胜了自己的脆弱、懦弱和羸弱,成功地拯救了白龙、解救了自己的父母。在电影结束时,我们看到,父母还是那对父母,但千寻已不是那个千寻了,她完全成长起来了。

我们需要自省的是,在具备救人的条件时,我们会不会施以援手?与《千与千寻》公映同年在第58届威尼斯国际电影节获评委会奖的短片《车四十四》告诉我们,这样的问题,如今解决得并不是那么好。

《千与千寻》里的问题,远非一篇文章所能涵盖;宫崎骏揭示问题的深度,本文更是难以探底。笔者是中国计量大学教师,得说一下,在中国传统计量单位中,一寻等于八尺;"千寻"就是八千尺。从这个角度来说,2000年的次年公映的这部动画电影,年份正是"千与千"。如果以"千与千寻"来比喻宫崎骏这部作品涵蕴的问题深度,那么至少也有一万六千尺了。想到"冰冻三尺,非一日之寒",真是令人不寒而栗。

转眼之间,我重回高校已逾十六年。年纪大了,学生多了,有时候难免"脸盲"。暑假前这个学期,我的"新闻理论与写作"课上有个新疆女生,全名里有"古丽"字样,人也像花儿一样美丽,上课爱坐前排,眼神发亮,经常提问,思考认真,答问积极。见我在写有关宫崎骏的文章,她主动提出,说想看关于《千与千寻》的文章。我忽然记起来,她也曾像千寻一样"神隐"了一年多;又出现在课堂里时,已经和学弟学妹同班了。她为什么看重《千与千寻》?此间发生了什么?作为任课教师,我所知甚少。需要打听吗?我的判断是"不"。所有的"神隐",都有原因;所有的原因,都有款曲。对于"古丽"来说,答应她的要求，认真写出这期"长话短说宫崎骏"，是我必须兑现的承诺。但愿《千与千寻》里呈现的诸多问题，她都有了自己的答案；并且，祝愿她和世间所有少男少女，已经有了超过千寻的成长。